KB232027

대성

臺城

강 위에 비 흩뿌리고 강가의 풀은 가지런한데

육조의 영화는 꿈과 같고 새만 부질없이 울고 있다

무정한 것은 궁성에 늘어진 버드나무이건만

변함없이 연기처럼 십리 뚝방을 감싸고 있다

江雨霏霏江草齊
六朝如夢鳥空啼
無情最是臺城柳
依舊煙籠十里堤

이하원

李河元

이하원 4
소유 新무협 판타지소설

초판 1쇄 찍은 날 § 2006년 8월 8일
초판 1쇄 펴낸 날 § 2006년 8월 18일

지은이 § 소유
펴낸이 § 서경석

편집장 § 문혜영
편집책임 § 최하나
편집 § 장상수 · 문정흠

펴낸곳 § 도서출판 청어람
등록번호 § 제1081-1-89호
등록일자 § 1999. 5. 31
어람번호 § 제2-0978호

주소 § 경기도 부천시 원미구 심곡1동 350-1 남성B/D 3F (우) 420-011
전화 § 032-656-4452 팩스 § 032-656-4453
http://www.chungeoram.com
E-mail § eoram99@chollian.net

ⓒ 소유, 2005

ISBN 89-251-0256-0 04810
ISBN 89-5831-807-4 (SET)

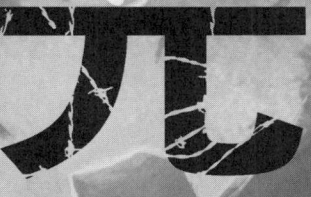

소유 新무협 판타지 소설

Fantastic Oriental Heroes

4

완결

이하원

李河元

목차

第一章
낭패불감(狼狽不堪)

낭패불감(狼狽不堪)

공터.

단지 서 있기만 하는 거라면 족히 천 명은 디디고 설 수 있을 정도로 넓은 곳. 그곳은 인적이라고는 찾아볼 수 없는 컴컴한 동굴이었다. 백오십여 장 높이의 천장은 검은 암석이 들어차 하늘을 막고 있었고, 입구인지 출구인지 모를 수십의 굴이 사방으로 뚫려 있었다.

쏴아아―

어디선가 물소리가 났다. 주위는 어두웠다. 하지만 한쪽 벽을 타고 천장까지 닿아 있는 이끼가 자체적으로 빛을 내 한 치 앞도 보이지 않는 암흑은 아니었다.

퐁― 퐁―

천장에서 길게 뻗어 내려온 종유석에 고이던 물방울이 떨어져 바닥을 적셨다. 어디선가 들려오는 물소리와 천장에서 떨어져 내리는 물방울 소리만이 고요한 그곳을 간간이 흔들어댔다. 자연 그대로의 모습을 간직한 그곳은 영원히 그렇게 평온할 듯했다. 하지만 그것은 얼마 가지 않아 깨어졌다.

파앗!

소리는 없었다. 빛이었다. 공중에서 시작된 빛이 사방으로 퍼져 나가 동굴을 가득 메웠다. 어둡기만 하던 그곳이 일순 환해졌다. 그리고 그 빛의 중앙에서 몽글몽글 연기 비슷한 것이 생겨나기 시작했다. 원 모양의 그것은 점점 크기를 불려 나갔다.

쿠오오오―

갑자기 회오리가 몰아치듯 바람이 불었다. 그러더니 어느 순간 뿌옇게 주위를 메우고 있던 연기가 무언가를 뱉어내기 시작했다.

툭― 툭― 투욱―

"앗!"

뿌옇게 공중을 물들이고 있던 연기가 사라지면서 나타난 것은 다름 아닌 사람이었다.

대부분이 어딘가 부상을 입은 듯 보이는 이들은 족히 백을 넘길 듯했다. 아니, 백이 다 뭔가? 그 배조차도 간단히 넘길 듯한 숫자다. 거기에는 도사도 있고, 거지도 있고, 무사도 있었다. 주인이 누구인지 알 수 없는 끊어진 사지도 있었고, 이미 생명의 빛을 잃어버린 시체도 있었다.

한마디로 어딘가에서 전쟁이라도 치른 듯 보이는 이들이었다.

그랬다.

그들은 다름 아닌 천산, 팔황성의 본거지에서 싸움을 벌였던, 그러던 중 갑자기 터진 폭약으로 인해 위급에 처해졌던 이들이다.

끝이라 생각했다. 어디로도 피할 수 없었다. 아무리 무공이 뛰어나다 해도 단순히 폭발도 아닌 절벽 전체가 무너져 내리는데 어디로 피할 수 있단 말인가?

죽음이다!

그렇게 생각한 순간 빛이 번쩍였다. 그리고 어리둥절할 새도 없이 상황이 바뀌었다. 우르르, 소리를 내며 무너지는 바윗덩이 대신 검은 암석이 눈앞을 가득 메우고 있었다. 짓이길 듯 떨어지던 돌덩이와 곳곳에서 일던 붉은 연기는 고사하고 지금은 앞도 잘 보이지 않는다.

"어?"

어리둥절하여 주위를 둘러보려 할 때였다. 그간 느껴지지 않던 중력이 갑자기 작용한 듯 일제히 바닥으로 곤두박질쳤다.

"헉!"

털썩─ 털썩─

대부분이 무공을 익히고 있어 그대로 바닥에 내려섰지만 부상이 심한 자들은 그러지 못하고 앞으로 고꾸라졌다.

"으윽……."

"큭!"

여기저기서 신음이 튀어나왔다. 그러다가 멈칫.

이곳이 어딘지 살펴볼 겨를도 없었다. 어둠에 어느 정도 눈이 적응하자 바로 앞에, 그리고 옆에 누가 있는지 알아볼 수 있었던 것이다. 그들은 누가 먼저랄 것도 없이 검을 움켜잡고 벌떡, 자리에서 일어나 전쟁 태세로 들어섰다.

"정파 놈들이 감히……."

"아직도 죽지 않은 거냐? 마도 놈들!"

"네놈들이나 죽어라!"

부상도 돌보지 않고 그들은 무작정 적을 향해 돌진했다.

챙─ 챙─

그곳은 순식간에 아수라장이 되었다.

정파인들은 마도 놈들을, 팔황성 무인들은 정파 놈들을. 그들은 상대의 목숨이 끊어지기 전에는 멈추지 않겠다는 듯이 정신없이 공격을 퍼부었다. 그렇게 그들은 하나같이 광기에 물들어 있었다.

그런데…….

그 속에서 그런 그들에게 동참하지 않는 이들이 있었다. 피 튀기는 현재의 상황에는 전혀 아랑곳하지 않고 오로지 한곳에 모여 한 사람만을 보고 있는 이들이,

"주, 주군……."

목소리가 크게 흔들렸다. 은상은 어둠 속에서도 확연히 드러나는 창백한 얼굴을 천천히 쓸었다. 손에 닿은 냉기에 놀라서일까? 뺨을 쓸어내리는 은상의 손이 보는 이들조차 불안할 정도로 떨리고 있었다.

"이게 무슨……."

"도대체 왜?"

서현 등은 지금의 상황이 이해가 가지 않았다. 자상은 고사하고 찰과상 하나 찾아보기 힘들건만 왜 의식을 잃은 건지, 어째서 이리도 안색이 창백한 건지 알 수가 없었던 것이다.

"주군!"

"눈을 떠보십시오! 주군!!"

정태현을 비롯한 풍림장 무사들은 어찌할 줄을 몰라 했다. 혹시 잠이라도 자는 건가 하는 마음에 흔들어보고 싶었지만 눈을 감은 주군의 얼굴이 너무나도 하얗게 질려 있어 건드릴 수조차 없었다.

그들은 그저 목청이 터져라 소리만 지를 뿐이었다.

주춤주춤.

망설이던 유일이 결심한 듯 꿀꺽, 침을 삼키고 손을 뻗었다. 차마 얼

굴을 만지진 못하고 어깨에 손을 얹은 그는 닿기가 무섭게 화들짝 놀라 고개를 들었다.

"몸이 얼음장마냥 차다! 이대로 두었다가는……."

차마 말을 잇지 못했다. 그리고 그 말에 상상만으로도 끔찍하다는 듯이 풍림장 무사들은 그만 눈을 질끈 감고 말았다.

겁이 나 그들이 차마 하지 못한 행동, 얼음처럼 굳어버린 이의 몸을 마구 흔들어대며 울먹이는 남자. 덩치에 맞지 않게 어린아이처럼 뚝뚝, 눈물을 흘리는 이는 다름 아닌 육단원이었다.

"아우! 일어나! 아우!! 왜… 왜 안 일어나고……."

육단원은 큰 충격을 받은 듯 보였다. 자신의 아우가 단지 잠을 자는 게 아니라는 것을 직감적으로 눈치 챈 모양이었다. 장승주는 애써 침착한 표정을 만들어내며 그를 달랬다.

"괜찮을 겁니다. 그저 잠시, 잠시 주무시는 것뿐일 겁니다. 그러니 걱정하지 마세요. 괜찮아요. 분명… 괜찮을 거예요."

육단원을 보듬으며 장승주는 그 자신도 믿지 않는 말을 몇 번이나 반복해서 중얼거렸다. 마치 스스로에게 세뇌라도 하듯이. 그리고 그 모습을 지켜보며 서현 등은 뭔가가 이상하다는 것을 눈치 챘다.

어째서 이곳으로 오게 되었는지에 대한 근본적인 의문은 둘째 치고, 왜 이하원이 의식을 잃은 건지, 어째서 몸이 저리도 차가운 건지 그들은 그 이유조차 알지 못했다. 그런데 어째 자신들을 제외한 다른 이들은 현 이하원의 상태에 많이 놀라고, 침통함에 서글퍼하고 있기는 했지만 왜 그런지 그 이유에 대해서는 아는 듯했다.

서현 등은 서로의 얼굴을 쳐다보았다.

'뭐지?'

의문스레 고개를 갸웃하는데 가장 먼저 비통함에서 빠져나와 정신을 차린 장승주가 벌떡 자리에서 일어났다.

"지금은 이러고 있을 때가 아니오!"

여기저기서 무기 부딪치는 소리와 비명 소리가 난무하는 가운데서도 장승주의 외침은 모두의 귀에 똑똑히 들렸다. 그리고 그 소리에 그때까지 정신을 못 차리고 있던 이들이 일제히 고개를 들어 그를 봤다. 그러자 장승주가 은상의 품에서 이하원을 떼어내 안으며 말했다.

"이리 찬 바닥에 이대로 형님을 둘 수는 없는 노릇 아니오? 우선 자리를 마련해 형님을 뉘고 대책을 세워야 한다고 보오. 그리고 조금이라도 의술을 아는 사람을 찾아……."

"의술에 대해서라면 자신할 수는 없으나 잠시 배운 적이 있습니다."

서현이 장승주의 말을 자르며 나섰다. 마치 최고의 명의를 눈앞에 둔 듯 장승주 등의 표정이 일순 환해졌다. 그리고 그때 남궁윤이 살풋 미간을 찌푸리며 말했다.

"그건 그렇고, 우선 이 사태부터 정리를 해야 할 것 같은데요?"

남궁윤의 시선을 따라가자 팔황성 무인들에게 맞서 싸움터를 휘젓고 있는 이들의 모습이 보였다.

챙— 챙—

"크하핫! 죽어라! 이놈!"

매우 즐거운 듯 크게 웃음을 터뜨리며 돌아다니는 모용은성을 비롯하여 그와 썩 다르지 않은 모습의 성정립, 목시인 등이 보였다.

모용은성이나 성정립 등은 여기저기 크지 않은 자상뿐이었지만 목시인은 그냥 보기에도 꽤 큰 내상을 입은 듯했다. 그런데도 그는 주춤하기는커녕 오히려 더욱 사납게 모용은성 등과 함께 팔황성 무인들을 밀어붙이고 있었다.

사실 솔직한 심정으로는 할 수만 있다면 적들을 모조리 쓸어버리고 싶었다. 저들만 아니었다면 이런 상황이 되지는 않았을 거다. 그렇게 생각하니 더욱 울화가 치밀어 올랐다. 하지만 지금의 상황을 보아하니 그리 쉽게 될 것 같지 않았다.

우선적으로 정파인들과 팔황성 무인들이 격돌하면서 그 충격이 주변을 몰아치며 동굴이 조금씩 흔들리고 있었다. 종유석에서 떨어지는 물방울이 굵어지고 조금씩 돌 부스러기가 날리기까지 한다. 한마디로, 이 동굴이 그리 튼튼하지 않다는 것을 뜻했다. 아마 이 이상 계속해서 충격을 주다가는 그대로 무너지고 말리라. 여기까지 와서 겨우 목숨을 건졌는데 돌에 깔려 죽고 싶은 마음은 추호도 없었다.

거기다 팔황성 측은 왜인지 그 우두머리라 할 수 있는 하세인, 영선휘 등이 아직까지 나서지 않고 있었다. 그들은 멀찍이 떨어져서 지금의 싸움을 방관하고 있었다. 물론 정파 측에서도 장승주를 비롯한 이하원과 연관된 이들이 나서지 않고 있어 대충 그 전력은 엇비슷했다. 그런데 만약 하세인이나 영선휘 등이 나선다면? 장승주, 은상 등은 이하원의 상태가 좋지 않은 지금 될 수 있으면 이하원의 곁을 떠나고 싶지 않았다. 그렇다 보니 여러 가지로 상황이 좋지 않았다.

그렇다면 어쩔 수 없이 휴전이라도 맺어 이 시끄러운 사태를 잠시라도 물려야겠는데……

생각이 거기까지 미친 은상이 장승주를 보았다. 그러자 하나둘 그를 따라 장승주에게로 시선을 맞추기 시작했다. 이번 임무의 책임자인 이하원이 의식불명이니 남은 이들 중에서 책임자를 찾자면 단연 장가장의 장주인 장승주가 적임이라고 할 수 있었다. 그런데 어찌 된 일인지, 보통은 하고 싶어 하는 것이 정상인데 장승주는 고개를 저었다. 하고 싶지 않다는 뜻이었다. 그러면서 이하원을 안은 팔에 힘을 주는 것을 보니, 그 이유라는 게 단순히 잠시라도 이하원의 곁을 떠나는 것이 싫기 때문인 듯했다.

'그렇다면?'

이번에는 모두 일제히 소정을 보았다.

다음 대 개방 방주 직을 맡는 게 확정된 인물이니 장승주가 안 된다면 그가 나서는 게 맞지 않나 싶어서였다. 하지만 꾀죄죄한 모습에 흐리멍텅한 눈동자를 보니 영 신뢰가 가지 않았다. 그들은 일제히 고개를 젓고 말았다.

"뭐, 뭐야? 그 눈빛들은? 내가 믿음이 가지 않는다는 것이오?!"

소정이 버럭 소리쳤지만 받아주는 사람은 아무도 없었다.

다음으로 시선이 향한 것은 서현이었다.

무당 장문인 유무인 진인의 수제자이니 그럭저럭 어울릴 듯도 했다. 하지만 곧 그들은 다시 고개를 저었다. 이곳에서 의술을 아는 이라고는 그뿐이니 책임자 자리를 주는 것보다는 이하원을 맡기는 게 당연하다 생각했던 것이다. 물론 이것은 순전히 다른 무엇보다 이하원의 안위를 우선시하는 이들의 생각에서 비롯된 것이었다.

모두 잠시 혼란스러운 표정을 지었다.

팔황성과의 접전으로 인해 단숨에 이름을 드높인 풍림장 무사 유일이나 이하원의 그림자라고는 하지만 지금까지의 활약으로 그 무공 수위가 보통이 아니라는 것이 알려진 은상, 육단원을 대신하여 육가장의 대표로 나선 육강 등이 그 뒤로 거론되었지만 어떻게 된 노릇인지 그들은 하나같이 사양했다.

그렇게 조금이라도 이하원과 연관이 있는 이들은 영광스런 자리임에도 불구하고 미련 하나 두지 않고 거절하기만 했다.

결국 화산 제자 양신얼이 한숨과 함께 자리에서 일어났다.

"다들 싫다고만 하시니… 제가 나서겠습니다."

잠정적인 휴전은 빠르게 찾아와 신속히 결정지어졌다.

어딘지 알 수 없는 곳.

사방이 막혀 있고 아직은 어떻게 이곳을 빠져나갈 수 있는지도 알 수 없는 상황이다. 아니, 그것은 둘째 치고 우선 바로 오늘 분의 식량조차 없다. 거기다 모두들 동굴 자체가 튼튼하지 않다는 것을 안다. 언제 무너져 목숨을 잃을지도 모른다는 말이다. 그런데 이런 상황에서 단순히 적이라 하여 목숨을 걸고 싸워대는 것은 무의미하다 싶었다. 철천지원수 사이라 한 하늘을 이고는 도저히 못 사는 것도 아닌데 당장 물도, 식량도 없고, 언제 죽을지도 알 수 없는 마당에 싸움이나 해대고 있을 수는 없지 않은가.

먼저 휴전 제의를 꺼낸 것은 정파 측이었지만 팔황성 측이라고 해서 반대를 할 만한 입장은 되지 못했다. 그렇게 '이곳을 빠져나갈 때까지만'이라는 조건부 휴전이 성립되었다.

다행히도 공터는 넓었다.

정파인들과 팔황성 무인들은 서로 최대한 떨어진 곳에 자리를 잡았다. 당장이라도 잡아먹을 듯 서로를 노려보지만 이를 실행하는 이는 없었다. 신기하게도 이곳에 갇힌 이들의 전력조차도 양쪽이 엇비슷해서 쉽사리 우열을 가릴 수 없다는 것을 조금 전의 싸움으로 알았던 것이다.

"이제 어떻게 하지?"

대충 부상자들을 추스르고 나자 영선휘가 물었다. 하세인은 무슨 생각에 빠졌는지 잠시간 멍하니 있다 그 말에 정신을 차리고 말했다.

"어떻게 하기는 뭘 어떻게 해? 우선은 식수부터 찾아야지. 다행히 물소리가 나는 것을 보니 가까이에 물이 흐르는 것 같다. 그러니 그것부터 확인해 봐야겠어."

"그럼 나 혼자 갔다 오겠다."

"혼자서 가는 건 위험해. 이곳이 어디인지도 모르는데 뭐가 있을 줄 알고?"

하세인이 말렸지만 영선휘는 고개를 흔들었다.

"하지만 그렇다고 네놈과 같이 갈 수는 없는 것 아니냐. 아무리 휴전을 했다고는 하지만 정파 놈들을 어떻게 믿고? 혹시라도 우리 둘이 한꺼번에 사라지면 공격을 해올지 누가 아느냐 말이다. 그러니 만약을 대비해서라도 우리 둘 중 한 명은 이곳에 있어야 한다. 또 찰관주를 믿을 수도 없고."

영선휘가 턱짓으로 가리키는 곳을 본 하세인은 굳은 표정으로 고개를 끄덕였다.

듣고 보니 그랬다.

하세인과 영선휘가 동시에 사라진다면 잠시 동안이나마 지휘 체계가 흐트러질 것이고, 그사이 공격을 받으면 자칫 전멸할 수도 있었다. 그렇다고 왕승지 찰관주에게 맡길 수도 없었다.

하세인도, 영선휘도, 책임자라고는 하지만 절벽까지 폭발하는 함정에 대해서는 전혀 모르고 있었다. 그렇다는 건 누군가가 지시를 내렸다는 말인데, 비록 이렇게 같이 이곳에 떨어지긴 했지만 왕승지가 지시를 한 것인지도 모르지 않은가? 누군가와 합세를 해서. 그러니 왕승지에게 지휘를 맡기는 것은 너무 위험하다 싶었다.

하지만 아무리 그래도 영선휘를 홀로 보낼 수는 없다.

앞도 제대로 보이지 않는 음침함. 사방으로 나 있는 수십의 굴. 습하고 싸늘한 공기까지.

심상치 않은 기운이 감돈다.

이런 곳에 뭐가 있을지도 모르는 데다, 앞으로 무슨 일이 일어날지도 예측할 수 없었다. 그러니 어찌 쉽게 결정을 하랴.

하세인은 잠시 고민하고 말했다.

"그럼 난 여기에 남을 테니 네놈은 수하라도 몇 데려가라. 소리는 잘 울리는 것 같으니 일이 생기면 바로 연락하고."

"알았다."

홀로 다니는 것을 좋아하면서 웬일로 쉽게 고개를 끄덕인 영선휘는 같이 갈 수하를 뽑았다. 그러다 왜인지 순간 멈칫했다.

힐끔.

대충 정리가 되어가는 이쪽과는 달리 아직도 부산한 듯 보이는 정파 쪽을 몇 번 힐끔거리더니 전음을 보내왔다.

'저기… 괜찮을까?'

하세인이 영선휘에게로 고개를 돌렸다. 곧 영선휘의 시선을 따라간 하세인은 그가 묻고자 하는 게 무엇인지 알았지만 모른 척 되물었다.

"뭐가?"

영선휘는 인상을 썼다.

"그."

"그?"

"그래, 그!"

영선휘가 두 눈을 부라리며 보자 하세인은 피식, 웃고 몸을 돌렸다. 그의 시선이 정파 진영에 꽂혔다.

"모르지."

약간의 간격을 두고 나온 대답에 영선휘의 얼굴이 찌푸려졌다.

"뭐라고?"

"모른다고. 괜찮을지 어떨지."

"무슨 대답을 그렇게 성의없이……."

뚱해져서 중얼거리는데 하세인이 갑자기 그 말을 잘랐다.

"봐라. 갑자기 주변 환경이 바뀌었다고는 하지만 아무 이유 없이 정신을 잃은 자는 단 한 명도 없어. 죽은 자들 역시 숨이 끊어진 채로 이곳에 온 자와 부상의 정도가 심해 목숨을 잃은 자뿐이다."

영선휘가 고개를 갸웃했다.

"그런데?"

"그런데 유일하게!"

하세인은 혹시라도 다른 사람이 들을까 뒷말을 전음으로 대신했다.

"그는 아니야."

영선휘는 저도 모르게 흠칫했다.

"뭐?"

"보지 못했나? 유감스럽게도 그는 이곳에 오기 전까지만 해도 멀쩡했어."

"하지만 바로 위에 바위가……."

"그 바위 때문이라면 왜 저놈들은 멀쩡한 거냐?"

하세인의 턱짓을 따라간 영선휘는 자신의 의견을 철회할 수밖에 없었다. 바위가 떨어지기 전 몸을 던져 이하원의 위를 덮었던 이들이 모두 멀쩡했으니 그 바위로 인해 이하원이 저리 되었다는 것은 말이 되지 않았던 것이다. 게다가 멀찍이 떨어지긴 했지만 이하원은 바위에 깔린 사람이라고는 볼 수 없을 정도로 겉이 멀쩡해 보였다.

"그렇다면……."

"그만은 달라. 겨우 주변 환경이 바뀌었다고 저렇게 된 것이 아니란 말이다. 분명 우리가 모르는 다른 이유가 있을 것이다. 그리고 그것은 어쩌면……."

"어쩌면?"

하세인은 고개를 저었다.

"아니, 아니다."

한 가지 가정이 떠올랐지만 그는 더 이상 생각을 진행시키지 않기로 했다. 그리고 그 가정을 영선휘에게도 말해주지 않았다.

영선휘가 대답을 재촉했지만 그저 눈을 감을 뿐이었다, 주변 환경이 바뀌기 전 보았던 빛에 대해 잊어버리겠다는 듯이. 아무리 강한 듯 보여도 자신이 살게 된 이유가 이하원 때문일지도 모른다는 것을 알게 된다면, 그리고 어쩌면 그 때문에 이하원이 아직까지 의식을 잃은 상태라는 것을 알게 된다면 영선휘가 지금처럼 저렇게 걱정스런 표정만을 짓고 있을 수 없음을 너무나도 잘 알았기에.

"후우."

하세인은 긴 한숨을 뿜어냈다. 하세인 역시 영선휘와 다르지 않았다. 만약 그 가정이 진실이라면 아마도 자신은······.

'도대체 언제 이렇게까지 빠져들어 버린 걸까? 분명 천산에 있을 때만 해도 이렇지는 않았던 것 같은데. 단지 강함에 매료되었을 뿐인데 이 이해할 수 없는 감정은······.'

그는 뻐근해져 오는 가슴을 꾹 눌렀다.

한편, 정파 진영은 상황이 말이 아니었다.

팔황성 무인들과의 접전에 정신이 팔려 모르고 있다 뒤늦게 상황을 알게 된 이들이 일으키는 소란도 소란이지만, 진맥을 하는 서현의 표정이 좋지 않았던 것이다. 어수선한 상황 속에서 초조하게 지켜보던 은상은 서현이 이하원의 손을 내려놓자 입술을 뗐다.

"어떻습니까?"

"그게······."

"말해보십시오. 어떻습니까? 뭐가 어떻게 되었기에 주군께서 아직도 깨어나지 않으시는 겁니까?"

뒤로도 몇 번의 재촉이 있었지만 서현은 쉽사리 대답하지 못했다.

그는 생각을 정리하듯 눈을 감았다. 그러자 성질이 급한 진관혁이 참지 못하고 서현에게 달려들려 하자 옆에 있던 여욱과 정태현이 급히 그를 잡아 말렸다. 그것을 보지 못한 듯 서현은 한참을 생각하더니 천천히 눈을 떴다. 그리고는 침중한 어조로 말했다.

"부끄럽지만 제 의술 공부가 미흡하여 왜 이 형께서 아직도 의식불명인 건지 짐작이 가지 않습니다."

"그런……."

누군가가 신음했다. 다시 서현이 말을 이었다.

"그저 제가 말씀드릴 수 있는 것은, 아마도 이곳으로 주변 환경이 변하면서 이 형에게 어떤 충격이 가해진 것이 아닌가 하는 겁니다. 왜 이곳으로 옮겨졌는지 우리들은 모릅니다. 그렇기에 어떤 충격이 가해졌는지도 짐작할 수 없지요. 하지만 보통 머리에 어떤 충격이 가해지면 금세 깨어나는 것이 대부분입니다. 그런데 지금껏 의식을 차리지 못하는 데다 증세도 냉기가 어렸다 열기가 어렸다 하는 것이, 마치 주화입마에 빠졌을 때와 비슷한 것을 보면 단순히 충격을 받기만 한 것은 아닐지도 모른다는 겁니다. 이 형의 증세가 이후 어떻게 변할지도 모르겠고, 또한 앞으로 깨어날 수 있을지도 짐작하기 어렵습니다. 다만……."

"다만?"

"다만 뭡니까?"

부정적인 이야기만을 늘어놓아 간담을 서늘하게 하던 서현이 말을 끊자 혹시라도 무슨 희망적인 말이 기다리고 있지 않을까 싶어 몇 명이 득달같이 달려들어 재촉했다.

서현은 짧게 한숨을 내쉬고 말했다.

"다만, 이런 상태가 오랫동안 이어진다면 결코 좋지 않을 거라는 겁니다. 현재 이 형의 내부는 냉기와 열기가 충돌을 하여 엉망이 된 상태입니다. 이럴 때 외부에서 조금의 충격이라도 준다면 아마 이 형의 목숨조차 장담하기 어렵게 될 것입니다. 제 생각으로는 우리가 교대로 내공을 다스려 이 형의 내부 진기가 들끓지 않도록 막는 한편, 최대한 빨리 이곳을 벗어나 명의에게 보이는 것이 좋을 듯 보입니다."

"그렇다면 수시로 들끓는 열기와 냉기는 그냥 두어도 되는 겁니까?"

서현은 고개를 저었다.

"그렇지 않습니다. 열기에 끓어오를 때는 무슨 수를 써서든 열을 식혀야 하고, 냉기가 끓어오를 때 역시 어떻게든 냉기를 식혀야 합니다. 우리들 중에 화공이나 빙공을 익힌 이가 없으니 그것은 어쩔 수 없이 외부적인 방법을 택해야 할 겁니다. 이를테면 찬물을 부어 열기를 식히고 이불을 겹겹이 덮어 냉기를 식히는 등으로 말이지요."

결국 좋은 소리는 하나도 없었다.

무슨 도사가 간담을 서늘하게 하는 소리를 저리 아무렇지도 않게 하는 건지 모르겠다. 모두들 그저 푹푹, 한숨을 내쉴 뿐이었다.

은상이 먼저 나섰다.

"그렇다면 우선은 제가 주군의 내상을 다스리겠습니다."

"아니, 내가 먼저……."

얼른 장승주가 나서자 은상이 고개를 흔들며 그의 말을 끊었다.

"우선은! 제가 먼저 해보겠습니다. 타인의 내력을 받아들이는 것 자체가 쉽지 않은 일이니, 처음은 아무래도 같은 심법의 내공을 익힌 풍림장 쪽 사람들이 하는 것이 덜 위험할 겁니다."

듣고 보니 그렇다.

한 사람의 목숨을 걸고 시험을 할 수는 없다. 그러니 최대한 안정적인 방법으로 가는 것이 옳을 터였다. 그렇다 보니 내공 수위로만 보면 단연 장승주가 제일 처음이겠으나 내공 심법의 비슷함을 따져 풍림장 사람들에게 앞자리를 내주는 것이 당연하게 여겨졌다.

장승주는 별수없이 뒤로 물러났다. 그러자 진관혁이 나섰다.

"그럼 다음은 나!"

옆에 있던 유일이 그의 옆구리를 쿡, 찌르고 말했다.

"주군의 정확한 상세를 알지 못하는 한 어느 정도의 내공을 어떤 식으로, 어떻게 써야 하는지 등등의 일정한 규칙을 발견하기 전까지는 매우 위험한 상태라고 할 수 있다. 그렇기에 될 수 있으면 같은 심법이면서도 정순한 내공이 필요한 법이지. 우리 모두 같은 심법이긴 하지만 정순함으로 따지자면 넌 나와 태현, 그리고……."

유일이 냉무진에게로 시선을 맞추었다.

"도와주실 겁니까?"

냉무진은 경계의 빛이 역력한 은상을 보더니 간단히 고개를 끄덕였다. 이에 유일이 다시 말을 이었다.

"냉 형까지 돌아간 후에야 기회가 있을 것이다. 설마 나나 태현, 냉 형보다 자신의 내공이 더 고강하다 생각하고 있는 것은 아니겠지?"

순간 말문이 막힌 듯 진관혁은 아무 말도 하지 못했다.

"알았으면 한쪽에 찌그러져 있어!"

진관혁이 잔뜩 불만스런 표정으로 자리를 지키고 서 있자 유일이 그를 뒤로 밀어버렸다. 그럴 줄 알았다는 듯이 소의한이 가볍게 받았다.

서현이 나서서 말했다.

"그럼 제가 옆에서 도와주겠습니다. 아직은 어느 정도의 내공으로 어떻게 이 형의 진기를 다스려야 하는지 확실히 알 수 없으니까요."

장승주가 창백하게 질린 이하원의 뺨에 손을 대었다. 순간 움찔하고 손을 움츠리다 다시 손바닥을 펼쳐 뺨에 갖다 대고 말했다.

"뺨이 얼음장마냥 찬 것이 지금은 냉기가 이는 모양이오. 어째 이곳은 천산보다도 더 추운 것이, 이대로 있다가는 얼어버릴지도 모르오. 그간 노숙을 해왔던 만큼 모두들 서너 개씩의 모포를 가지고 있었을 테니 한 개씩만 걸어오도록 하시오."

"알겠습니다."

이하원 일행은 정파 진영의 가장 구석에 자리를 잡고 있었다. 그랬기에 남궁윤은 대답과 함께 모포를 걷기 위해 앞쪽으로 걸어갔다.

장승주가 주변을 둘러보고 말했다.

"그리고 무엇보다 식수 확보가 중요하오. 물소리가 나는 것이 어딘가에 물이 흐르는 곳이 있는 모양인데, 그것을 찾아야겠소."

"제가 가겠습니다."

모용은성이 나섰다. 장승주가 고개를 돌려 황보영, 팽여문을 보았다.

"같이 가주시겠소?"

"그러지요."

그들은 쉽게 고개를 끄덕였다. 장승주가 덧붙여 말했다.

"상세가 괜찮은 이들을 몇 추슬러 가도록 하시오. 혹시라도 모르니."

그렇게 말하고 팔황성 무인들이 있는 곳을 보았다. 팔황성 진영 쪽에서도 물을 찾기 위해 사람을 보낼 것이니 조심하라는 뜻이었다. 그것을 알아들은 모용은성 등은 굳은 표정으로 고개를 끄덕였다.

상황은 빠르게 돌아갔다.

은상과 서현은 이하원을 바로 앉히고 들끓는 내부 진기를 다스리기에 들어갔고 모용은성, 황보영 등은 물을 찾기 위해 떠났다.

여욱, 소의한 등은 뒤쪽으로 나 있는 수십의 동굴을 조사하기 위해 자리를 비웠고, 지금까지 한마디도 하지 않고 있던 냉무진은 그대로 서서 무방비 상태가 된 이하원을 호위했다. 마찬가지로 정태현, 진관혁 등도 그 옆에 서서 그들을 호위했다.

육강, 육세명 등은 우선적으로 갖고 있는 비상식량을 거두었다. 언제까지 이곳에 있어야 하는지 모르는 상황이니 우선은 모두의 식량을 모아 아껴 쓰는 것이 옳다 생각한 것이다.

윤서령, 양신얼 등은 부상자들을 살펴 한쪽으로 모으고 응급처치를 하기 시작했다.

모두들 바쁘게 움직이느라 정신이 없었다.

이하원이 의식을 차리지 못하는 것에 아직도 그 충격에서 헤어 나오지 못하는 육단원을 달래는 한편, 시급히 해야 할 일들을 분배해 지시를 내린 장승주는 대충 일이 끝나자 겨우 한숨 돌릴 수 있었다.

고개를 들다 유일과 눈이 마주쳤다.

"잠시 이야기할 수 있겠습니까?"

유일의 전음이었다.

'무슨 일이지?'

잠시 머리를 굴려보던 장승주는 간단히 고개를 끄덕였다.

그때까지도 울먹이는 육단원을 데리고 가야 하나 말아야 하나 잠시 고민하던 그는 곧 육단원을 대동하기로 했다. 턱짓으로 수십의 굴이 나 있는 곳의 반대편에 나 있는 굴 쪽을 가리키자 유일이 미세하게 고개를 끄덕였다.

"아우. 괜찮아? 괜찮을까? 응?"

"괜찮을 겁니다. 걱정하지 마세요."

"정말? 정말? 정말 괜찮아? 응? 괜찮을까?"

육단원은 불안한 듯 이하원에게서 눈을 떼지 못했다. 몇 번 달래보아도 되지 않자 장승주는 대답해 주기를 포기하고 육단원의 팔을 잡고 동굴로 향했다. 자연스레 장승주를 따라 걸음을 옮기면서도 그는 같은 말을 반복했다. 장승주의 손에 잡힌 팔이 조금씩 떨리고 있었다. 둔한 듯도 하고, 어수룩한 듯도 하여 감정에 무딜 듯 보이지만 사실은 누구보다 사람의 감정에 예민한 게 육단원이었다.

처음 생긴 동생, 처음으로 얻은 빛이 사라질지도 모른다는 생각에 지금 육단원은 잔뜩 겁에 질려 있었다.

동굴 구석에 가 보이지도 않는데 계속 이하원이 있던 쪽을 보며 부들부들 떨었다. 장승주가 평소 이하원이 하던 것처럼 머리를 쓸어주며 달래는데, 발걸음 소리가 들렸다. 고개를 들자 유일이 나타났다. 그들은 잠시 서로의 얼굴을 쳐다보기만 했다.

장승주가 먼저 입을 열었다.

"그래, 할 이야기가 무엇이오?"

"그것이……."

유일은 망설였다. 장승주가 재촉하듯 말했다.

"말하시오."

"으음, 그러니까… 우리가 이리로 오게 된 것이 그……."

어떻게 말을 꺼내야 할지 모르겠다.

풍림장 무사들의 대표 격으로 있다 보니 이야기를 할 만한 이를 찾을 수가 없었다. 답답하긴 답답하고, 누군가에게 상담이라도 하고 싶은데 그럴 만한 이가 없었던 것이다.

그러다 생각난 사람이 장승주였다.

주군의 의동생이기도 하고, 지금은 한 장의 장주이며, 또 예전에는 소장주로 십 년이 넘게 장주의 일을 봐왔으니 나이는 어리지만 자신보다 뭐든 더 많이 알지 않을까 싶었던 것이다. 그런데 막상 말을 꺼내려 하니 무슨 말을 어떻게 해야 할지 막막했다. 함부로 주군에 대한 것을 떠벌릴 수도 없었고, 의형제라는 것이 어느 정도의 마음을 공유한 관계인지도 짐작이 가지 않았던 것이다.

"그… 절벽에서 갑자기 이리로 오게 된 게 그, 그러니까 주군께서 지금 저리 되신 게… 으음…….."

유일은 벅벅 머리를 긁어댔다. 그러다가 결국 안 되겠다 싶었는지 푸욱, 한숨과 함께 손을 흔들며 말했다.

"됐습니다. 별일도 아닌데 괜히. 그냥 없었던 일로…….."

"혹, 형님께서 저리 되신 게 힘을 과다하게 써서 그런 건 아닐까 생각하는 것이오?"

말을 자르고 툭 내뱉는 말에 유일이 멈칫했다.

"알고 계셨습니까?"

"모를 리가 없지 않소, 내 형님인데."

장승주는 당연하다는 듯이 그렇게 말했다. 다 알고 있었구나. 그제야 유일은 편안해진 마음으로 물었다.

"그러면 말해야 하지 않습니까? 원인을 알면 결과를 찾기가 쉬운 법입니다. 그러니 모두에게 말해서 주군이 왜 저리 되었는지 다 같이 알아보는 것이…….."

"안 되오."

장승주는 더 들어볼 것도 없다는 표정으로 단호히 말을 잘랐다. 유일이 반문했다.

"왜 안 됩니까?"

장승주가 검지를 치켜들었다.

"첫 번째, 사실 거의 확신하고는 있지만 우리가 이리로 오게 된 것이 형님의 힘에 의해서라고 단정 지을 수 없기 때문이오."

"그건 그렇지만……."

장승주가 중지를 치켜들었다.

"그리고 두 번째, 형님께서는 평소 힘에 대해서 숨기려 하셨는데 그에 대해 우리가 함부로 발설해서는 안 되지 않겠소? 다른 이들에게 알리는 것은 어디까지나 형님의 선택에 의해 결정지어져야 할 일이라고 생각하오."

장승주는 약지를 치켜들고 말했다.

"마지막으로 세 번째, 우리조차도 제대로 파악하지 못한 힘이거늘, 사실을 알린다고 해서 다른 이들이 형님을 낫게 할 방도를 찾아낼 거라고는 절대 생각할 수 없소. 그러니 지금 힘에 대해 말하는 것은 무의미하게 여겨질 뿐이오."

유일은 뭐라 반박하지 못했다. 사실이 그러했기 때문이다.

유일 역시 다른 이들이 힘에 대해 알게 된다고 해서 그들이 무슨 좋은 방도를 찾아낼 거라 생각한 것은 아니었다. 그저 가만히 있기가 너무 답답해서, 창백하게 질려 있는 주군의 얼굴을 보고 있기가 너무 고통스러워서 손톱만큼의 가능성이라도 찾아보고자 한 말일 뿐이었던 것이다. 물론 그 손톱만큼의 가능성도 없다는 것을 이젠 알았지만.

"후우~"

어깨를 축 늘어뜨리고 터져 나오는 한숨을 내쉬는데, 그때까지 가만히 듣고만 있던 육단원이 나서서 그의 등을 툭툭 두드려 주었다.

"괜찮다. 괜찮다. 곧… 괜찮아진다!"

두 눈 가득 눈물을 머금고 하는 말은 조금도 위로가 되어주지 못할 것 같았다. 하지만 유일은 그 별것 아닌 말에 왠지 조금은 답답했던 마음이 풀어짐을 느꼈다. 그는 다시 한 번 푹 한숨을 내쉬고는 조금 전과는 달리 약간은 힘이 없는 듯 보이는 미소를 지었다. 그러자 장승주도 같이 미소를 지어주었다.

"그만 돌아갑시다."

"그러지요."

그들은 서로를 위로하듯 그렇게 미소를 짓고는 그 자리를 떴다. 그리고 걸음을 떼어놓을 때마다 유일의 등을 두드리는 육단원의 손에 점점 힘이 들어가고 있었다. 차츰 등이 따가워졌지만 유일은 내색하지도, 육단원의 손을 치우지도 않았다. 그렇게 받아주는 것이 단지 육단원이 이하원의 의형이기 때문인지, 아니면 방금 전 조금이나마 위로를 받은 것에 대한 고마움 때문인지는 스스로도 알지 못했다.

타박―

그렇게 그들이 사라지고 난 후, 발걸음 소리와 함께 동굴 안쪽에서 한 사람이 모습을 드러냈다.

장승주와 유일, 육단원이 있던 곳. 하지만 지금은 사라지고 없는 곳을 보던 그는 고개를 들어 정파 진영 쪽으로 눈을 돌렸다. 그러나 아쉽게도 동굴 벽에 막혀 보이지 않았다. 몇 걸음 앞으로 걸어나가자 그제야 부산스런 모습들이 보였다.

처음 이곳에 왔을 때도, 휴전을 맺을 때도 어수선하더니 아직까지도 그 상태였다.

이리저리 정신없이 지나다니는 사람들 틈으로 언뜻언뜻 가부좌를 틀고 앉은 이하원의 모습이 보였다. 그 뒤에 같이 가부좌를 틀고 앉은, 언제나 이하원과 함께 다니던 이들의 모습도 보였다. 그들의 앞에서 이하원의 맥을 짚고 있는 듯 보이는 무당 도사의 모습 역시 눈에 들어왔다.

그들은 쭈욱 훑어보고 다시 이하원에게로 시선을 맞추었다.

한참을 그렇게 보고 있는 듯하더니 마침내 꾹 다물고 있던 입술이 벌어지고 낮은 신음성과 더불어 욕설이 터져 나왔다.

"젠장……."

검을 닦고 있던 하세인이 고개를 들었다.

"어때?"

앉기는커녕 숨 돌릴 틈도 주지 않고 묻는 말에 영선휘의 한쪽 눈썹이 삐딱하게 위로 올라갔다. 그런데 웬일인지 빈정대지 않고 제대로 된 대답을 해주었다.

"저쪽으로 돌아서 가면 지하수가 흐르고 있다. 좀 멀다는 것과 물이 지나치게 차갑다는 것만 빼면 뭐, 깨끗해 보이는 게 식수로는 별문제 없겠더군. 저쪽에 떴났으니까 마셔보든가. 그리고 잘만 하면 거기를 통해서 이곳을 벗어날 수 있지 않을까 싶다. 물살이 세긴 하지만 그 정도도 못 버티면 팔황성 소속이 아니지."

"그럼 별로 문제될 것도 없겠군?"

"그렇지. 단지 그 지하수가 어느 정도의 깊이로 어디까지 이어져 있느냐 하는 게 문제란 말이야. 아무리 우리라도 일각 이상 숨을 멈추고 있을 수는 없지 않겠냐? 만약 무턱대고 들어갔다 출구가 보이지 않으면 꼼짝없이 익사하게 될 거다. 그러니 사전에 꼼꼼히 조사해 보고 시도해 봐야 할 듯해."

"흐음……."

하세인은 한차례 고개를 끄덕이고 생각에 잠겼다.

강호에 기본 터전을 둔 이들답게 헤엄을 잘 치지 못하는 여느 무인들과는 달리 팔황성 무인들은 기본적인 헤엄 정도는 할 줄 알았다. 그러니 헤엄을 못 치지는 않을까 하는 걱정은 없었다. 문제는 영선휘의 말마따나 지하수가 어느 정도의 깊이로 어디까지 이어져 있느냐 하는 것과 물살이 어느 정도로 세냐는 것이었다. 물이 차갑다는 것은 그 다음 문제다.

'아무래도 직접 가서 확인해 보는 게 좋겠지?'

급할 건 없지만 그렇다고 시간을 끌 것도 아니다.

하세인이 그렇게 생각하고 막 자리에서 일어나려 할 때였다. 그때까지 가만히 있던 영선휘가 고개를 삐딱하게 꼬더니 툭 말을 던졌다.

"어이, 빌어먹을 놈. 네놈은 알고 있었지?"

"뭐?"

"네놈같이 똑똑한 놈이 몰랐을 리가 없어. 분명 네놈은 알고 있었을 거다. 그렇지?"

밑도 끝도 없이 무슨 소린가? 하세인의 미간이 찌푸려졌다.

평소 시도 때도 없이 말싸움과 몸싸움을 하는 그들이지만 갑자기 변해 버린 상황에 미처 싸울 틈도 없었다. 그리고 지금은 싸울 때가 아니었다. 오히려 조금은 화가 나도 참고 넘어가야 할 때. 이럴 때 분란을 일으키는 것은 금기나 다름이 없다는 것을 사천왕씩이나 되는 영선휘가 모를 리 없다. 그런데 갑자기 웬 시비란 말인가?

"뭘 내가 알고 있었다는 거냐? 말을 하려면 제대로 해라. 네놈 말은 도통 알아들을 수가 없다."

비꼬면서도 성질을 죽이며 장난식으로 말을 받았지만 영선휘는 웃지 않았다. 오히려 더욱 낯빛을 굳혔다.

"빌어먹을 놈, 네놈은 알고 있었잖아."

뿌득뿌득 이를 갈며 말하더니 입술을 질끈 깨무는 게 보였다. 화를 꾹꾹 누르고 있는 게 눈에 보였다. 그래서 더욱 영선휘가 왜 이러는 건지 이해할 수가 없었다.

하세인의 얼굴이 더욱 찌푸려졌다.

"그러니까 뭘!"

짜증이 나 소리치자 영선휘가 벌떡 자리에서 일어났다. 그러더니 척, 하고 정파 진영을, 더 정확히는 이하원이 있는 곳을 가리키고 버럭버럭 소리를 지르기 시작했다.

"그 때문이라는 거! 절벽이 무너지고 곳곳에서 폭약이 터지는 상황에서도 이렇게 멀쩡할 수 있었던 게 모두 그… 덕분이라는 거! 네놈은 알고 있었잖아!!"

"너……."

하세인은 당황스런 표정을 숨기지 못했다. 그리고 그 모습이 영선휘의 심중에 확증을 더해주었다. 역시 알고 있었군. 그것을 확인한 영선휘의 얼굴이 더욱 벌겋게 달아올랐다. 영선휘가 이를 악물 때 당황스레 획획 주위를 둘러보던 하세인이 얼른 그의 손을 잡았다.

"다른 데서 이야기하자."

하지만 영선휘는 즉시 잡은 팔을 뿌리쳤다.

"뭘! 뭘 다른 데서 이야기하는데? 무슨 이야기를! 다 알면서도 숨긴 네놈이랑 내가 무슨 이야기를 해야 하는데! 빌어먹을 놈, 죽일 놈. 네놈은 내가… 내가……."

영선휘의 입술이 부들부들 떨리고 있었다. 이대로 두었다가는 무슨 소리를 할지 알 수 없다. 하세인이 버럭 소리쳐 그 말을 끊었다.

"그만!"

"내가… 내가…… 내가!!"

"그만! 그만 하라고 하잖아! 아직은 확실히 알 수 없다. 그냥 짐작일 뿐이라고. 그런데 무슨 말을 했어야 하는데? 확인되지 않은 사실을 짐작만으로 알렸어야 옳았다는 거냐? 네놈이 무슨 미친 짓을 할지 뻔히 보이는데 그걸 알렸어야 했냐고!"

버럭, 소리를 친 하세인은 숨을 몰아쉬며 주변을 둘러보았다. 어느새 모두의 시선이 자신들에게로 향해 있었다. 심지어는 멀찍이 떨어져 있는 정파인들의 시선까지.

하세인은 눈살을 찌푸리며 전음으로 말을 바꿨다.

"지금은 우리끼리 단결을 해야 할 때다. 네놈이 아무리 그를 따르고 싶고, 또 믿는다 하더라도 다른 정파 놈들까지는 믿지 못한다는 거 안다. 이런 상황에서 정파 놈들이랑 힘을 합치는 게 가능하다고 보냐? 아니. 절대 불가능이다. 그런데 어떻게 말을 해? 이런 상황에서, 확신도 아닌 짐작일 뿐인 것을 어떻게 말을 해!!"

"그렇더라도 말했어야지. 내가 그를 어떻게 생각하는지 알면서! 내가 머리 나쁘다는 거, 그런 것에는 하나도 돌아가지 않는다는 거 알면 단지 짐작일 뿐이라도 네놈이 말을 해줬어야 했다. 그랬으면……."

하세인이 그의 말을 자르며 같이 소리를 질러댔다.

"해줬으면! 네놈이 어쩔 건데? 가서 빌기라도 하려고? 목숨을 살려줘서 고맙다고 빌려고? 아니면 죄송스러운 마음에 그 자리에서 자결이라도 하려고? 네놈이 알아봤자 달라지는 건 아무것도 없다. 여기에서 네놈이 알아봤자 분란만 일으킬 뿐이란 말이다!"

"그렇더라도 그걸 내게 알려주지 말아야 할 권리는 없다!"

"알려줘야 할 의무도 없다."

"이… 이!! 네놈은 아무렇지도 않은 거냐? 분명 네놈도 나와 다르지 않았을 텐데, 내가 잘못 봤던 거냐? 아니면……."

"커억!!"

털썩―

숨이 막히는 듯한 억눌린 신음성. 결코 큰 소리는 아니었다. 그런데도 순간 영선휘는 저도 모르게 입을 닫아버렸다. 그리고 그들은 누가 먼저라고 할 것도 없이 고개를 돌렸다.

그렇게 그들의 시선이 향한 곳에는 한 남자가 바닥에 쓰러진 채 목을 움켜쥐고 있었다.

"무슨 일이냐?"

물었지만 대답은 없었다. 하세인이 한 걸음 앞으로 다가갈 때였다. 한참 동안 부들부들 떨며 경련을 일으키던 남자가 그대로 축 늘어졌다. 척 보기에도 숨이 끊어졌다는 것을 알 수 있었다.

"……."

일대는 순간 침묵했다. 하세인도, 영선휘도, 그리고 다른 누구도. 한참 동안 움직이지 못했다. 그들은 황당한 듯, 또는 어이가 없는 듯 쓰러져 있는 자를 보았다. 이유를 알 수가 없었다. 갑자기 쓰러져 죽어버린 자는 특별히 부상을 입은 자가 아니었다. 그런데 왜?

"저건 뭐지?"

하세인의 말에 모두의 시선이 바닥에 떨어져 아무렇게나 뒹굴고 있는 빈 검집으로 향했다. 누군가가 그것을 주워 들었다. 빈 검집을 거꾸로 기울이자 쪼르륵, 소리와 함께 몇 방울의 물이 떨어졌다.

"…물?"

영선휘가 다가가 손을 내밀자 빈 검집을 쥐고 있던 이가 건네주었다. 영선휘는 그것을 받아 들고 이리저리 살펴보았다. 보통 검집과 특별히 다른 점은 찾을 수 없었다. 그는 손가락으로 빈 검집에 묻어 있는 물을 찍어보더니 말했다.

"이거 아무래도 식수용으로 떠온 물 같은데?"

하세인의 표정이 대번에 굳어졌다. 그는 영선휘의 곁으로 가 빈 검집을 뺏어 들어 살피며 물었다.

"이 물에 이상이 있다는 거냐?"

"그럴지도."

추측성 대답이 떨어졌다. 하세인은 눈살을 찌푸리고 빈 검집을 보다 옆에 있는 사내에게 턱짓을 했다.

"확인해 봐."

"네."

사내는 즉시 품에서 은침을 꺼내 식수용으로 떠온 물에 담갔다.

"으음……."

누군가의 신음성이 터짐과 동시에 모두의 표정이 순식간에 굳었다. 그럴 수밖에 없는 것이, 식수라고 떠온 물에서 독극물이 검출될 거라고는 누구도 상상하지 못했던 것이다. 입을 꾹 다물고 있던 하세인이 조금 뒤에 은침을 든 사내에게 말했다.

"물을 담은 통이 문제일 수도 있다. 다른 물도 확인해 봐라."

"네."

유감스럽게도 결과는 같았다. 혹시나 싶어 지하수에 직접 가서 확인까지 했다. 하지만 지하수가 독물이라는 사실은 변하지 않았다. 흐르는 물인데 그 물 전체가 독물이라니! 하세인이 팍 인상을 쓰는데 가만히 지켜보고 있던 영선휘가 물었다.

"이제 어떻게 하지?"

"그걸 나한테 물으면 어떻게 해?"

하세인은 짜증스레 말하고 머리를 쓸어 넘겼다.

어떻게 동굴을 나가야 할지, 시체야 어차피 지하수가 독물인 이상 그곳에 버린다 치더라도 부상자들은 어떻게 해야 할지, 앞으로 식량은 또 어떻게 해야 할지 등등 신경 쓰이는 게 한두 가지가 아니었다. 그런 상황에서 그래도 위안이 되는 게 있다면, 그건 당장 식수는 걱정하지 않아도 된다는 것이었다. 그런데 그 물이 독물이었다니! 이 어찌 화가 나지 않을 수 있겠는가?

하세인은 잔뜩 얼굴을 찌푸리고 주변을 둘러보다 천장을 보았다.

퐁— 퐁—

한 방울, 두 방울. 천장에 매달린 종유석에서 떨어지는 물. 저것도 독물일까? 하세인은 검집에 꽂혀 있는 검을 뽑고 빈 검집을 세워 물을 받았다. 그리고는 그것을 은침을 들고 있는 사내에게 넘겼다.

"확인해 봐."

"네."

사태의 심각성을 알아서인지 사내는 딱딱하게 굳은 표정으로 빈 검집을 기울였다. 또르륵, 몇 방울의 물이 떨어졌다. 그리고 그 끝에 물 방울이 맺히자 사내가 은침을 갖다 댔다. 모두들 숨죽이고 은침을 보았다. 다행히 꽤 시간이 흘렀지만 이번에는 아무런 변화가 없었다.

하세인은 짧게 안도의 한숨을 내쉬었다.

"어쨌든 저 물은 괜찮은 모양이군."

"그래서 고작 저 물로 우리 모두가 사용해야 한다?"

"씻는 건 몰라도 식수로는 저걸 사용해야 할 거다. 죽기 싫다면."

그렇게 말하고 평소 친분이 있었던 듯 이미 숨이 끊어진 시체의 옆에서 멍하니 서 있는 수하에게 지시했다.

"시체는 독물과 함께 지하수에 버려라. 그리고 이 물을 받아라."

그 말에 사내 몇이 나서서 영선휘가 수하들을 이끌고 가 떠온 물과 시체를 거두어 갔다. 그리고 그때였다. 정파 진영에서 물을 떠오는 게 보였다. 나타난 곳을 보니 영선휘가 찾았던 지하수를 정파인들 역시 찾은 모양이었다. 팔황성 무인들은 순간 서로의 얼굴을 쳐다보았다. 그리고는 곧 약속이라도 한 듯 입을 다물었다.

정파 진영은 아직도 어수선했다.

그래서일까? 자신들에 비해 무엇이든 한 단계씩 느렸다. 자신들이 시체를 치우고 부상자를 수습할 때까지 저들은 혼란을 채 가라앉히지 못했고, 자신들이 물을 찾아 날라 왔을 때 저들은 부상자들을 수습했다. 그리고 이제 자신들은 뒤쪽으로 흐르는 지하수가 독물이라는 것을 알고 버렸는데 저들은 그제야 그 물을 떠왔다.

"저 물은……."

물을 찾아옴에 정파 진영 쪽이 시끌시끌해지자 뒤쪽에 물러나 수하들과 함께 독물을 버리러 가려 하고 있던 왕승지가 무슨 일인가 싶어 앞으로 나왔다. 그는 정파 진영 쪽을 보더니 말릴 기세로 한 발 앞으로 내디뎠다. 그러자 하세인이 얼른 그 앞을 막고 물었다.

"뭐 하려는 거요, 찰관주?"

왕승지는 하세인이 왜 막는지 이해할 수 없다는 표정을 지었다. 그는 정파인들이 떠온 물을 가리켰다.

"저 물은 독물이오. 당연히 모르고 마시는 일이 없도록 경고해야 하지 않겠소?"

"그냥 놔두시오."

"뭐?"

즉각 튀어나온 말에 왕승지는 믿을 수 없다는 표정으로 물었다. 하지만 하세인은 그 표정을 아무렇지도 않게 넘기며 말했다.

"놔두라고 했소. 저들과 우리는 적. 그렇지 않아도 일검으로 죽이고 싶은 놈들인데 굳이 그런 것까지 우리가 알려줄 필요는 없지 않소? 게다가 이미 우리 쪽에서는 희생자가 나왔는데 저들만 멀쩡하다면 먼저 죽은 놈이 억울해하지 않겠소?"

하세인의 말에 영선휘를 비롯한 팔황성 무인들을 보니 모두가 하나같이 고개를 끄덕이고 있었다. 그들은 그게 옳다고 여기고 있는 모양이었다. 하지만 팔황성 소속이면서도 마도적 성향에 완전히 물들지 않은 왕승지는 이해할 수가 없었다. 당연히 그는 말도 안 된다는 표정을 지었다. 하지만 하세인도, 영선휘도 그 생각에는 변함이 없는 듯 끝내 정파인들에게 알리는 것에 대해 완고하게 반대했다.

팔황성 무인들도 그렇지만 하세인과 영선휘에게도 정파인들은 적, 그 이상도 이하도 아니었다. 단지 이하원이 있다 해서 바뀔 수 있는 것이 아니라는 말이었다.

이하원은 이하원, 정파인은 정파인이다.

하세인이나 영선휘는 그 선을 명확히 긋고 있었다. 그들이 생각을 굽힐 뜻이 없다는 것을 안 왕승지는 짧게 한숨을 내쉬었다. 아무리 자신이 이곳에서 수뇌부에 속한다 해도 홀로 우긴다고 될 일이 아님을 잘 알고 있었던 것이다. 그리고 그때 기다렸다는 듯이 정파 진영에서도 독물에 의한 희생자가 나왔다.

第二章
절망의 끝에서

절망의 끝에서

入술을 깨물고 있던 장승주가 곁에 다가온 서현을 보고 물었다.

"어떻게 되었소?"

장승주 못지않게 어두운 안색이던 서현이 대답 대신 천천히 고개를 저었다. 그 모습에 장승주의 얼굴이 일그러졌다. 서현이 고개를 저은 것이, 조금 전 제일 먼저 지하수를 입에 댄 이가 방금 목숨을 잃었음을 뜻한다는 것을 알기 때문이었다.

겉핥기로나마 의술을 배운 이는 서현밖에 없고, 주변을 뒤져 봐도 약초는커녕 풀 쪼가리도 찾기 힘든 상황이었기에 절벽에서의 격돌과 동굴에서의 격돌로 목숨이 오락가락할 만큼 중상을 입은 자들이 몇 시진마다 하나둘 죽음을 맞이하고 있었다. 그런 상황에서 미리 조심을 했더라면 충분히 예방할 수도 있었을 사상자가 나오자 장승주는 침통함을 금할 수 없었다. 그때 팔황성 진영 쪽을 보고 있던 모용은성이 이를 악물며 말했다.

"저기, 마도 놈들 좀 보십시오."

장승주 등이 모용은성의 손짓을 따라 시선을 옮기자 천장에서 떨어지는 물을 받고 있는 팔황성 무인들이 보였다.

"이런……."

팔황성 무인들의 행동이 무엇을 뜻하는지 대번에 알아차린 양신열이 신음을 삼켰다. 모용은성이 분통을 터뜨렸다.

"저들은 분명 우리보다 먼저 지하수가 독물임을 알고 있었을 겁니다. 그러니 저렇게 천장에서 떨어지는 물을 받고 있는 것 아니겠습니까? 그런데도 우리에게는 경고조차 해주지 않다니, 어찌 이럴 수가 있습니까? 강호의 도의조차 무시하니 어찌 저놈들은 사람이라 하겠습니까? 즉시 저 마도 놈들을 죽여 억울하게 목숨을 잃은 이를 위로해 줘야 합니다!"

모용은성은 소매를 둥둥 걷어붙이며 싸울 준비를 했다. 강호의 도리상 아무리 적이라지만 현 상황이 이리도 좋지 못한데 한 사람의 죽음을 방관했다는 것에 분노한 것이다. 하지만 장승주는 고개를 저었다.

"적은 적. 그것으로 끝이오. 저들이 우리에게 지하수가 독물임을 알려줘야 할 의무는 어디에도 없소. 마도의 길을 걷고 있는 이들에게 인의를 저버렸다고 따지기라도 할 참이오? 그게 말이 안 됨은 여기에 있는 이들 모두가 잘 알 것이라 생각하오. 하니 지금은 넘어갑시다. 복수는 이곳을 탈출하고 난 연후에 해도 늦지 않을 것이니."

"그렇습니다. 지금은 무엇보다 이 형의 내상을 다스리는 것과 못해도 며칠은 이곳에서 보내야 할 터이니 물과 식량을 확보하는 것, 그리고 어떻게 빠져나가야 하는지에 대해 논의해야 할 때라고 봅니다."

"저 역시 서 형의 말씀에 동의합니다. 제일 먼저 의논해야 할 것은 무엇보다 어떻게 해야 이곳을 탈출할 수 있는가, 입니다."

서현에 이어 황보영까지 장승주의 말을 거들자 모용은성은 그 의견이 마음에 들지 않는 듯 뚱한 표정을 지었지만 우기지는 않았다. 주위를 둘러보니 하나같이 장승주 쪽의 의견에 수긍하는 분위기였던 것이다.

　그렇게 결정이 나자 그들은 즉시 탈출로 모색에 대해 회의했다.

　"처음 물소리를 들었을 때 그곳을 통해 밖으로 나가면 되지 않을까 생각했소. 하지만 지하수가 독물인 것으로 밝혀진 이상, 그리로 빠져나갈 수 없게 되었소."

　"으음……."

　모두들 지하수가 있음을 알게 되자 그쪽으로 탈출할 생각을 하고 있었던 터라, 지하수가 독물임이 밝혀지자 신음하지 않을 수가 없었다. 모두의 표정이 어두웠다. 남궁윤이 물었다.

　"그래서요? 따로 생각해 둔 것이 있습니까?"

　장승주는 고개를 한 번 젓고 턱을 쓰다듬으며 고민했다. 가만히 있던 서현이 말했다.

　"음, 좋은 방법이라 할 수는 없으나 제 생각으로는 굴을 파는 게 어떨까 합니다. 어떻습니까?"

　"굴?"

　딱히 방법이 없었던 터라 서현의 의견에 모두들 솔깃한 표정을 지었다. 확실히 썩 나쁘지 않은 방법이다.

　그들은 더 생각해 볼 것도 없이 굴을 파기로 결정했다. 그 즉시 사람을 나누어 조를 짜고 팔황성 진영에서 눈치 채지 못하도록 조심스레 동굴을 살펴보기 시작했다. 처음 동굴로 이동되었을 때 벌였던 격돌로 동굴 전체가 흔들렸던 것으로 보아 이 동굴이라는 곳은 결코 튼튼하지 못했다. 그렇다 보니 무턱대고 굴을 파다가는 언제 무너질지 알 수 없었다. 그래서 그들은 동굴 벽이 가장 얇으면서도 주변은 단단해 무너질 염려가 없는 곳을 찾았다.

"어떤가?"

"여기도 아니다."

"그럼 저쪽으로 가보자."

곽헌과 소의한은 다섯 번째 동굴도 실패하고 자리를 옮겼다.

혹시라도 무너질까 크게 힘 쓰지 못한 채 벽이 얇은 곳을 찾다 보니 여간 힘든 게 아니었다. 더구나 유감스럽게도 진전마저 없다. 그렇다 보니 점점 의욕이 사라지고 있었다. 그런데다 사람의 생각이라는 것이 다 비슷하다 보니 팔황성 진영에서도 썩 다르지 않은 생각을 한 듯 그들 역시 이곳저곳을 돌아다니며 벽을 두드리고 있었다. 하지만 정파 측도, 팔황성 측도 굴을 팔 수 있을 만한 적당한 곳은 찾을 수가 없었다.

그래도 다행이라면 그렇게 동굴 곳곳을 뒤지는 동안 한 방울, 두 방울 천장에서 떨어지는 물이 고여 한 끼 식수로 사용할 수 있을 만큼 모여들어 있다는 사실이었다.

"식수도 해결되었고 우선은 식량도 있는데, 형님이 여전히 의식을 차리지 못한다는 것과 아직도 탈출로를 찾을 수가 없다는 게 걱정이군."

"차라리 지하수로 통해보는 게 어떻습니까?"

홀로 중얼거리던 장승주가 갑자기 들려온 말에 흠칫했다. 고개를 돌리자 뒤에 서 있던 정태현과 눈이 마주쳤다. 장승주가 물었다.

"지금 뭐라고 했소?"

"지하수를 통해 탈출로를 모색해 보자고 했습니다. 물론 지하수가 독물임은 압니다. 하지만 그 지하수를 나르기 위해 분명 몇몇 이들이 손에 물을 묻혔을 겁니다. 그런데 그들은 지금도 멀쩡합니다. 물로 인해 희생된 이는 처음 물을 마신 이밖에 없지 않습니까? 그것으로 보아 아마도 직접적으로 마시지만 않으면 괜찮을 만큼 지하수는 그리 독하지는 않은 것 같습니다. 그러니 지하수를 마시지 않고 그냥 접촉만 하는 선에서 탈출을 한다면 불가능하지 않다고 생각합니다."

"호오……."

생각해 보니 그렇다. 기억을 떠올려 보니 물을 마신 이 말고도 분명 물을 떠오기 무섭게 손부터 씻은 이들이 몇 있었다. 하지만 그들은 아직까지도 팔팔하게 살아 있었다. 그렇다면……?

장승주의 눈동자가 순간 반짝였다.

하세인이 한 번 휘, 주변을 둘러보더니 서현에게 시선을 던졌다.

"그래서 네놈들도 조사를 하겠다?"

"당연한 것을 묻는군. 아무리 독물이라지만 현재 가장 쉬운 방법은 누가 뭐라 해도 지하수를 통해서 밖으로 나가는 거다. 그런데 우리가 가만히 놀고 있을 줄 알았나?"

원래부터 마도 놈들 하면 치를 떠는 모용은성이 잔뜩 비꼬인 어조로 말하자 영선휘가 발끈하여 두 눈에 쌍심지를 켰다.

"저 쳐죽을 놈이! 어디서 뚫린 입이라고 나불나불 지껄여 대는 거냐!"

"내 입으로 내가 무슨 말을 하든 댁이 무슨 상관이야? 이 사람 같지도 않은 괴물이……."

"괴물? 죽어볼 테냐! 쳐죽을 놈아!"

영선휘가 발끈해서 팔을 둥둥 걷자 모용은성이 흥, 코웃음을 쳤다.

"네놈, 실력이나 되고 하는 소리냐?"

"지난번 쥐어 터진 게 오래되긴 한 모양이지? 벌써 잊어버린 걸 보니."

"뭐? 내가 언제 쥐어 터졌다고! 인의라고는 없는 마도 놈! 혼쭐을 내주기 전에 헛소리 좀 작작해라!"

"혼쭐? 흥! 어디 할 수 있으면 해봐라!"

영선휘와 모용은성은 금방이라도 검을 뽑아 뛰쳐나갈 듯했다.

이하원을 제외한 정파 놈들은 사람 취급도 안 하는 영선휘는 정파 놈인 주제에 자신보다 한참이나 어린 모용은성이 대드는 것을 참을 수가 없었고, 본래 마도 놈들은 갈아 마셔도 시원찮다고 생각하던 모용은성은 지하수가 독물임을 알려주지 않은 마도 놈들에게 쌓인 게 많다 보니 실력으로는 영선휘를 이길 수 없음을 알면서도 빈정거림을 멈출 수가 없었다.

그랬기에 그들은 서로를 잡아먹을 듯 으르렁거렸다. 그러다 급기야 더 이상 참지 못하고 정말로 검을 뽑자 그제야 방해가 된다고 생각한 것일까? 그때까지 가만히 보고만 있던 하세인이 끼어들었다.

"그만 해라. 어린애를 상대로 뭐 하는 짓이냐?"

"재미있잖아. 저 애송이 놈이 발끈하는 게."

영선휘가 말을 받으며 이죽대자 모용은성은 더 이상 참지 못하고 검을 휘둘렀다.

채앵―

"죽여 버리겠다!"

"모용 형!"

"지금은 그럴 때가……."

남궁윤과 육강이 나서서 말리는데, 검집으로 대충 모용은성의 검을 막은 하세인이 말했다.

"우리가 먼저 조사하겠다. 그 후에 네놈들이 하도록 해라."

갑자기 이야기의 흐름이 처음으로 돌아갔다. 무슨 소린가 싶어 모용은성 등은 잠시 어리둥절한 표정을 지었다. 그러다 곧 알아차렸다.

'심리전인가?'

모용은성 혼자서 이 상황에 대해 엉뚱한 추리를 하는데 서현이 단호하게 고개를 저었다.

"그럴 수는 없소."

"왜?"

이해할 수 없다는 듯이 바로 터져 나온 물음에 서현은 담담한 어조로 대답했다.

"비록 지금은 잠정적으로 휴전했다고는 하나 서로 어떤 입장인지 모르지 않을 것이라 생각하오. 당연히 우리는 마도인을 믿지 않소."

하세인이 눈을 가늘게 떴다.

"그래서?"

"팔황성 측에서 먼저 조사하여 출구를 찾았을 경우, 우리에게 무슨 수를 쓸지 알 수 없다는 말이오. 우리가 출구를 찾을 때 뒤통수를 칠지 어찌 알겠소."

하세인의 고개가 옆으로 돌아갔다.

"그래서?"

"그렇기 때문에 조사는 우리가 먼저 하는 게 옳다고 보오."

서현이 거기까지 말하자 하세인은 별 웃기는 소리를 다 듣는다는 표정으로 픽, 코웃음 쳤다.

"재미있군. 지금 그게 말이 된다고 생각하나?"

"말이 안 될 것은 뭐요?"

"우리는 네놈들을 어떻게 믿고?"

성정립이 발끈해 소리쳤다.

"우리들은 명예를 목숨보다도 더 중시한다! 어찌 인의를 저버리고 짐승처럼 구는 마도 놈들과 같을까."

"방금 전 마도인은 못 믿는다느니, 뒤통수를 칠지도 모른다느니 해댄 것은 네놈들이다. 우리는 처음부터 그런 비겁한 생각은 하지도 않았건만 네놈들이 먼저 꺼냈단 말이다. 그따위 비겁한 짓거리를 염두에 두지 않고 있었다면 어찌 그런 소리를 지껄일 수 있었겠나. 안 그래?"

"그리 생각한 적 없소."

서현이 딱딱하게 말하자 하세인이 눈살을 찌푸렸다.

"그래서 양보를 하지 않겠다고?"

"절대 할 수 없소. 본디 두 얼굴에, 한 입으로 두말을 하고도 자랑스레 여기는 마도인들과는 달리 우리 정파인들은 신의를 목숨처럼 여기니 약속한 바는 반드시 지킬 것이오. 하니 우리가 먼저 조사를 하는 게 옳다고 생각하오."

"이상하군. 난 목숨이 위급한 것도 아닌데 한 입으로 두말을 하고 이리저리 말을 바꾸는 정파 놈들을 많이 봤단 말이지. 그럼 그놈들은 정파 놈들의 탈을 쓴 마도인이었나?"

하세인이 한껏 비꼬아 말하자 서현은 입을 닫아버렸다.

그 또한 정파인들 중에 그런 자들이 있다는 것은 알고 있었다. 그러니 그저 입을 다물 수밖에.

그렇게 잠시 침묵이 찾아왔다. 어쨌거나 지금까지 보자면 말싸움에서 이기고 있는 상황이 분명한데, 뭐가 그리 못마땅한지 하세인은 잔뜩 눈살을 찌푸렸다. 이리저리 생각을 하다 이윽고 결정을 내린 듯 말했다.

"그럼 이렇게 하지. 각기 두 명씩 총 네 명이 동시에 물속으로 잠수해 조사를 하는 것으로. 어때?"

서현은 잠시 생각하는 표정이 되었다. 그때 영선휘가 하세인의 옆구리를 쿡쿡 찔렀다.

"어이, 왜 두 명씩이냐? 한 명씩 해도 되는데."

"저놈들을 어떻게 믿냐? 딴마음을 먹을지도 모르는 일이고, 물속에서 무슨 일이 벌어질지 알 수 없으니 한 명만 보낼 수는 없잖아. 혹시라도 만에 하나 저놈들이 물속에서 공격을 하면 한 놈이라도 돌아와서 상황을 보고해야지. 그래야 복수라도 할 수 있지 않겠냐?"

"아! 그렇군."

영선휘가 그제야 알겠다는 듯이 크게 고개를 끄덕였다. 결코 작은 소리가 아니었기에 그곳에 있는 거의 모두가 그 말을 듣게 되었다. 당연히 정파인들은 발끈했다. 하지만 곧 생각해 보니 자신들 역시 그들을 믿지 못하는 것은 매한가지인지라 딱히 반박할 만한 말이 없었다.

힐끗 그들을 본 하세인이 말을 이었다.

"그리고 물속이다. 아무리 독물이라지만 그 속에 뭐가 있는지 모르는데 어떻게 한 녀석만을 보내겠냐?"

이번에는 양쪽 모두 고개를 끄덕였다.

쏴아― 쏴아아―

물살은 예상보다 더 셌다. 동굴 안이라도 겨울은 겨울인지 센 물살에도 가장자리에는 얼음이 얼어 있었다.

싸늘한 공기가 추위를 더해주는 동굴 안의 지하수.

지금 그곳에 팔황성 무인들과 정파인들이 양쪽으로 나뉘어 서 있었다. 무슨 일인지 그들은 하나같이 잔뜩 긴장한 채 지하수를 보고 있었다. 그리고 그중 몇 명이 지하수로 채찍을 연결한 듯 보이는 긴 끈을 쥐고 있었다.

무엇을 하는 것일까? 의문을 느낄 때쯤이었다.

촤악—

지금까지와는 다른 소리가 났다. 뚫어져라 흐르는 지하수를 보고 있던 이들의 표정이 미세하게 변했다.

꿀걱, 누군가가 침을 삼켰다. 그와 동시에 세차게 흐르는 지하수 사이로 파문이 일었다. 하지만 그 이상의 변화는 없었다. 누군가가 올라오는 거라면 충분히 올라오고도 남았을 시간이 흘렀지만 지하수는 여전히 세차게 흐르고 있을 뿐이었다.

가만히 보고 있던 하세인이 끈을 쥐고 있는 이들에게 눈짓했다. 그러자 그들은 즉시 끈을 당겼다. 동시에 정파 측에서도 끈을 잡아당겼다.

사아악— 사아악—

소리와 함께 끈을 따라 검은 무언가가 점점 위로 솟아올랐다.

팔황성 무인들과 정파인들은 서로의 얼굴을 힐끗힐끗 쳐다보며 끈을 당기는 데 열중했다. 지하수 속을 조사할 첫 조사단을 파견했다. 어떤 결과가 나올지 알 수 없으니 경계를 하는 것은 당연했다. 물속에서 접전이 있었고, 한쪽이 불행한 일을 당했다면 이대로 생사를 건 싸움을 하게 될지도 모르는 상황이었으니 말이다.

촤아악—

그때 물이 파도치듯 위로 솟아오르더니 한 사람이 딸려 올라왔다. 그리고 그 사내가 나타나는 순간 희비가 교차했다.

사내의 허리에 매어 있는 끈을 쥐고 있던 팔황성 무인들은 희색이 만연해져 얼른 그에게로 뛰어갔고, 주인 없는 끈을 쥐게 된 정파인들은 뻣뻣하게 얼굴을 굳혔다. 그런데도 즉시 검을 뽑아 들고 나서지 않은 것은 어딘가 이상함을 느꼈기 때문이었다.

"…어떻게 된 것이냐?"

기뻐하던 것도 잠시, 하세인이 딱딱한 어조로 물었다. 지하수에서 올라온 사내의 손에 잡혀 있는 팔 때문이었다. 팔꿈치 부분에서 뜯어져 나간 듯 보이는 팔이 사내의 손에 쥐어져 있었다. 아마도 또 다른 팔황성 무인의 것인 듯 보이는 팔이.

"쿨럭! 쿨럭!"

독물이니 그리 마시지 말라 일렀건만 이미 사내는 충분히 마신 듯 기침과 함께 피와 물을 토했다. 그는 하세인의 말에 대답할 생각은 하지도 못하고 한참을 헐떡였다.

"어떻게 된 거냐고 물었다."

덩그러니 손에 쥐어진 팔만 바라보며 정신도 못 차리고 기침을 하던 사내가 반쯤 풀린 눈으로 고개를 들었다. 그때 하세인이 다시 물었다. 하지만 사내는 대답은커녕 부복조차 하지 못한 채 몇 번 더 기침을 하더니 그대로 꼬꾸라졌다.

"선호(鮮浩)!!"

"괴, 괴물… 괴물이……."

누군가가 그를 불렀지만 사내는 하려던 말조차 끝맺지 못하고 눈을 감았다. 순식간에 그곳에 침묵이 찾아들었다.

쏴아아— 쏴아아—

물소리만이 한참 동안 동굴 안을 울렸다. 그렇게 얼마의 시간이 흘렀을까? 누군가가 의문성을 터뜨렸다.

"괴물?"

"괴물이라니, 그 무슨……."

하나둘 서로의 얼굴을 쳐다보았다.

정파인들은 쉽사리 나서지 않았다. 확실한 정황을 아는 상황이라면 사생결단을 벌이든 뭘 하든 하겠는데, 그렇지 않으니 무턱대고 나설 수가 없었다. 거기다 방금 목숨이 끊어진 사내의 말이 마음에 걸렸다.

네 명의 조사단 중 유일한 생존자.

그런 그가 이미 죽어버린 한 명의 동료와 두 명의 적을 두고 괴물이라 말했다고는 쉽사리 믿을 수 없었기 때문이다.

"웃기는군. 괴물이라니, 그런 게 어디에 있다고. 헛것이라도 본 거 아냐?"

영선휘가 코웃음 쳤다. 하세인이나 다른 팔황성의 무인들도 마찬가지였다. 그들은 죽은 사내의 약한 마음이 헛것을 보게 만들었다고 생각했다. 그렇지 않고서야 이런 동굴에 괴물 따위가 있을 리 없지 않은가? 하지만 곧 그 생각은 깨어졌다.

촤아악— 촤아악—

이미 끈을 당겨본 결과 네 명의 조사단 중 셋이 물속에서 죽었고, 남은 한 명이 물속에서 나오자마자 죽었음을 알고 있다. 더 이상은 올라올 사람이 없다는 말이다. 그런데 세찬 물살 사이로 검은 무언가가 올라오는 소리가 났다. 첫 조사가 실패했으니 슬슬 돌아갈 준비를 하고 있던 이들이 그 소리에 멈칫했다.

아무리 미세한 소리라지만 강호인인 그들이 그 소리를 듣지 못할 리 없었다. 동굴 안쪽으로 갈 준비를 하던 팔황성 무인들과 물속으로 들어간 이들이 어떻게 돌아오지 않은 건지 알아봐야 하지 않겠냐는 생각에 의논을 나누고 있던 정파인들이 일제히 고개를 돌렸다.

철컥. 철컥.

하나둘 검 손잡이에 손을 가져갔다. 만약을 대비하기 위해서였지만 이미 모두가 이 일이 심상치 않음을 눈치 채고 있었다. 그저 싸늘하기만 하던 공기가 얼어붙는 것을 피부로 느끼고 있었던 것이다.

"준비해라. 곧 올라온다!"

영선휘가 한 걸음 앞으로 나서며 하세인에게 전음을 보냈다. 아무래도 이곳에 있는 팔황성 무인들 중에 가장 뛰어나다 할 수 있는 자신이 앞으로 나서야 피해를 덜 보지 않겠냐는 생각에서 나온 행동이었다. 그에 왕승지가 영선휘의 옆으로 와서 섰다. 하세인은 앞쪽으로 걸어가 검을 뽑아 드는 영선휘와 왕승지를 보고 눈을 감았다.

'어쩔 수 없군. 마땅치 않지만 우리가 살기 위해서라면야……'

마음을 정한 하세인은 탐탁지 않은 표정으로 정파인들 쪽을 보았다.

"어이, 무당 도사!"

갑자기 하세인이 부르자 이하원의 옆을 지키고 있는 장승주를 대신하여 이곳에 있는 정파인들을 통솔하고 있던 서현이 고개를 돌렸다. 서현의 시선이 자신에게로 향했다는 것을 안 하세인이 말했다.

"혹시나 해서 말인데, 만약 저 물속에서 방금 죽은 놈의 말마따나 무슨 괴물 따위가 나온다면 잠시만이라도 우선은 힘을 합치기로 하지. 아무리 적이라지만 우선은 살고 봐야 하지 않겠나?"

말을 끝마치기 무섭게 영선휘와 왕승지가 놀란 듯 쳐다보는 게 느껴졌다.

그도 그럴 것이, 감정을 겉으로 드러내는 성격이다 보니 대부분이 영선휘가 이곳에 있는 팔황성의 무인들 중 가장 정파인들을 싫어한다고 생각했지만, 사실은 누구보다 정파인들을 끔찍이도 싫어하는 이가 바로 하세인이었던 것이다.

그 싫음을 겉으로 드러내지만 않을 뿐이지 정파인들을 끔찍하다는 듯이 보는 것도 그랬고, 우연히라도 만나면 가장 잔혹하게 목숨을 끊어 놓는 것도 그랬다. 그런데 그런 그가 먼저 협력을 청했으니 어찌 놀라지 않을 수 있겠는가.

감이 좋은 편이라 은연중에 하세인이 자신들을 매우 싫어한다는 것을 눈치 채고 있던 서현은 그가 그런 말을 할 줄은 몰랐는지 뜻밖이라는 표정을 지었다. 그러다 양신얼과 성정립 등을 보며 눈짓으로 뜻을 물었다. 서현의 시선을 받은 이들이 서로의 얼굴을 잠시 쳐다보다 하나둘, 미세하게 고개를 끄덕였다. 지금으로서는 그게 최선의 방법임을 잘 알기 때문이었다. 다행히도 모용은성이 따라오지 않아 대놓고 반대를 할 이는 없었다.

"우선은 상황을 지켜보고 정말 괴물이 나타나 우리의 힘만으로 대적이 불가능한 상황에 이른다면 그렇게 하도록 하겠습니다."

"좋을 대로."

마찬가지로 생존에 위협을 느낄 상황이 벌어지지 않는다면, 정파 놈들과 힘을 합칠 생각이 없던 하세인은 간단히 고개를 끄덕였다. 그는 검을 뽑으며 낮게 소리쳤다.

"온다!"

촤아아아악—

말과 동시에 물보라가 일며 파도가 쳤다.

철썩, 지하수가 육지로 밀려 올랐다. 팔황성 무인들과 정파인들이 있는 육지의 반대편 벽을 내려친 물은 천장으로 솟구쳐 올라가더니 그들이 있는 곳까지 내려쳤다. 모두들 한 걸음씩 뒤로 물러났다. 물에 닿아도 죽지 않는다는 것은 알지만 그래도 독물이니 될 수 있으면 닿지 않으려는 생각에서였다.

그들에게까지 이른 물은 이미 힘을 잃은지라 후두둑 바닥으로 떨어질 뿐 누구에게도 물방울을 튀기지는 않았다. 하지만 안도하고 있을 때가 아니었다. 몇 번의 파도가 인 후 본격적으로 상황이 변하기 시작했던 것이다.

스스슥— 스스슥—

반대편 벽과 그들이 있는 육지의 바닥을 내려치며 일어나는 파도 사이로 검은 뭔가가 나타났다.

마치 먹물로 칠하는 것처럼 바닥 전체를 까맣게 물들이고 있는 것이 무엇인지 처음에는 알 수 없었다. 생물인지, 아니면 검은 물인지 분간이 가지 않았다. 하지만 곧 그것이 뱀과 비슷한 종류의 생물임을 알아챘다. 바닥 전체가 검게 물들기 시작한 것은 그 뱀과 비슷한 생물이 본 바닥조차 보이지 않을 정도로 까맣게 몰려들고 있었기 때문이었다.

"막아라!!"

어리둥절하던 것도 잠시, 곧 그것이 검은 물뱀 종류라고 생각한 이들은 비록 그 수가 많았지만 위협을 느끼지 못했다.

팔황성의 무인들이나 정파인들은 합공해야 할 필요성을 느끼지 못하고 각자가 따로 떨어져서 물뱀을 공격했다. 비록 물뱀이 치명적인 독을 가지고 있어 희생자가 나기는 했지만 그래도 모두들 대수롭지 않게 생각했다. 그래 그들은 여유롭기까지 한 모습으로 물뱀을 상대했다.

하지만 그게 하루를 넘기고 이틀, 사흘을 넘기자 마냥 느긋할 수만은 없게 되었다.

"헉헉……."

"막아! 막아!!"

"좀 더 힘을 내라!"

사람인 이상 무한대로 힘을 쓸 수는 없다. 그런데 이놈에 물뱀은 끝이 없었다. 죽이고 죽여도 계속해서 몰려오니 자신들이 먼저 지칠 판이었다. 거기다 물뱀은 한 번 쏘이면 옷은 물론 뼈까지 녹을 정도로 치명적인 독까지 가지고 있었다.

계속되는 공격에 지쳐 잠깐이라도 숨을 돌리려 하면 어떻게 그것을 알았는지 뱀들은 즉시 약한 곳을 공격해 들어왔다. 그 탓에 시간이 흐를수록 희생자가 늘어갔다. 그리고 그렇게 죽음을 맞이한 이들은 뱀들에게 둘러싸여 시체조차 찾을 수 없었다.

'안 되겠다. 이대로 가다가는…….'

만만하게 생각하고 대처한 것을 후회하며 서현에게 힘을 합쳐 공격하자고 말을 하려 할 때였다.

스스슥― 스스슥―

그때까지 빗발치듯 밀려들던 물뱀이 갑자기 지하수로 사라졌다. 나타날 때와는 달리 사라지는 것은 그야말로 눈 깜짝할 사이였다.

촤아악― 촤아악―

조금 전의 쉿소리와 비명 소리는 다 어디로 갔는지 그곳에는 물살 소리만이 맴돌았다.

사흘간 정신없이 검을 휘두른 이들이 털썩털썩 그 자리에 주저앉았다. 물뱀이 나타났다 사라진 곳에는 뼛조각은커녕 그들에 의해 잘린 물뱀의 토막조차 남아 있지 않았다. 물뱀이 나타나기 전과 바뀐 것이라고는 바닥을 물들이고 있는 핏자국과 수가 줄어버린 양쪽의 사람들이 다였다.

"하… 하하……."

"어떻게 이런 일이……."

차마 말을 끝맺지 못하고 허탈하게 중얼거리는 이들. 그렇게 팔황성 무인들과 정파인들은 갑자기 나타난 도적들에게 비상금마저 털려버린 상인 같은 눈빛을 하고 서로를 쳐다보며 한참 동안 움직이지 못했다.

"큰일 났습니다."

"무슨 일이냐?"

"그게……."

시체조차 남지 않았기에 그 난리통에 누가 죽고 누가 살았는지 알 수 없어 하나하나 얼굴을 살피던 영선휘는 수하의 말에 그대로 굳어버리고 말았다. 엎친 데 덮친 격이라고 어떻게 이럴 수 있을까? 안 그래도 물뱀 따위에게 당한 이가 스무 명이 넘어 어이가 없던 판에 또 뭐라고?

"그게 정말이냐?"

"네."

수하는 어쩔 줄을 몰라 하며 자신이 가져온 말이 사실임을 확인해 주었다. 영선휘는 침음성을 삼키며 하세인에게로 갔다.

"야, 빌어먹을 놈."

"왜?"

"식량이 없다."

어째서 그토록 물살이 센 지하수에, 그것도 독물에 물뱀이 살고 있는 걸까? 어째서 육지로 올라왔던 걸까? 왜 갑자기 물러난 걸까? 등등 많은 의문에 골머리를 썩이고 있던 하세인은 영선휘의 전음에 흠칫했다.

"뭐라고?"

"식량이 없다고."

차마 말로 하지는 못하고 다시 전음을 보내자 하세인이 벌떡 자리에서 일어났다.

"벌써?"

영선휘가 대답 대신 고개를 끄덕이자 하세인은 터져 나오는 신음을 억지로 눌렀다. 안 그래도 좋지 않은 상황에 식량까지 떨어지다니. 하세인의 고개가 자동적으로 정파 진영으로 향했다.

"저놈들은 아직 괜찮은 것 같은데?"

"아무래도 우리는 본거지에 있었던 터라 식량을 지참하지 않았고, 저들은 원정을 왔던 만큼 비상식량을 가지고 있었을 테니 우리보다는 식량이 더 있지 않겠냐? 아마 그 탓일 것이다."

"흐음……."

영선휘의 말에 맨 처음 떠오른 생각이 정파인들을 공격해 식량을 빼앗는 것이 어떨까 하는 것이었다. 하지만 곧 그는 고개를 저었다.

언제 다시 물뱀이 나타날지 모른다. 오늘처럼 큰 희생을 치르지 않기 위해서는 꼴도 보기 싫은 정파인이라지만 없는 것보다는 있는 게 아무래도 도움이 되었다. 하세인의 가정처럼 만약 물뱀이 식량이 부족해 나타나는 것이라면 더 더욱. 그런데다 비상식량이 있어봐야 얼마나 있겠는가? 안 그래도 부족한 인원에 물뱀까지 상대해야 하는데 쓸데없는 싸움으로 전력을 소모할 수는 없다.

하세인은 눈살을 찌푸리며 턱을 쓰다듬었다. 어디 식량을 대신할 것이 없을까?

'식량, 식량이라…….'

한참 궁리를 하다 자연스레 하세인의 고개가 옆으로 돌아갔다. 그는 고개를 갸웃했다. 천천히 시선을 들어 천장까지 쭈욱 훑어보고 영선휘를 봤다.

"저건 어때?"

"뭐?"

"저거."

하세인이 손으로 가리켰다. 그 손끝을 따라간 영선휘가 인상을 썼다.

"이끼?"

"독이 들어 있지 않다면 못 먹을 것도 없지 않겠냐? 수하들에게 시켜서 좀 뜯어오라고 해라. 먹을 수 있는지 없는지 알아봐야겠다."

'그리고 만약 못 먹는다면 앞으로 물뱀이 공격해 올 때 막기가 좀 더 힘들어지고, 많은 희생을 치러 싸움을 하게 되더라도 정파 놈들의 식량을 빼앗을 수밖에……'

하세인은 뒷말은 속으로만 중얼거렸다. 아직 이끼가 먹을 수 있는 것인지 없는 것인지 판단이 나지 않은 이상, 단순한 성격답게 쉽게 속내를 숨기지 못하는 영선휘에게 미리부터 말해줘 긴장감을 고조시킬 필요는 없다고 생각했기 때문이다.

누구에게 더 다행이라고 해야 할지는 알 수 없으나 다행히도 이끼는 먹을 수 있었다.

몇몇 팔황성 무인들은 아직까지 정파인들은 식량이 있는데 자신들은 식량이 다 떨어져 이끼를 먹어야 한다는 사실에 불만을 표하기도 했다. 하지만 곧 물뱀의 문제와 정파인들의 식량을 빼앗기 위해서는 희생이 있어야 함을 설명하자 이해하고 넘어갔다.

채 백을 넘지 않던 인원에서 물뱀으로 인해 스무 명가량이 줄어들자 그들은 생존의 위협을 느꼈다. 만약 당시 정파인들이 없었다면 배에 달하는 피해를 봤을 터였다.

그런 상황이니 눈엣가시 같은 정파인들이라도 지금은 함부로 해서는 안 됨을 알고 있었다.

얼마 지나지 않아 정파인들 쪽의 식량도 떨어졌다. 물뱀의 존재만 아니었다면 서로 상대를 죽이고 언제 바닥이 날지 모를 이끼를 차지하려 했겠지만 따로 적이 있다 보니 그렇게 하지 않았다.

그들은 최대한 이끼를 아껴 먹고 천장에서 떨어지는 물을 받아 마시며 탈출로를 찾았다.

이미 지하수를 통해서는 어떻게 해도 빠져나갈 수 없음을 인지하고 있었다. 뱀 같지도 않은 물뱀이라서인지 육지에서도 제대로 막을 수 없던 물뱀이다. 그런데 물뱀의 본거지나 다름없는 물속에서 어떻게 막을 수 있겠는가? 다른 방법을 찾아야 한다. 하지만 길이라고는 없는 동굴에서 어떤 방법을 찾을 수 있을까. 당연히 그들은 처음 생각했던 굴을 파고 나가는 방법을 다시 시도했다.

곳곳을 돌아다니며 굴을 팔 수 있을 만한 곳을 찾았다. 하지만 동굴 자체가 튼튼하지도 않은 데다 어디로 파서 나가야 할지도 막막했다. 그리고 그렇게 굴을 팔 만한 곳을 찾아다닌 지 얼마 되지도 않아 또다시 물뱀이 육지로 올라왔다. 두 번째 물뱀의 공격이었다.

"이번에는 얼마나?"

물음을 던지는 유일의 음성은 기운이 빠져 있었다. 그리고 그것은 진관혁도 다르지 않았다. 그는 털썩 바위에 주저앉으며 대답했다.

"이번에도 저번과 비슷한 수가 당했다고 하더군. 그렇게 치면 대충 스무 명쯤 되지 싶다. 다행이라면 풍림장 무사들 중에서는 아직까지 희생자가 없다는 것 정도일까? 뭐, 그렇다."

"지난번 주군과 함께 풍림장으로 돌아가지 않고 소림사에 남아 적들을 상대하며 실력을 키워놓았던 것이 도움이 되었나 보군."

"확실히. 그렇지 않았다면 지금쯤 열 명도 남지 않았을걸?"

유일의 말에 진관혁이 동의하며 안도의 한숨을 내쉬자 유일이 인상을 찌푸렸다.

"안도할 일이 아니다. 언제 또 그 몹쓸 뱀들이 쳐들어올지 모르니 대비를 해야 해! 그렇지 않으면 탈출할 때까지 살아남지 못할 테니.”

“그건 그렇군. 아, 그런데 주군은 어떤가? 여전히 의식을 못 찾고 계시나?”

“어휴.”

유일은 더욱 힘이 빠지는지 대답은 않고 한숨만 내쉬었다. 그 한숨에서 대답을 얻은 진관혁도 같이 한숨을 내쉬었다. 그렇지 않아도 충분히 어려운 상황이었다. 이때 이하원만이라도 깨어나주면 얼마나 좋을까? 그럼 힘을 낼 수 있을 텐데…….

“하아…….”

“후우…….”

그들은 아쉬움을 감추지 못하고 다시 한 번 한숨을 내쉬었다.

몇 번 물뱀의 공격이 있고 나자 그들은 그제야 물뱀이 식량 부족으로 나타난다는 것을 알 수 있었다. 물뱀은 제 동족까지도 죽으면 먹어치웠다. 하지만 서로 싸움을 해서 잡아먹으려고 하지는 않았다. 그렇다 보니 우선은 동족이 아닌 팔황성 무인들과 정파인들을 공격했다. 그 공격에서 동족이 죽으면 먹고.

물뱀은 뱀이면서도 전혀 뱀 같지 않아 얼음 속에서 잘도 살고 있었고, 작게 튀어나온 앞발로 빠르게 걸어다녔으며, 위협적으로 쏘는 독은 보통 뱀의 수십 배는 능가할 만큼 독했다.

팔황성 무인들과 정파인들은 시시때때로 공격해 오는 물뱀을 막으며 출구를 찾았다. 물뱀의 공격에 하나둘 희생자가 생기고 차츰차츰 생존자가 줄어들자 어떻게 해서든 빠른 시일 내에 이곳을 나가고 싶어 했다. 하지만 적극적으로 출구를 찾아 헤맨 것도 잠시였다.

물길을 통해 빠져나갈 수 없음을 알게 되고 굴을 파서 나갈 수도, 천장을 뚫을 수도 없음을 알게 되었다.

정확한 날짜를 알 수는 없었으나 대략 이 어두컴컴한 동굴에서 생활한 지 석 달가량이 지나고, 이백에 달하던 수가 오십을 겨우 넘는 수로 줄어들었을 때 하나둘 탈출에 대해 포기하기 시작했다.

뼈를 깎는 고통을 견뎌가며 무공 수련을 한 이들이라고는 믿을 수 없으리 만치 빠른 포기였다. 하지만 시도 때도 없이 공격해 오는 물뱀과 언제 떨어질지 알 수 없는 이끼, 거기다 탈출을 할 수 있을 가능성은 티끌만큼도 없다는 것을 알게 된 현 상황을 생각해 봤을 때 어쩌면 당연한 결과였다.

삶에 대한 의욕이나 악착같음도 빠져나갈 수 있다는 아주 작은 희망이라도 있을 때에나 가질 수 있는 것이다. 그런데 그들에게는 바로 그 아주 작은 희망조차 없었다.

지하수와 이끼로 목숨을 연장할 수는 있지만 내일은 없다.

언제 이끼가 다 떨어지고 배고픔에 허우적대다 죽음을 맞이할지 알 수 없다. 그것은 한마디로 절망이었다.

이제 물뱀이 공격해 와도 적극적으로 막기나 할지 스스로도 확신할 수 없을 정도였다. 차라리 빨리 목숨을 잃는 편이 나을지도 모른다는 생각까지 하게 되었다. 그리고 그런 상황에서도 은상이나 장승주 등은 이하원에게서 손을 떼지 못했다. 이제는 그것만이 하루의 일과였고, 해야 할 유일한 일이었다.

그렇게 하나둘 보이던 절망이라는 글귀가 모두의 눈에, 가슴에 새겨졌을 때였다. 무슨 일이 있어도 열리지 않을 것 같던 이하원의 눈동자가 어느 순간 떠졌다.

겉으로 드러내지는 않았으나 삶에 대한 의욕조차 포기해 버린 것은 은상이나 장승주 등도 마찬가지였다.

석 달이나 지내고도 아직까지 어디인지 알 수 없는 곳에, 한 번씩 쳐들어왔다 하면 많은 희생자를 내고 사라지는 물뱀의 공격, 거기다 빠져나갈 방법이라고는 찾아볼 수가 없다. 이것만으로도 충분히 괴로운데 그때까지도 깨어나지 않는 이하원이라니…….

이미 이하원의 힘에 의해 이곳으로 옮겨져 목숨을 구했다는 것은 힘에 대해 아는 이들이라면 모두가 확신하고 있는 사실이었다. 그로 인해 이하원이 깨어나지 못하고 있다는 것도.

평소 그렇게 쓰고 싶지 않아 했고 숨기려 하던 힘을 억지로 쓰게 만든 데다 그로 인해 이하원조차 위험에 빠뜨렸다. 목숨을 걸고 지켜줘야 하는 이에게서 오히려 지킴을 받은 것이다. 또한 그 탓으로 이하원은 석 달이 넘도록 의식을 찾기는커녕 상세만 나날이 악화되고 있다. 빠져나갈 수만 있다면 어떻게 해서든 명의를 찾아 이하원을 보일 텐데, 지금으로서는 불가능했다.

충분히 포기하고 절망할 만한 상황이었다. 그런데 그때 거짓말처럼 이하원이 눈을 뜬 것이다.

"주군?"

일과처럼 깨끗이 닦이고 맥을 짚던 은상은 자신이 잘못 본 게 아닌가 싶어 눈을 비볐다. 하지만 바로 앞에 가부좌를 틀고 앉아 있는 이는 분명 눈을 뜨고 있었다. 분명히!

은상은 그대로 얼어버렸다.

"은 형?"

이상하다는 듯이 멀찍한 곳에서 장승주가 그를 불렀다. 하지만 은상은 대답하지 못했다. 아니, 대답할 수가 없었다. 그저 멍하니 이하원의 얼굴을 쳐다보기만 했다. 석 달간 의식을 잃고 굳어 있었던 것은 이하원이건만, 지금 상황은 오히려 반대가 되어 있었다. 은상은 그만 온몸이 굳어버린 듯 움직여지지 않음을 느꼈다.

"어… 어……."

겨우 입을 떼고 음성을 흘렸다. 하지만 크게 떨리는 음성은 말이 되어 나오지 않았다. 은상의 볼 살이 미미하게 떨렸다. 동시에 굳은 팔이 뻣뻣하게 올라갔다. 은상은 어느새 이하원의 얼굴을 더듬고 있었다.

"주……."

"은상."

낮고, 물기라곤 없어 퍼석하게 말라 버린 음성이 은상의 말을 자르고 공중을 탔다. 그리고 그 순간,

뚝—

믿을 수 없다는 듯이 커다랗게 떠져 있던 은상의 눈에서 맑간 물이, 맺힐 사이도 없이 바닥으로 떨어져 내렸다.

"형님?"

뒤늦게 그들에게로 다가온 장승주가 이하원과 은상의 모습을 봤다.

영원히 감겨 있을 것만 같던 눈이 떠진 이하원과 그런 그를 더듬으며 눈물을 흘리는 은상.

뚝.

장승주는 그대로 멈추어 섰다. 그는 멍하니 이하원을 보았다. 깨어났다? 깨어난 건가? 정말로 깨어난 건가? 몇 번을 속으로 물었다. 도저히 믿을 수가 없어서. 하지만 대답은 항상 같았다.

이하원이, 지난 석 달간 죽은 듯이 잠만 자던 이하원이 드디어 깨어난 것이다!

장승주는 덜덜 떨리는 입술을 겨우 열어 이하원을 불렀다. 그리고 그 속삭이는 듯한 부름을 어떻게 들었는지 흐리멍텅하게 그저 숨만 쉬

고 있던 이들이 하나둘 이하원에게로 고개를 돌렸다. 곧 그곳에서 동굴 전체를 뒤흔드는 외침이 터져 나왔다.

"주군!!"

"이, 이 형!!"

실낱같은 희망도 없는 절망. 그 깊고도 깊은 절망의 수렁에 빠져 어디에도 기적은 없을 것만 같았다. 그런데 지금, 하나의 기적이 일어나고 있었다.

第三章
출도(出道)

출도(出道)

하얀 눈이 덮인 평원은 영원히 그렇게 고요할 듯했다.

티 하나 없이 새하얀 눈이 소복이 쌓인 모습은 그야말로 순결하게까지 느껴졌다.

쿵…….

언제부턴가 이질적인 소리가 들리기 시작했다.

쿵… 쿵…….

끊어질 듯, 끊어질 듯 이어지는 소리. 그 소리는 바로 그곳 어딘가에서 울려 퍼지고 있었다.

콰앙!

지금까지 들려오던 소리와는 비교도 되지 않을 만치 커다란 굉음. 그 굉음을 끝으로 잠시간 주변은 침묵에 휩싸였다. 하지만 어째서인지 위화감이 느껴지는 고요. 그것은 폭풍전야와 같은 것이었다. 그리고 그것을 증명이라도 하듯,

꽈아아아아앙—!

얼마 지나지 않아 고막이 파열할 듯한 엄청난 굉음이 터져 나왔다. 동시에 어디가 어디인지 구분도 가지 않는 설원의 한쪽이 균열을 일으키기 시작했다.

쩌저적—

균열은 커다란 원을 그리며 커져 갔고, 뒤이어 찬란한 황금빛과 함께 균열된 부분의 땅이 칼로 베어낸 듯 매끄러운 단면을 드러내며 공중으로 날아올랐다.

쿠웅!

베어진 단열은 소리와 함께 산산이 조각나 주변으로 흩어졌다. 그렇게 티 한 점 없어 보이던 설원에 커다란 검은 구멍이 뚫렸다. 기괴하다면 기괴한 광경. 하지만 그것으로 끝이 아니었다.

파앗—

짧은 순간 다시 금빛이 일었다. 그리고 그 빛과 함께 한 사람이 검은 구멍을 통해 튀어나왔다.

그는 무려 삼 장여를 뛰어올랐다 착지했다.

부스스한 머리에 덥수룩한 수염, 결코 깨끗하다고 볼 수 없는 의복을 걸친 그는 주변을 휘휘 둘러보더니 뭐가 그리 좋은지 매우 만족스러운 듯 깊게 심호흡을 하며 한껏 공기를 들이켰다. 어느새 수염이 드리워진 얼굴에 미소가 어렸다.

"아차! 이럴 때가 아니지."

이 상황이 꽤나 즐거운 듯 싱글거리며 이마를 딱, 친 그는 얼른 허리에 두르고 있던 채찍 비슷한 끈을 그 구멍 안으로 밀어 넣었다. 그러자 검은 구멍이 사람들을 토해내기 시작했다.

하나같이 처음 나타난 이와 썩 다르지 않은 모양새를 한 그들은 처음에는 조금은 얼떨떨한 듯 보였다. 처음 나타난 이가 그랬던 것처럼 깊게 숨을 들이켜 보기도 하고, 미소를 지어보기도 하고, 주변을 둘러보기도 했다. 그러다 어느 순간 서로 시선이 마주치자 일제히 씨익, 미소를 지었다.

"드디어⋯⋯."

누군가의 떨리는 음성이 먼저 들려오고,

"나왔다!!"

기다렸다는 듯이 비명 같은 환호성이 터졌다. 그와 동시에 그들은 서로를 얼싸안았다. 몇몇은 그대로 평원을 내달려 댔다. 어떤 이는 풀쩍풀쩍 뛰었고, 어떤 이는 눈물을 보였다. 그들은 한참 동안 감격에서 벗어나지 못하고 그렇게 미친 사람처럼 날뛰어댔다.

그럴 수밖에 없는 것이, 무려 삼 년이라는 시간 동안 빛 한 점 들어오지 않는 동굴에서 혹독한 생활을 하다 드디어 밖으로 나올 수 있었던 것이기 때문이다.

그렇게 근 삼 년 만에 동굴을 벗어난 이들은 벅차오르는 마음을 마음껏 풀었다.

곤륜(崑崙).

그 빼어남도 빼어남이지만 험준하기로는 손에 꼽히는 산의 이름이다.

칼날처럼 매서운 암석들이 빼곡이 들어차 있는 곳. 싸늘한 바람이 불어와 암석을 스치는 모습이 위험함을 더욱 잘 알려주려는 듯 보였다. 그런데 그 험난함에도 불구하고 마치 후원에 산책이라도 나온 듯 여유롭게 암석을 헤치며 정상으로 향하는 이들이 있었다.

누가 봐도 놀랄 만큼 빼어난 외모가 돋보이는 이십대 중반의 청년과 단아한 멋이 느껴지는 삼십대 초반의 청년이 바로 그들이었다.

쉬이익―

범인의 눈으로는 감히 좇을 수도 없는 속도로 정상을 향하고 있는 이들. 삼십대 초반의 청년은 무공을 익힌 이라면 누가 봐도 알 수 있을 만큼 최상승의 경공을 펼치고 있었다. 하지만 그 청년의 옆에서 달리고 있는 이십대 중반의 청년은 이상하게도 경공을 펼치는 것 같지가 않았다. 특별히 발을 놀리는 것 같지도 않았고, 경공을 펼칠 때면 드러나는 기의 흐름도 느껴지지 않았다. 그럼에도 그는 바로 옆에서 달리는 청년에 비해 조금도 뒤처지지 않고 있었다. 특이할 만한 사항이라면 그 청년의 몸에서 은은히 금빛이 뿜어져 나오고 있다는 것 정도일까?

그렇게 두 청년은 앞서거니 뒤서거니 해가며 정상에 올랐다.

탁!

곤륜의 최정상.

깎아지른 듯 뾰족한 바위 위에 누가 먼저랄 것도 없이 도착한 그들은 깊게 숨을 몰아쉬었다. 특별히 숨이 찬다거나 한 게 아니라 산 특유의 향과 공기를 들이마시는 것이었다.

하얀 눈덩이 사이로 드러난 녹음이 아름다워서일까? 어디에나 있는 공기이고 딱히 다르지도 않을진데 그렇게 달 수가 없었다.

"후우……."

다시 한 번 가슴을 들썩이며 크게 숨을 들이쉴 때였다.

"이제 오십니까?"

"제일 늦게 도착하시고 뭐 하시는 겁니까, 지금? 딴청입니까?"

"늦장 부리면 다시는 볼 생각도 하지 말라고 으름장을 놓은 게 누군데, 이럴 수 있습니까? 누군 발이 불어터져라 왔더니 누구는 사흘이나

지나서 나타나고. 진짜 너무하십니다!"

"응?"

기다렸다는 듯이 한꺼번에 터져 나오는 소리에 고개를 돌리자 이리 저리 널린 바위 위에, 나무에, 바닥에 앉아 있는 이들이 눈에 들어왔다. 대략 육십여 명쯤 되어 보이는 그들은 뒤늦게 도착한 이들을 향해 따 지듯 말을 하면서도 두 눈 가득 반가운 기색을 드러냈다.

그들과 눈이 마주치자 이십대 중반의 청년, 이하원(李河元)은 잠시 눈을 깜빡이다 맨 처음 말을 꺼낸 이를 봤다.

"넌 누구냐?"

"네?"

"누구냐고 물었다. 누군데 여기 와 있는 거지?"

그러자 처음 말을 꺼낸 청년은 황당하다는 얼굴로 버럭, 소리를 질 렀다.

"무려 삼 년간이나 함께했는데 이럴 수 있습니까?! 저 영선휘입니다!"

"영선휘? 그 팔황성에서 버림받고 징징 짜던 바보?"

"주군!!"

놀리는 기색이 역력하자 영선휘는 참지 못하고 자리에서 벌떡 일어 나며 소리쳤다. 그러자 이하원이 피식 웃으며 변명하듯 말했다.

"아니, 그게 어째 내가 알던 영선휘와는 너무 다르게 보여서 말이지. 머리 정리 좀 하고 수염을 깎은 것뿐일 텐데 영 모르는 얼굴이 되었는 걸?"

말을 끌며 고개를 갸웃갸웃하자 영선휘는 방방 뛰며 흥분했다.

"모르는 얼굴은 무슨 모르는 얼굴입니까! 동굴에 갇히기 전에도 만 난 적 있잖습니까! 시시때때로 절 그리 괴롭혀 놓고 어떻게 몰라보실 수 있습니까!!"

"미친놈. 주군께서는 그저 오랜만에 만난 게 반가워서 장난치시는 것뿐이다. 그만 좀 속아라. 머리 빈 거 표 난다."

영선휘가 이하원이 놀리면 놀리는 대로 걸려들어 난리를 치자 차가운 미가 돋보이는 삼십대 초반의 청년이 끼어들며 빈정댔다. 영선휘가 휙, 소리 나게 고개를 돌려 그 청년을 쏘아보았다.

"빌어먹을 놈! 지금 무식하다고 날 욕하는 거냐!"

"그래, 무식하다고 네놈을 욕하는 거다. 내 지금까지 네놈만큼 무식한 놈은 본 적이 없다."

"뭐라?"

발끈해서 막 검을 뽑으려 들 때였다. 영선휘의 말을 받아 비꼬던 청년이 이하원을 보며 물었다.

"주군, 그럼 전 누군지 아시겠습니까?"

그때까지 둘의 말싸움을 즐겁게 지켜보고 있던 이하원이 고개를 뒤로 쭉 빼더니 갸웃하고 말했다.

"얼굴은 영 모르겠지만 음성을 들어보니 알 것도 같군. 세인이냐?"

이번에도 장난기가 다분했다. 하지만 하세인은 영선휘처럼 말려들어 흥분하지 않고 빙긋, 미소를 지으며 잘했다는 듯이 고개를 끄덕였다. 단지 미소를 지었을 뿐인데 차가운 기색이 역력하던 얼굴이 부드럽게 풀리며 황홀할 만큼 아름답게 변했다.

이하원이 흐음, 하더니 말했다.

"수염이 덥수룩할 때는 몰랐는데 이렇게 보니 무척 잘생긴 얼굴이었군?"

스스로도 외모에 자신이 있는 듯 하세인은 뼈기듯 손을 턱에 대고 잘난 체해 보이며 말했다.

"그렇습니까?"

"나보다는 못하지만."

뒤이어 붙여진 말에 하세인은 피식 웃어버렸다.

"그렇습니까?"

"응."

진지한 표정으로 고개를 끄덕인 이하원은 그들에게서 눈을 떼고 주변을 휘, 둘러보았다. 그러자 나무 위에 엉덩이를 걸치고 앉아 있던 청년이 빙글빙글 웃으며 입을 뗐다.

"둘째 형님, 제가 누군지는 알아보시겠습니까?"

이하원의 시선이 그에게로 향했다.

"승주 아니냐. 물으려면 '둘째 형님' 이라는 말은 뺐어야지. 그럼 몰라봤을지도 모르는데. 내게 둘째 형님이라고 하는 이는 너밖에 없으니 모른 척할래야 할 수가 없구나."

"그럼 전 누굽니까?"

"저는 누굽니까?"

이하원이 시작한 장난이 삽시간에 주변으로 퍼졌다. 다들 장난기 가득한 얼굴을 들이밀며 자신이 누군지 맞춰보라고 졸라대기 시작했다.

이하원은 껄껄, 웃으며 하나하나 눈을 맞추고 대답했다.

"은성! 아무리 삼 년간 엉망진창인 얼굴을 봐왔다지만 그전에 그리 같이 다녔는데 설마 몰라볼까. 윤이도 마찬가지니 그렇게 얼굴 들이밀지 마라."

"전 누굽니까?"

"왜 이러십니까? 서 형, 양 형도 물러서십시오. 목 형, 황보 형, 팽 형, 수염을 깎으나 안 깎으나 썩 다르지 않은 모습이니 죄송하지만 다 알아보겠습니다."

"아우, 아우. 그럼 난 누구게?"

육단원이 앞으로 쏙 튀어나오며 얼굴을 잔뜩 일그러뜨리고 묻자 이하원은 웃음을 터뜨렸다.

"하하! 형님, 제가 어찌 형님을 몰라볼까요. 그래, 승주와는 즐겁게 노셨습니까?"

"응, 응."

"이리 오십시오."

육단원을 옆에 끌어당겨 앉히고 다시 주변을 둘러보았다.

"전 누굽니까?"

"저부텁니다! 전 누굽니까, 주군?"

"너희들은 주군이라 부르지 말라 하지 않았던가? 난 너희들의 주군이 되지 않겠다고 했다. 유일, 관혁, 태현, 욱이, 의한, 석유, 세형, 주립…… 날 주군이라 부르지 마라."

풍림장 소속 스무 명의 무사를 보며 짐짓 화난 듯 말하지만 이제 그것은 장난에 지나지 않았다.

습관처럼 이하원은 주군이라 부르지 말라고 했지만 풍림장 소속 무사들은 이미 그가 자신들을 수하로 받아들였다는 것을 알고 있었다. 그랬기에 삼 년 전과는 달리 그런 말을 들어도 상처가 된다거나 안타깝다거나 하지는 않았다.

호명되지 않은 이들이 앞으로 튀어나왔다.

"왜 저희들은 불러주지 않으십니까?"

"주군, 지금 차별하십니까?"

이하원은 그들의 이마를 검지로 꾹 눌러 밀어내며 말했다.

"주군이라고 부르지 말라니까. 그리고 부르려고 했다. 휴, 권욱, 중광, 경이, 연홍, 곽헌. 맞지?"

"저희들은요?"

"저희 빼먹었습니다, 주군."

남은 몇몇이 나서서 얼굴을 들이밀자 이하원은 그들을 밀어내는 것도 지친 듯, 짐짓 머리가 아프다는 표정으로 이마를 짚으며 말했다.

"몇 번을 말해야 알아듣겠느냐? 주군이라 부르지 말라고 했는데. 그리고 너희들의 이름은 까먹었다."

"뭐라구요?"

"지금 장난치십니까?"

흥분해서 난리를 치는 데도 이하원은 뻔뻔하게 고개를 돌렸다.

진짜로 이름을 잊어버린 건지 아니면 장난을 치는 건지 구분이 가지 않았다. 끝끝내 호명되지 못한 이들이 우우, 하며 야유를 퍼부었지만 이하원은 꿋꿋하게 그들을 외면했다.

이번에는 그때까지 가만히 있던 여인이 나섰다.

"저는 기억하시나요?"

"윤 소저까지 왜 이러십니까? 제가 윤 소저 하나 알아보지 못할까요. 무진도 나설 필요 없다. 그리 차가운 얼굴을 한 이는 너뿐이니 몰라볼 리가 없지."

"전 처음부터 그리 시시한 장난은 칠 생각 없었습니다."

냉무진이 여전히 나무에 등을 기댄 채 말하자 그때까지 그 장난질에 정신이 팔려 있던 이들이 발끈해서 고개를 돌렸다.

"그럼 지금까지 우리는 시시한 장난이나 쳤다는 말이냐?"

"말을 해도 곱게 하지를 못하지."

"빌어먹을 놈. 저놈은 너보다 더 강적이다."

영선휘까지 끼어들어 빈정댔다. 하세인은 말 대신 연검을 뻣뻣이 세워 검면으로 영선휘의 머리를 한 대 쳤다.

퍽!

불시에 기습을 당한 영선휘가 벌떡 일어서며 같이 검을 뽑아 들었다. 그 모습을 지켜보고 있던 이하원이 피식, 웃고는 사태를 정리하기 시작했다.

"그만!"

장난은 여기까지다. 이제는 진지하게 의논을 할 차례였다.

말과 함께 짝! 손뼉을 치며 주의를 끌자 발끈하여 금방이라도 검을 뽑으려 들 때는 언제고 모두 그 한마디에 우르르 모여들었다.

이하원은 그들의 면면을 다시 한 번 훑어보고 말했다.

"자, 쓸데없는 장난은 여기까지 하기로 하고 이제부터 어떻게 할지 결정하도록 하자."

"그런 것은 주군께서 정해야 하는 거 아닙니까?"

"여기에는 너희들 말고 서 형이라거나 양 형, 성 형, 목 형, 황보 형, 팽 형도 있다. 너희들이야 이해가 되지 않는 명령이라도 들을지 모르지만 그들은 아니지 않으냐?"

그 말이 끝나기 무섭게 서현 등이 고개를 저었다.

"아닙니다. 전 이 형의 말씀이라면 어떤 것이고 들을 생각입니다."

"저 역시 다르지 않습니다."

"뭐든 말씀만 하십시오."

서현과 성정립, 팽여문이 나서서 그리 말하자 양신얼, 목시인 등도 고개를 끄덕였다.

예전, 이하원의 말에 하나하나 꼬투리를 잡던 이들의 모습은 찾아볼 수 없었다. 길다면 길고, 짧다면 짧은 삼 년이라는 시간이 그들을 이렇게 변화시켰던 것이다. 하지만 이하원은 고개를 저었다.

"아니, 저 역시 무작정 제 의견을 밀어붙이고 싶은 생각은 없습니다. 많은 이들이 모인 만큼 우선 모두의 의견을 들어봐야 하지 않겠습니까?"

"그렇다면 우선 이 형께서 계획이 서 있다면 말씀하십시오. 그 계획을 기초로 하여 의견을 내기로 하지요."

말은 그렇게 했지만 이하원이 의견만 내면 어떤 이상한 의견이든 거기에 따르겠다는 투였다. 그걸 알아챈 이하원은 잠시 고민하다 결국 고개를 끄덕였다.

"그럼 그렇게 하도록 하지요. 하지만 그전에."

잠시 말을 끊고 영선휘와 하세인 등 삼 년 전만 해도 팔황성 소속의 무인이던 이들을 보았다.

그는 안타깝다는 표정을 지어내며 말했다.

"본디 지옥에서 돌아왔다면 마땅히 원래 자리로 돌아가는 것이 도리다. 한데 이리 있어도 되겠느냐? 아직까지 팔황성이 망했다는 소리는 듣지 못했는데?"

"또 그 소립니까?"

"어째서 따로따로 흩어졌다 여기로 모이라 했다고 생각하는 거냐? 난 너희들이 도망갈 수 있도록 시간까지 줬다. 그런데 그걸 알아채지 못하고 여기까지 와버리다니."

"시간 달라고 한 적도 없습니다."

굉장히 귀찮다는 표정으로 귀를 후빈 영선휘는 시큰둥하니 말을 이었다.

"그리고 사실 따져 보면 먼저 손을 놓은 것은 저희가 아니라 그쪽입니다. 죄송하지만 여기까지 와서 의리 같은 거 챙겨줄 만큼 저희들, 미친놈 아닙니다."

그 말에 옆에 있던 하세인도 동조하듯 고개를 끄덕였다. 이하원은 살풋 미간을 찌푸렸다.

"하나 앞으로 우리는 백교, 천검파를 비롯하여 팔황성도 적대시할 것이다. 그리고 여건이 된다면 그들을 멸할 생각까지 하고 있다. 그런데도 너희들은 삼 년 전까지만 해도 동료였던 이들이 쓰러져 가는 모습을 보면서 동요하지 않을 자신이 있느냐?"

이미 삼 년을 함께했다. 눈만 봐도 무슨 생각을 하는지 알 수 있을 정도였다. 그럼에도 조금쯤은 흔들리지 않을까 싶었다. 하지만 하세인은 피식, 웃으며 한 치의 망설임도 없이 대답했다.

"어디 동요만 하지 않을 뿐입니까? 기회만 주신다면 제가 앞장서서 그놈에 팔황성, 한번 멸문시켜 볼 생각입니다. 저 정도 되는 인재를 버릴 때 그 정도 각오는 하지 않았겠습니까?"

사실 이하원은 모르고 있었지만, 삼 년 전에도 그들은 이하원에게 조금이라도 보탬이 되고자 팔황성의 일에 하나하나 끼어들어 훼방을 놓은 전적이 있었다.

"그럼 됐다."

이하원이 그제야 빙그레 미소를 지으며 말하자 하세인이 투덜댔다.

"이런 재미없는 시험은 그만 하면 안 됩니까? 사실 이런 유치한 시험은 영선휘, 저 바보 같은 놈이나 걸려들지 저같이 똑똑한 사람은 안 넘어갑니다."

"내가 뭘?!"

영선휘가 발끈했지만 아무도 그 말에 동조해 주는 사람은 없었다. 모두 이하원에게로 시선을 모을 뿐이었다. 나만 따돌리니 어쩌니 하며 영선휘가 투덜거렸지만 그것 역시 무시되었다.

"은상!"

이하원이 커다랗게 은상을 불렀다. 무슨 일인가 싶어 은상이 눈을 동그랗게 뜨자 대뜸 손부터 내밀었다.

"지도!"

뭔가 심각한 이야기라도 할 줄 알았던 은상은 짧은 한숨과 함께 품에서 지도를 꺼내 펼쳤다. 곱게 접혀 있던 지도가 펼쳐지자 다들 그 위로 시선을 모았다. 이하원은 기다렸다는 듯이 검지로 곤륜산에서 소림까지 일직선을 쭈욱 그었다.

지도를 보고 있던 모두가 '뭐 하는 거야?' 라는 표정으로 고개를 들자 이하원은 누가 봐도 반할 만한 미소를 지어주었다.

"여기에서 소림까지의 최단 거리. 지금까지의 상황으로 봐서 소림은 이미 적의 손에 넘어갔을 겁니다. 하지만 소림만큼 최적의 본거지도 없으니 우선 그곳을 되찾기로 하지요. 물론 계획 같은 건 없습니다. 막는 게 있으면 부수면 그만, 그대로 뚫고 지나가는 걸로 하죠."

"헉!"

폭탄선언이나 다름없는 말에 모두들 급히 숨을 들이켰다. 그런 이들을 보며 이하원은 다시 한 번 미소를 지어주었다.

"다른 의견 있습니까?"

말은 그리 하지만 다른 의견 같은 것을 내면 가만 두지 않겠다는 뜻이 담긴 눈빛을 보며 모두 한숨을 내쉴 뿐이었다. 항상 여유롭고 침착하며, 누구보다 자신들을 아껴주는 이하원이지만 한 번씩 이런 식으로 우기는 것에 한해서는 무슨 말을 해도 절대 물러서는 법이 없음을 지난 삼 년간 뼈저리게 느낀 그들이었던 것이다.

누구 한 명 반대를 하는 이가 없자 매우 만족스러운 듯 그들을 둘러본 이하원이 말을 끝맺었다.

"그럼 이것으로 결정하겠습니다. 아, 그리고 명심할 것은, 우리는 강하다는 겁니다."

속으로 독재자 어쩌고 하던 이들은 뒷말에 그만 웃고 말았다.

그랬다. 육십여 명, 적다면 적은 인원이었지만 삼 년간 외부와 단절

된 곳에서 죽음을 바로 곁에 두고 싸워온 그들은 이제 누구보다 강하다고 자신할 수 있는 실력을 가지고 있었다.

백교 귀혈단(鬼血團) 소속 제원일(際元日)은 주변을 살피다 말고 눈살을 찌푸렸다.

오늘따라 시종 공기가 싸늘한 느낌이다. 겨울이라 공기 중에 냉기가 서려 있는 게 당연한데 왜인지 그게 이상하게 생각되었다. 그는 왼편으로 십여 장 너머에 있을 동료를 불렀다.

"어이, 중학(衆學)이. 거기 있나?"

"……."

"중학이! 대답 좀 해보게. 아니 들리는가?"

십 장 건너 정도면 안 들릴 리가 없는데 몇 번을 불러도 대답이 없었다. 그러자 왜인지 더욱 등골이 오싹해졌다. 이번에는 오른편 십여 장 너머에 있을 동료를 불렀다.

"이보게, 시화(柴火)! 자네 있는가?"

"……."

"내 말이 아니 들리는가? 이보게, 시화!"

"……."

한껏 귀를 기울여 봤지만 대답은 고사하고 부스럭대는 소리조차 들리지 않았다. 싸늘하게 식어가는 등으로 식은땀이 맺혀 흘렀다. 단순히 아무리 불러도 대답이 없는 동료들 때문이 아니었다. 유독 예민한 그의 직감이 좋지 않다고 말하고 있었다.

'안 되겠다. 돌아가야겠어.'

위쪽으로 올라가면 다음 당번 보초를 서기 위해 기다리고 있는 동료들이 있을 터였다. 거기까지만 가면 괜찮을 거다. 누구에겐지 모를 소리를 중얼거리며 몸을 돌렸다.

그때였다. 위쪽에서 검은빛이 어른거리더니 뭔가가 쑥 튀어나왔다.

"헉!"

그게 뭔지 볼 틈도 없었다.

소리도 없이 나타난 검은 그림자에 놀라 생각하고 자시고 할 틈도 없이 한 걸음 물러나며 검을 뽑아 들었다. 하지만 채 반도 뽑기 전에 뜨끔하더니 눈앞이 기울어 보였다. 검기만 하던 주변이 하얗게 물들더니 어느새 검은 바닥이 눈에 들어왔다.

싸악—

소리는 그보다 늦게 귓속을 파고들었다. 하얗게 물든 배경 속에서 웬 키 큰 사내가 자신을 내려다보고 있다는 것에 의문을 품는 것을 끝으로 더 이상 생각은 이어지지 않았다.

가볍게 흔들어 검에 묻은 혈흔을 털어내는데 바로 옆에 그림자가 생겨났다. 막 검을 검집에 꽂으려던 사내가 목과 몸이 분리된 주검을 내려다보며 입을 뗐다.

"여기는 완전히 마무리했다. 그쪽은?"

"이하동문."

대답과 동시에 그 그림자가 숲에 가려져 있던 몸을 드러냈다.

몇 년간 햇빛을 보지 않은 듯 새하얀 얼굴이 달빛에 비쳤다. 선혈이 뚝뚝 떨어지는 검을 든 채 단아한 얼굴을 들어 하늘을 본 그는 영선휘를 보며 말했다.

"이러다 우리가 제일 늦겠다. 속도를 내자."

"이제는 같은 주군을 모시게 됐다지만, 아무리 그래도 그까짓 정파 놈들에게 질 수는 없지. 가자!"

말과 함께 영선휘는 즉시 위쪽으로 몸을 날렸다. 역시 같은 생각인지 묵묵히 고개를 끄덕인 하세인도 그에 뒤질세라 경공을 펼쳤다.

피에 절은 주검만을 남긴 채 그곳은 다시 고요 속으로 잠겨들고 있었다. 그리고 그 일련의 상황은 다른 곳에서도 썩 다르지 않은 모습으로 벌어지고 있었다.

"늦었다."

막 산 정상에 이르렀을 때였다.

갑자기 들려온 전음에 흠칫한 모용은성은 휘휘, 주변을 둘러보았다. 그러다 반대편 나무 위에 자리 잡은 청년이 눈에 들어오자 입술을 삐쭉 내밀었다.

"늦긴 뭘 늦었습니까? 아직 개시도 안 했구만."

모용은성이 턱으로 가리키는 곳에는 아직 이 산에 일어난 사태에 대해 전혀 눈치 채지 못한 사내들이 옹기종기 모여 불을 쬐고 있었다.

그 모습에 이하원은 피식 웃었다.

"이미 대부분이 반대편으로 건너갔다. 이들은 너희 몫으로 남겨진 거지. 아직 윤이 일행과 서 형 일행, 팽 형 일행이 오지 않았으니 너와 강이, 세명이는 그들을 기다렸다 저들을 처치하고 와라."

"주군은요?"

이하원이 살풋 미간을 찌푸렸다.

"주군이라 부르지 말라 했거늘. 너는 각주로 족하다. 모용세가의 녀석이 어찌 날더러 주군이라 하느냐? 윤이에게도 주군이라 하지 말라 해라. 어쨌든 난 앞서 간 이들을 따라갈 생각이다. 물론 너희만으로 해결할 수 없다면 남아줄 수도 있는데, 어쩔까?"

"은 형, 주군께서 가신답니다!"

은상에게 전음을 보내면서 일부러 이하원에게까지 보내는 모용은성
이었다. 매번 이하원에게 홀랑 넘어가는 모용은성을 재미있다는 표정
으로 보던 은상은 이하원이 피식 웃고 몸을 날리자 곧 그 뒤를 따랐다.

그들이 사라지며 약간의 바람이 일렁이다 사라졌지만 불을 쬐고 있
는 이들은 그것조차 눈치 채지 못하고 있었다.

"무슨 일이냐!"

벌컥, 웅장한 전각의 문이 열렸다. 동시에 허벅지 두께만 한 도를 쥔
백의를 멋들어지게 걸친 사내가 나오며 소리쳤다. 마치 기다렸다는 듯
이 곳곳에서 그에 맞춰 비명성이 들려왔다.

"크헉!"

"적, 적이다!!"

말이 떨어지기가 무섭게 몇 명이 우르르 쓰러졌다.

사내는 당황했다. 아닌 밤중에 홍두깨가 따로 없었다. 이미 이 주위
에서 적이란 적은 씨를 말려 버린 지 오래였다. 그랬기에 대부분의 무
인들을 최전선으로 보낸 것 아닌가?

그런데 갑자기 웬 적?

어이가 없을 정도다. 하지만 그는 더 이상 생각하지 않기로 했다. 지
금은 생각할 때가 아니라 싸울 때였다. 웬 놈들인지 알 수는 없지만 적
이라면 목숨을 끊어놓으면 그만이다.

"겁을 상실한 놈들이군! 어디 죽어봐라!"

그는 말과 함께 몸을 날렸다. 바로 전면에 한 놈이 미친 망아지마냥
뛰어다니며 자신의 수하들을 베어 넘기고 있었던 것이다.

"죽어라!"

버럭, 소리치며 도로 내려찍었다. 매서운 바람 소리가 일었다. 상대

도 알고 있었던 듯 같이 소리치며 응수해 왔다.

"네놈이나 죽어라!"

채앵—!

도와 검이 부딪치며 불꽃이 튀었다. 주춤, 상대가 서너 걸음 물러나는 게 보였다. 사내는 조금 놀랐다. 비록 몇 걸음 물러났다지만 자신의 도를 받아낸 것 자체가 놀라웠던 것이다.

그는 고개를 끄덕였다.

"그래도 어느 정도 실력이 있기는 있는 모양이구나. 하지만 그것도 끝이다!"

이번에야말로 보내 버려야겠다고 생각하며 사내는 도를 횡으로 휘두르며 상대의 허리를 노렸다. 상대는 뭐라 한마디 하려다 말고 급히 검을 거꾸로 세우며 도를 막았다. 하지만 내공의 차이는 어쩔 수 없었다. 사내는 도저히 그가 이길 수 있는 상대가 아니었다.

쩌엉—

"헉!"

도와 부딪치기가 무섭게 검에 금이 갔다. 상대는 얼른 검을 놓고 몸을 낮추며 뒤로 물러났다. 하지만 그것은 한 수 늦은 대응이었다. 피한다고 피했는데 도는 이미 지척이었다.

'죽는다!'

그렇게 느낀 순간 채쟁! 쇠 부딪치는 소리가 들려왔다. 반쯤 심장이 내려앉은 상태에서 가늘게 떠진 동공 사이로 금빛이 어른거리는 게 보였다. 그것이 무엇을 뜻하는지 누구보다 잘 아는 그는 겨우 안도의 한숨을 내쉴 수 있었다.

그때 바로 귀에 속삭이듯 맑은 음성이 들려왔다.

"은성, 뒤로 물러나라. 그리고 그자는 선휘에게 맡겨라."

모용은성은 발끈했다. 그렇게 죽도록 고생해 가면서 수련했는데 어째서 영선휘, 그 두 번째 괴물 놈에게는 이길 수 없는지 속이 터질 지경이었다. 놀리듯 곧이어 영선휘의 음성이 지척에서 들려왔다.

　"멍청한 놈, 뒤로 물러나라. 내가 상대하겠다!"

　"으윽……."

　생각 같아서는 죽자사자 맞붙고 싶었지만 자신이 도를 쥔 저 사내의 상대가 되지 못함을 그도 잘 알고 있었다. 이하원이 무슨 소리를 한 건지, 의기양양한 표정으로 끼어드는 영선휘를 한차례 쏘아본 모용은성은 뒤로 물러났다.

　모용은성의 자리에 영선휘가 들어서자 모용은성을 끝장내지 못한 것에 약간의 아쉬움을 느끼던 사내는 이번에는 웬 놈이냐는 시선으로 앞을 노려봤다. 그러다 영선휘와 눈이 마주치자 흠칫했다.

　"너, 넌!"

　"오랜만이다. 그간 잘 처먹고 잘 지냈냐?"

　"영선휘?"

　사내는 믿을 수 없다는 표정이었다. 영선휘는 검을 빙글빙글 돌리며 한차례 씩 웃더니 부러 쯧, 혀를 차며 빈정댔다.

　"채신기(蔡伸琦), 같은 사천왕으로 있었던 때가 몇 년인데 나도 알아보지 못하다니. 나이를 먹더니 눈이 침침한 거냐?"

　"…네놈, 죽은 거 아니었나?"

　한껏 비꼬아대는 데도 충격이 큰지 채신기는 묻기에 여념이 없었다. 영선휘는 어이없다는 표정을 짓더니 말했다.

　"허! 내가 죽어? 그럴 리가 있나! 어디 내가 쉽게 죽을 놈이더냐? 네놈이 보는 대로 나는 멀쩡히 살아 있다, 바보."

　"살아 있었으면 응당 돌아왔어야지, 이게 뭐 하는 짓이냐! 같은 편을 공격하다니? 네놈은 자신이 자랑스런 팔황성 소속의 무인이라는 것을 벌써 잊은 것이냐?"

"네놈이나 자랑스런~ 팔황성 소속해라. 나는 그딴 거 이미 개 줘버렸다. 자, 받아라!"

"자, 잠깐!"

채신기가 소리쳤지만 영선휘는 들은 척도 하지 않았다. 그는 빙글빙글 돌리던 검을 어느 순간 앞으로 쭉 내뻗었다.

쉐엑—

바람이 찢어발겨지는 소리가 나며 순식간에 검이 눈앞에 다다랐다. 채신기는 깜짝 놀라 뒤로 물러났다. 하지만 어찌 된 영문인지 검은 계속해서 그의 눈앞에서 어른거렸다. 아무리 극성의 신법을 펼쳐 물러나도 검은 정확히 삼 촌의 간격을 유지하고 있었다.

결국 채신기는 뒤로 몸을 굴려 피했다. 물러남과 동시에 자세가 낮춰지자 그제야 눈앞에서 어른거리던 검이 사라졌다.

"네놈……."

채신기는 놀람을 감추지 못했다.

같은 사천왕이라고는 하지만 엄연히 그 가운데 차이는 존재했다. 넷 중 가장 나중에 들어온 독운강이 근소하나마 나머지 셋에 비해 실력이 떨어졌고, 나이가 많은 편인 채신기가 가장 뛰어났다.

특히 채신기는 무거운 도를 씀에도 불구하고 다른 이들에 비해 경공이 특출나게 뛰어난 편이었다. 그런 그가 다른 것도 아니고 신법에서 영선휘를 떨쳐 내지 못했으니, 어찌 놀라지 않을 수가 있겠는가? 그것도 넷 중 신법에 한해서는 가장 뒤떨어지는 이가 영선휘였음에야!

채신기의 얼굴에 어이없다는 표정이 여실히 드러났다. 하지만 영선휘는 지금의 결과가 당연하다는 태도였다. 그는 채신기의 얼굴을 향해 냅다 검을 내던졌다. 검은 수평으로 쏘아져 나갔다.

채신기는 놀람을 수습할 겨를도 없이 도를 들어 검면을 내려쳤다.

채앵—!

그런데 어찌 된 영문인지 당연히 바닥으로 떨어져야 할 검이 여전히 수평을 유지하며 공중에 떠 있었다.

"뭐야?"

어느덧 다가와 검 손잡이를 잡고 있는 영선휘의 손에 시선이 이르렀다. 그가 타이밍 좋게 잡아챈 덕에 검이 바닥으로 떨어지지 않은 모양이었다. 그리고 그것을 본 채신기는 또 놀랐다.

무려 백오십 근이 넘어서는 도와 십 근이 될까 말까 한 검이 부딪쳤다. 그것도 도는 위에서 내려쳤고 검은 밑에서 그것을 받았다.

거기다 도를 쓰는 무인이면 으레 그렇듯 채신기는 힘에 자신이 있는 이였다. 아무리 영선휘가 힘을 위주로 하는 무인이라지만 도를 쓰는 채신기를 힘으로 이기지는 못한다. 거기다 내공을 따져도 월등한 채신기가 아니던가? 그런데 한 치의 밀림도 없다니?

삼 년 만에 나타난 영선휘는 그에게 족히 십 년은 놀랄 것을 한꺼번에 안겨주고 있었다.

'이놈이 그간 영약이란 영약은 다 처먹고 온 건가?'

그런 생각까지 들었다.

그때 영선휘가 손목을 이용해 검을 돌렸다. 엄연히 도가 그 앞을 막고 있는 데도 검은 빙그르르 자유자재로 돌아갔다. 곧 검끝이 위로 향하며 채신기의 턱을 공격했다.

"어엇!"

채신기는 고개를 위로 치켜들어 피하고는 훌쩍 뒤로 물러났다.

얼마 남아 있지도 않지만 그래도 옛정을 생각해서 선제공격은 하지 않았는데 이제는 안 되겠다. 저놈이 어디서 뭘 하고 왔는지 그 실력이 삼 년 전과는 비교도 되지 않을 만큼 일취월장하였으니 이대로 두었다가는 큰일이 날 듯싶었다.

이미 팔황성을 향해 적의를 드러냈으니 옛정이고 뭐고 목숨을 끊어놓는 것에 망설임은 없었다.

"어디 죽어봐라!"

버럭, 소리치며 방어만 하던 것에서 벗어나 공격을 퍼붓기 시작했다.

"어디 할 수 있으면 해봐라!"

그대로 되받아친 영선휘는 빠른 신법을 펼쳐 좌우로 움직이며 공격을 피했다. 아슬아슬하게 피하는 듯도 한데 이상하게 단 한 대도 맞지 않는 게 열불이 날 지경이었다.

채신기는 자신도 모르게 눈을 비볐다. 물 흐르듯 움직여 피하는 모습이 패도적이기까지 한 팔황성의 무공으로는 생각할 수 없을 정도였다.

분명 마령대(魔令隊)의 무인이라면 흔히 쓰는 마령신법(魔令身法)인데 어찌 이리 다르단 말인가? 마령신법을 극성에 극성까지 익히게 되면 저리 되는 걸까? 하지만 어찌 그 짧은 시간에 한 무공의 끝을 볼 수 있었단 말인가? 삼 년이라는 시간이 그리 길었단 말인가?

채신기는 지금의 상황을 도저히 믿을 수가 없었다.

같은 사천왕이라고는 하나 발악을 해도 자신보다는 한 단계 아래라 생각했던 영선휘였거늘, 지금은 오히려 반대가 된 듯했다. 휘익, 아슬아슬하게 횡으로 그어지는 도를 피한 영선휘가 빙글, 웃으며 말했다.

"이제 내가 공격해도 될까?"

채신기의 눈동자가 커다랗게 떠졌다.

"뭣?"

아무리 상처 하나 입지 않았다지만, 그래도 공격할 겨를이 없기에 피하기만 하는 줄 알았더니 그것조차 아니었단 말인가?

채신기는 지금 자신이 꿈을 꾸는 건 아닌가 싶었다. 하지만 휘익, 바람 소리와 함께 검면이 안면을 강타하자 지금 이 황당한 상황이 꿈이 아니라는 것을 확실히 알 수 있었다. 그만큼 강타당한 한쪽 볼이 욱신욱신 쑤셔왔던 것이다.

"크윽……."

신음과 함께 주춤 뒤로 물러서는데 얄밉기까지 한 영선휘의 음성이 들려왔다.

"이거 계속 피하기만 하니까 영 재미가 없어서……."

그때 바로 옆에서 웬 음성이 튀어나와 영선휘의 말을 툭 끊었다.

"빨리 끝내라, 바보."

"주변 좀 둘러보는 게 어때?"

그 말에 영선휘보다 채신기가 먼저 주변을 둘러보았다.

"헉!"

그는 흠칫했다. 경악할 만큼 변한 영선휘의 모습에 놀라 미처 주변이 초토화되어 있는 것을 눈치 채지 못했다. 여기저기 쌓여 있는 시체 사이로 서 있는 이들은 대부분이 생전 처음 보는 인물들이었다. 눈에 익은 이들이 몇 있기는 했지만 어찌 된 영문인지 그들은 적들과 대치하고 있지 않았다.

'어째서?'

의문을 품자마자 곧바로 답을 얻었다.

어렴풋이 눈에 익은 이들. 그럼에도 최근에는 보지 못했던 이들. 그들은 다름 아닌 삼 년 전, '작전'에 동원된 이들이었던 것이다. 영선휘를 향해 빨리 끝내라 재촉한 이는 같은 사천왕으로, 영선휘와 함께 죽었을 것이라 생각했던 하세인이다.

'어떻게 살아 있을 수 있단 말인가?'

삼 년 전의 작전은 팔황성의 본거지에서 벌어졌다. 그런 만큼 채신기 역시 현장을 봤다. 완전히 초토화되어 생존자는 있을 수가 없는 상황이었다. 그런데 이들이 살아 있을 줄이야! 그것도 삼 년 전만 해도 아군이었던 이들이 이제는 적으로 돌변해 팔황성을 향해 검을 들이밀고 있었다.

꿈인 듯했다. 꿈이 아님을 알면서도 꿈이길 바랐다.

채신기는 몇 번이나 눈을 깜빡였다. 그러느라 멈칫한 사이 영선휘가 기다렸다는 듯이 그를 향해 검을 휘둘렀다.

쉬익—

"컥!"

파공성에 급히 몸을 돌리려 했다. 하지만 채 고개를 돌리기도 전에 눈앞이 붉은 선혈로 물들었다.

그야말로 아차, 하는 순간이었다.

그 짧은 순간의 방심이 그를 저승으로 인도했다. 귀에서부터 옆구리까지 갈라지며 피가 튀었고, 채신기의 몸은 더 이상 주인의 말을 듣지 않았다.

"치사한 놈."

"자기 무공이 얼마나 강해졌는지 궁금하다며, 저놈은 꼭 자신이 상대하게 해달라고 할 때는 언제고 비겁하게 기습을 할 줄이야. 다시 봤다."

하세인과 이하원이 한마디씩 하자 은상이 절레절레 고개를 저었다.

일부러 끼어들어 기습할 기회를 준 게 누군데 저러는지 모르겠다. 물론 그것을 기회로 여겨 진짜로 기습 공격을 한 영선휘도 잘한 건 없지만 그 못지않게 치사한 게 이하원과 하세인이었다. 그런데 자기들은 쏙 빠지고 영선휘만 놀려대니 그저 어이가 없을 뿐이다.

물론 거기까지 생각 못한 영선휘는 검을 털며 항의했다.

"다시 보기는 뭘 다시 봅니까! 빨리 끝내라고 재촉만 안 했으면 저도 한번 진지하게 싸워보려고 했단 말입니다!"

"빨리 끝내라고만 했지 누구도 기습을 하라고 하지는 않았다."

"아무리 빨리 끝낼 자신이 없었기로서니 기습을 하냐? 치사하다! 치사해!"

"무공만 좀 강하면 뭘 해? 인간이 안 됐는데."

이하원을 비롯하여 모용은성, 장승주까지 끼어들어 놀려대자 영선휘의 얼굴이 순식간에 빨갛게 변했다. 그는 더 이상 참지 못하고 바닥을 탕탕, 내려치며 소리 질렀다.

"그래! 나 치사하다! 그래서 뭐! 내가 치사한 데 보태준 거 있어? 보태준 거 있냐고! 이렇게 살다 죽을 테니 내버려 둬!!"

영선휘가 방방 뛰며 소리치자 그때까지 신이 나서 놀려대던 이들이 서로를 쳐다보며 미소 지었다.

"그만 할까?"

"그러죠. 저러다 울겠습니다."

한차례 전음을 주고받은 후 이하원이 입을 열었다.

"스스로도 인정했으니 넘어가고, 얼른 정리하고 이동하자."

인정하기는 뭘 인정해!

한껏 자신을 치사한 인간으로 몰아붙이고—물론 조금 치사하긴 했지만—얼렁뚱땅 넘어가는 이하원을 기가 막혀 쳐다보았지만 그들은 언제 장난을 쳤냐는 듯 웃음기를 거두고 주변을 정리하기 시작했다. 별수없이 영선휘도 입술을 삐쭉대다 팔을 걷어붙이고 나섰다.

어느덧 동이 터오고 있었다.

"어찌 된 일이냐?"

천검파의 본거지, 그리고 그곳 장문의 처소.

호연진은 지독히도 가라앉은 음성으로 물었다. 장악은 대답하지 못하고 그저 고개만 숙였다. 그리고 그것이 호연진의 화를 부추겼다.

꽝!

탁자를 내려치는 손이 매서웠다. 호연진이 노성을 터뜨렸다.

"어찌 된 일이냐고 묻질 않느냐! 왜 대답이 없어?!"

"이유를 알 수 없었습니다. 분명 놈들은 저희들에게 피해를 주고 있는데 어디서 튀어나왔는지 짐작도 가지 않습니다. 정파 놈들에게 그만한 세력이 있을 리는 없고…….."

"한마디로 아는 게 없다?"

"죽여주십시오."

장악이 즉시 거대한 체구를 숙여 오체복지하고 외치자 호연진은 기가 막힌다는 표정으로 고개를 저었다.

노기가 끓어올랐지만 그런 하찮은 이유로 수하들을 함부로 대할 만큼 호연진은 피도 눈물도 없는 노인이 아니었다. 그는 쯧쯧, 혀를 차며 장악을 내려다보다 밖을 향해 소리쳤다.

"종국, 종국 있느냐?"

스르륵.

문이 열리고 종국이 나타나 부복했다.

"부르셨습니까."

"그래, 아직 놈들의 정체를 알 수가 없다 하니 우선은 그에 대해 알아보는 것이 옳으나 팔황성과의 동맹이 영원할 수 없고, 백교와의 일전도 언젠간 불사해야 할 것이니 더 이상 전력의 손실을 수수방관하고 있을 수는 없는 만큼 지금의 전력을 유지하는 것이 더 중요하다. 그러니 요녕으로 내려가 있는 전력의 삼 할을 뒤로 빼 그 정체 모를 놈들을 대비해라. 그리고 장악은 그놈들의 정체가 무엇인지 파악하는 데 주력하도록 해라.”

“존명!”

“존명!”

종국과 장악은 동시에 크게 소리쳤다. 호연진은 그래도 영 마음에 들지 않는 듯 연신 쯧쯧, 혀를 찼다.

옛 육가장의 본거지였던 곳.

얼마 전까지만 해도 호흡을 하던 이들이 주검이 되어 바닥을 가득 매우고 있는 곳. 바로 그곳에 온몸에 피칠갑을 한 육십여 명이 자리하고 있었다.

반은 멀쩡히 서 있었고, 반은 여기저기 주저앉아 있었다.

아무리 그간 두드러지게 성장했다고는 하지만 곤륜에서 이곳, 섬서 장안(長安)의 육가장까지 쉬지 않고 달려왔으니 지치지 않았다면 그건 인간이 아니리라.

그것도 어디 그냥 달려왔는가?

중간에 막아서는 것은 모조리 쳐부수면서 왔다. 아직 단 한 명의 낙오자도 없었지만 오늘의 싸움은 그중에서 가장 격렬하였기에 열이 넘는 중상자가 나왔다.

“혁혁, 빌어먹을 천검과 놈들.”

“여기다 둥지라도 틀 생각이었나? 어찌 한꺼번에 오백이나 되는 수가 모조리 한곳에 처박혀 있었던 건지, 원.”

모두들 지친 기색이 역력했다.

그간 얼마나 치열하게 싸워왔고, 얼마나 많은 수를 베어왔는지 이가 나간 검을 든 이들이 한둘이 아니었다. 그런데다 이번에는 거의 열 배에 달하는 수와 접전을 벌였으니 어찌 힘들지 않을까.

길게 숨을 몰아쉬다 결국 서 있던 이들까지 하나둘 바닥에 주저앉았다. 의외로 평범한 검임에도 불구하고 다른 이들과는 달리 이 하나 나가지 않은 멀쩡한 검을 들고 있던 이하원은 휘, 주변을 둘러보고 쓰게 웃고 말았다.

못해도 소림까지는 승승장구하며 갈 수 있을 줄 알았는데…….

자신들이 성장한 만큼 적들도 놀고만 있지는 않았을 거라는 것을 간과하고 있었나 보다.

"안 되겠다. 이대로 계속하다가는 부상자만 늘어날 터. 잠시 쉬었다 가는 게 낫겠다."

"아무래도 그래야겠지요?"

은상의 말에 이하원은 고개를 끄덕였다.

"음, 여기에 머물다가는 적들과 마주칠지도 모르니 지난번처럼 흩어져서 쉬기로 하자. 각자 자신이 묵는 객점에 표시해 두는 것 잊지 말고 일단은 최대한 몸을 추스르기로 한다."

결정이 나자 하나둘 자리에서 일어났다.

육십이나 되는 수가 한꺼번에 움직이면 눈에 띈다는 이유로, 지난번 설원에서 곤륜에 도착하기까지 네다섯이서 움직인 적이 있던 그들이다. 당시 위험한 상황이 있을 것에 대비해 무공의 고하를 따져 조를 짠 덕분인지 운이 좋게도 거의 한 조당 한 명에서 두 명의 부상자가 섞여 있었다.

"그럼 우선적으로 보름간 쉬기로 하고, 그동안 소문을 모으자. 찾기 힘들지도 모르니 너무 멀리 가지는 말고."

이하원의 그 말을 끝으로 그들은 부상자를 추슬러 그곳을 벗어났다.

강호에 이상한 소문이 돌고 있었다. 언제, 어디서부터 시작되었는지 알 수 없는, 어떻게 들어도 허황된 이야기.

"이보게, 그거 사실인가?"

시끄러운 객잔.

전형적인 농부 복색을 한 중년인이 탁자 너머 앞에 앉은 이의 팔을 툭툭, 치며 말을 걸었다. 막 술 한잔을 하려던 흑의무복사내가 의아한 표정을 지었다.

"뭐 말인가?"

"그거 말일세, 그거!"

"아니, 이 사람이. 그게 뭔지 제대로 말을 해야 알아들을 것 아닌가. 확실히 말을 하게."

흑의무복사내가 정말 못 알아듣겠던 듯 고개까지 갸웃하자 농부는 매우 답답하다는 표정을 지었다.

"자네와 내가 이리 만난 지가 몇 년인데 척하면 알아들어야지 왜 이리 못 알아듣나? 그 왜, 요즘 곳곳에서 사파 놈들이 죽어난다면서?"

"어허! 이 사람, 그런 말을 함부로 하면 어떡하나! 누가 들으면 어쩌려고?"

깜짝 놀란 흑의무복사내가 획획 주위를 둘러보며 말하자 농부는 아차, 하는 표정이 되었다. 그도 덩달아 목을 움츠리고 주변을 살피며 한껏 목소리를 낮춰 말했다.

"미안하이. 아무리 외곽 객잔이라지만 엄연히 여기는 사파 놈들 땅이나 마찬가진데 미처 그 생각을 못했네."

"뭐, 됐네."

흑의무복사내는 자신들을 주목하는 이가 없다는 것을 확인하고 휘휘 손을 저으며 말했다.

잠시간 침묵한 채 주거니 받거니 하며 술잔을 기울였다. 호기심이 문제랄까? 당연히 그 침묵은 오래가지 않았다. 농부가 눈을 반짝이며 물었던 것이다. 물론 이번에는 주변을 살피고 음성을 낮추는 것을 잊지 않았다.

"하여간에 말 좀 해보게. 그 소문이 사실인가?"

"글쎄, 나도 잘 모르겠네. 무슨 증거를 봤다는 이도 있다는 소리는 들었지만 워낙에 이야기가 허황되어야지. 정파가 요녕까지 밀려난 지가 언젠가? 운 좋게 위기 때마다 은거기인들이 속속 등장해 지금까지 겨우 명맥이나마 유지하고 있지 않은가. 그런데 무슨 힘이 남아 있어 사파 놈들 지부를 부수고 다닐 수 있겠나? 아니 그런가?"

"그렇지."

"정파 쪽에 조금이나마 힘이 남아돈다면 후방을 교란하며 돌아다닐 게 아니라 방어를 좀 더 확고히 해야 하는 거 아닌가? 요녕까지 밀린 걸로도 모자라 지금도 아슬아슬하니 겨우 막아내고 있다는데 말일세."

"그렇군."

흑의무복사내의 말에 이리저리 재어본 농부는 크게 고개를 끄덕였다. 역시 소문은 소문일 뿐인가 보다. 무슨 곳곳에 있는 사파 지부가 하룻밤 사이에 초토화가 되었다느니, 시체가 그득히 쌓여 있었다느니 하는 말들이 있어 혹시나 했는데 역시 아니었다.

"그럼 그렇지. 역시 헛소문이었구먼."

아무래도 사파인들보다는 정파인들의 구역이 좀 더 살기 편한 것은 사실이었기에 농부는 아쉬운 듯 쩝, 입맛을 다셨다.

"알아보셨습니까?"

소림에서의 일전으로 유명을 달리한 혜능 대사의 뒤를 이어 주지가 된 혜명 대사(惠明大師)가 긴장된 어조로 물었다. 대정은 눈살까지 찌푸려가며 고개를 이리저리 갸웃거렸다.

"알아보기야 알아봤지."

"그래서, 사실이랍니까? 아니면 헛소문이랍니까?"

급한 성격답게 목중창이 앞으로 나서서 물었다. 대정은 여전히 알송달송한 표정이었다.

"그게, 소정이 놈이 없어서 그런가? 확실한 정보를 물어다 주는 놈이 없다 보니 아직도 헛소문인지 진짜인지 구분이 안 간단 말이지."

"예?"

"그러니까 확실히 모르겠다는 말이네. 정파의 위급에 은거하고 있던 녀석들까지 모조리 여기 모이지 않았겠나? 그런데 무슨 우리를 도와 후방을 교란할 전력이 있겠나? 턱도 없는 소리지."

"아미타불. 그렇다면 헛소문이라는 말입니까?"

"그런데 어찌 된 영문인지 이곳에 있던 적의 전력이 조금씩 뒤로 빠지고 있는 게 밑에서 빈둥거리고 있던 몇몇 거지 놈들에게 포착되었지 뭔가? 후방에 아무런 일이 없다면 부러 전력을 뺄 리가 없지 않겠나? 그런데도 우리들 몰래 전력을 빼고 있다는 것은 무슨 일인가가 터져 힘을 뒤로 돌려야 하는 상황이 발생했다는 말이 되는데……."

"그럼 그 소문이 사실이라는 겁니까?"

모용현중이 물었다. 대정은 오른쪽으로 기울었던 고개를 왼쪽으로 옮기며 말했다.

"그런데 조금 전에 말했다시피 우리에게 그런 전력이 있을 리가 없잖은가? 그렇게 생각해 보면 무슨 꿍꿍이인지는 모르겠으나 어쩌면 이 모든 게 적의 계획된 작전일지도 모른다는 생각도 들고…….”

이랬다저랬다 하는 대정의 말에 양사화가 눈살을 찌푸리고 물었다.

“그래서 헛소문이라는 겁니까, 사실이라는 겁니까?”

“끄응…….”

대정은 쉽게 대답하지 못했다.

워낙 적은 정보로 상황을 파악하려니 어째 모든 게 다 함정 같았다. 대정이 우물대자 모두들 답답하다는 표정을 지었다. 제대로 된 정보라도 있으면 좋겠는데, 거의 모든 지역이 마도와 사파 연합 쪽에 넘어간 상태라 정보를 모으는 것도 여의치 않았다.

힘든 줄 알면서도 조금만 더 정보를 내놓으라고 재촉하자 결국 대정은 참지 못하고 역정을 냈다.

“아, 글쎄 노부도 모른다고 하질 않나! 더 이상 남는 정보도 없어! 정히 궁금하면 자네들이 직접 나서서 정보를 모아보던가! 올해면 내 나이도 여든아홉인데 자네들 때문에 이게 뭔가? 편히 쉬지도 못하고 여기서 밑에 놈들 독촉해 가며 정보나 모으고 있다니, 쯧쯧.”

혀까지 차며 하는 말에 다들 조금은 어이없다는 표정을 지었다.

사실 개방 방주 대정은 정확히 나이가 몇인지 알 수 없는 인물 중에 한 명이었다. 언제부턴가 아흔을 넘기는 게 싫다는 이유로 매년 여든아홉 생일잔치를 벌이고 있었던 것이다. 작년에도 그랬고, 십 년 전에도 그랬다.

그런데 새삼 무슨 올해가 여든아홉이란 말인가?

정말이지, 특이하다 하지 않을 수 없었다. 하지만 누구 하나 나서서 정정해 주지 않았다. 대정에게 한 번 잘못 보이면 어찌 되는지 그간의 역사가 말해주고 있었던 것이다. 또한 그보다 더 급한 일이 산적해 있었기에 그런 자질구레한 사실을 물고 늘어지며 심력 낭비를 하고 싶지도 않았다.

"그럼 이제 어찌해야 합니까?"

모용세가의 가주이자 모용은성의 부친이 되는 모용각(慕容覺)이 모두를 대표해서 묻자 대정은 잠시 고민하는 듯했다. 하지만 그렇다고 지금껏 생각나지 않던 좋은 방도가 생각날 리 없었다. 특히 평소 머리 쓰는 걸 좋아하지 않았던 대정이라면 더 더욱.

결국 대정은 다시 한 번 화를 냈다.

"아니! 그걸 왜 노부에게 묻고 그러는가? 노부가 비록 여직까지 방주 자리에 앉아 있다지만, 일선에서 물러난 게 언젠데 아직도 노부에게 의지를 하려고 해! 이만큼 키워놨으면 그런 것 정도는 스스로들 알아서 할 줄 알아야지! 쓸모없는 녀석들 같으니라고……."

사실을 말하자면, 그들이 지금껏 살아오면서 대정의 도움을 받은 적은 손에 꼽을 정도로 드물었다. 당연히 그가 키웠다는 말은 누가 들어도 이치에 맞지 않는 것이었다. 하지만 그 말에 반박을 하는 이 하나 없었다. 다시 한 번 말하지만, 대정에게 밉보여 괴롭힘을 당하고 싶은 이는 아무도 없었던 것이다.

그들은 조용히 한쪽에 모여 의논할 뿐이었다.

第四章
전환(轉換)

전환(轉換)

숭산 정상에서 내려다보는 산사의 광경은 그야말로 일품이었다.

마도와 사파 연합에게 짓밟히고, 끝까지 항쟁하느라 곳곳에 허물어진 상태의 전각이 늘어서 있었다. 거기다 그간 보수도 되지 않아 엉망이라는 말이 안 나올 수 없는 광경이다. 그럼에도 빼어난 주변 경관이 그것들을 감안하고도 아름답다는 소리를 나오게 만들었다.

이하원은 그 위에 서서 아래를 내려다보고 있었다.

지금까지 몇 번이나 이곳에 온 적이 있다. 강호 경험이 일천하다면 일천하다 할 수 있는 그가 가장 많이 드나들었던 곳이 바로 이곳, 소림이었다. 하지만 지금처럼 이렇게 사람이 적고, 엉망이 된 적은 없었다. 별것 아니라 생각했던 삼 년이라는 공백이 지금에 이르러 보니 확실히 크긴 큰 것 같았다.

"여기 계셨습니까?"

누군가가 뒤에 다가와 있다는 것을 알고 있었던 이하원은 대답하지 않고 한차례 산 아래를 훑어보았다. 절로 씁쓸한 미소가 지어졌다. 어느덧 이하원의 바로 옆에까지 다가온 서현이 그 미소를 보고 말했다.

"적들이 예상 외로 강했을 뿐입니다. 누구도 이 형을 원망하지 않습니다. 그러니 그리 자책하실 것 없습니다."

한마디도 하지 않았는데 서현은 대뜸 위로를 했다. 씁쓸히 맺혀 있던 미소가 짙어졌다.

"괜찮을 줄 알았습니다. 지난번 육가장에서의 그 치열했던 싸움에서 부상자가 열이 넘었지만 목숨을 잃은 이는 없었지요. 그래서였을까. 방심했습니다. 어떤 어려움이 있어도 목숨을 잃는 이는 없을 거라 생각했습니다. 그랬는데……."

이하원은 말을 끝맺지 못했다.

삼 년 전, 동굴에 갇혔을 당시 그들은 근 이백에 달했다. 그리고 삼 년의 시간이 흐르는 동안 겨우 사분지 일만이 살아남았다.

희망조차 없던 절망.

그 속에서 살아남은 만큼 그들은 한 명 한 명이 정예였다. 어떤 싸움에서도 쉽게 목숨을 잃지 않을 정도가 되었다. 이하원은 그렇게 믿었다. 그런데 오늘의 싸움에서 무려 셋이 목숨을 잃었던 것이다.

쉽게 평정을 잃지도, 후회를 하지도 않는 이하원이지만 이번만큼은 좀 더 신중하지 못했던 것에 후회가 밀려들었다. 죽은 이들이 자신을 원망하지 않으리라는 것을 알기에 더 후회가 되었다. 차라리 예전처럼 마음껏 능력을 써서라도 지켜줄걸. 처음으로 온전히 자신의 사람이 된 이들이었는데…….

자꾸 그런 생각이 들었다.

"자신의 목숨은 스스로 지키는 겁니다. 강호란 그런 곳입니다. 그들의 죽음은 강호의 법칙을 지키지 못했기 때문입니다. 결코 이 형의 탓이 아닙니다."

이하원의 눈동자에 이채가 서렸다. 속내를 드러낼 만큼 감정을 흘리고 다니지 않았는데 시기적절하게 위로해 주는 서현이 신기했던 것이다.

잠시 생각에 빠져 있던 이하원이 화제를 바꿔 물었다.

"한데 왜 주무시지 않고 나오셨습니까? 분명 서 형께서도 낮의 싸움으로 지쳤을 텐데요."

"물론 많이 피곤합니다. 하지만 누구보다 이 형이 가장 고생했다는 것 정도는 압니다. 저보다는 이 형이 쉬셔야지요. 이곳은 제가 지키고 있을 터이니 가서 쉬시지요."

이하원은 고개를 흔들었다.

"고맙지만 괜찮습니다. 안에 있다 나오셨으니 알겠지만 유감스럽게도 제가 가장 팔팔하지 뭡니까? 하니 저들이 기운을 차릴 동안 제가 보초를 서고 있어야지요."

일부러 농담조로 그렇게 말했다. 서현은 아무 말도 하지 않았다. 산 아래를 보고 있던 이하원이 고개를 돌려 서현을 봤다.

"그리고 서 형께서도 본인은 모르나 본데, 안색이 말이 아닙니다. 게다가 오늘은 부상까지 입지 않았습니까. 들어가십시오."

서현은 음, 하더니 말했다.

"그게… 사실은 다친 김에 달구경이라도 할까 해서 나온 겁니다. 가만히 있으려니 마음이 싱숭생숭해서……."

이하원은 피식, 웃었다.

"핑계가 너무 약하다고 생각지 않습니까?"

"흠흠, 어쨌든 여기는 제가 있겠습니다. 들어가십시오."

서현이 얼굴을 붉히며 헛기침을 하고는 그리 말했다. 이하원이 다시 고개를 젓자 얼른 덧붙여 말했다.

"한 사람이라도 덜 다치길 바라는 마음에 이 형이 정신없이 뛰어다녔다는 걸 잘 압니다. 그 힘이라는 것은 분명 신묘하고 때때로 큰 힘이 됩니다. 하지만 한계치 이상을 쓰게 되면 삼 년 전처럼 혼수상태에 빠질지도 모릅니다. 그리고 이번에는 영영 정신을 못 차릴지도 모르고요. 한계치가 얼마인지 알 수 없는 이상, 될 수 있으면 쓰지 않는 게 좋습니다. 좀 더 스스로의 몸을 아껴주십시오. 이 형께서 그리 자신을 돌보지 않으니 다들 걱정이 이만저만이 아니질 않습니까."

"그건⋯⋯."

"그리고 무엇보다!"

서현은 씨익, 웃고 슬쩍 엄지로 뒤쪽을 가리켰다.

"이 형께서 이리 계시니 누군가도 쉬지 못하고 있답니다."

서현이 가리키고 있는 곳에 누가 있는지 잘 아는 이하원은 그만 한숨을 내쉬고 말았다.

예전, 잠시 서로 떨어져 있던 후로, 더 정확히 말하면 그렇게 떨어져 있던 때 우연히 이하원이 크게 다친 후로 어미 새가 새끼 새를 보호하듯 잠시도 홀로 두지 못하고 졸졸 따라다니는 이가 생각난 탓이다.

아마 이대로 서현을 돌려보내고 버틴다면 허벅지에 자상을 입은 은상은 정신을 잃고 쓰러질 때까지 이하원의 뒤를 지키고 있을 것이다. 아니, 그 엄청난 정신력으로 끝내 쓰러지지 않고 버틸 테지. 그리고 지쳐 잠든 이들이 모두 깨어나고 이하원의 안전이 보장되면 그때 혼절을 해도 할 것이다. 그 정도로 지금의 은상은 다른 것은 몰라도 이하원의 안전에 대해서는 극성이었다.

거기까지 생각한 이하원은 미안한 마음을 담아 웃어 보였다.

"아무래도 서 형 말씀대로 좀 쉬어야겠습니다. 파랗게 질린 게 이대로 있다가는 송장 하나 치우지 싫어서 말입니다."

검지로 은상이 몸을 숨기고 있는 곳을 콕, 찍으며 말하자 서현은 피식 웃었다.

푹 쉬고 나자 지금까지 그래 왔듯 모두 한자리에 모여들었다.

대충 치운 것이라 깨끗하진 않았지만 그래도 쉬기에 불편함은 없었던 듯 한숨 자고 나자 모두 한결 나아진 모습이었다. 누가 어느 정도 다쳤는지 한 명 한 명을 살펴보며 가늠하고 있는데, 모용은성이 그 짧은 침묵을 참지 못하고 입을 열었다.

"이제 어떻게 하실 겁니까?"

막 정태현을 훑어보고 있던 이하원이 고개를 들었다. 그러자 모처럼 주군의 주목을 받게 되어 한껏 고무되어 있던 정태현이 모용은성으로 인해 이하원의 시선이 옮겨가자 눈을 부라리며 그를 쏘아보았다. 모용은성이 저도 모르게 흠칫하는데 이하원이 되물었다.

"어떻게 하다니?"

얼른 정태현의 시선을 외면한 모용은성이 재차 물었다.

"그러니까, 이대로 이곳에 남아 지킬 생각인지 아니면 최후 저지대라는 요녕까지 가서 남은 이들과 합류할 생각인지를 묻는 겁니다."

이하원은 대뜸 모용은성의 머리를 쥐어박았다.

"이런 무식한 녀석! 지금 그걸 말이라고 하느냐?"

"아, 제가 뭘요?!"

불시에 한 대 쥐어 박힌 모용은성이 머리를 감싸고 소리치자 이하원은 약간 어이없다는 표정으로 물었다.

"우리가 지금 몇이냐?"

"예?"

"우리가 모두 몇 명이냐고 물었다."

모용은성은 손가락을 하나하나 꼽아 헤아려 보고 말했다.

"예순하나네요. 엊그제 싸움으로 셋이 목숨을 잃었으니 본래는 예순 넷이었다고 할 수 있죠."

자랑스레 가슴까지 내밀고 말하자 이하원은 이제 한심하다는 기색을 역력히 드러내며 말했다.

"누누이 말하지만 생각을 좀 해라, 생각을! 네 녀석 말대로 우리는 모두 합쳐 봐야 예순하나밖에 되지 않는다. 그런데 이곳을 지키는 게 가능하다고 보느냐?"

"가능하지 못할 건 뭐래?"

작게 투덜대는데 여지없이 또 한 대 쥐어 박혔다.

"한 번이라도 생각해 보고 말을 내뱉으란 말이다. 산 아래에서 이곳을 공격하는 길이 얼마나 될 것 같으냐? 아니, 그 이전에 무공을 익힌 이들에게 길이라는 게 정해져 있다고 생각하느냐?"

"……."

모용은성은 대답하지 못했다. 이하원이 말을 이었다.

"이곳을 공격하려고만 하면 어디로든 공격해 올 수 있다. 지난번 소림에서 방어할 때 족히 천이 넘는 수가 동원되었다. 그런데도 힘겨워했지. 한데 우리는 고작 예순하나밖에 되지 않아. 아무리 한 명 한 명의 본신 무공이 고강하다 해도 우리만으로 적을 막는다는 건 불가능하단 말이다. 이곳이 방어를 하기에 더없이 적합한 장소라 할지라도 그 것은 수가 얼추 맞을 때나 가능한 일이야. 즉, 지금은 한시라도 빨리 남은 정파인들과 합류하는 게 중요하다. 아깝지만, 여기는 내줄 수밖에 없어."

"그런……."

어느 정도 모용은성의 말에 동조하고 있던 이들은 이하원의 설명에 신음을 삼켰다.

새삼 이곳을 적들로부터 되찾기 위해 얼마나 치열한 싸움을 벌였는지 떠올랐다. 그렇게 고생을 하고, 또 세 명의 동료를 잃기까지 했는데 겨우 되찾은 것을 포기하려니 여간 아까운 게 아니었다.

그들의 마음을 모르지 않는 이하원은 뒤늦게 위로의 말을 했다.

"그래도 이곳을 지키던 적들은 모두 섬멸했다. 분명 조금이나마 적에게 타격을 주었을 것이야. 그러니 그렇게까지 실망하지는 마라."

"……."

유감스럽게도 위로같이 들리지 않았다.

딴에는 그래도 위로까지 해줬는데 아쉬움을 버리지 못하는 이들을 두고 밖으로 나온 이하원이 자신의 처소로 지정된 곳에서 그간 모아온 소문을 정리해 놓은 종이를 들여다보고 있을 때였다.

그때까지 이하원의 옆에서 조용히 침묵하고 있던 은상이 물었다.

"정말 이곳을 포기하고 요녕으로 가실 생각입니까?"

이하원은 고개도 들지 않은 채 툭 한마디했다.

"북경이 무사할지도 모른다는군."

"네?"

대답은 않고 엉뚱한 소리나 하는 것에 은상이 어리둥절해했지만 이하원은 자신이 하고 싶은 말만 계속했다.

"하긴, 천하의 마도와 사파 연합이라지만 황군을 자극할 수는 없었겠지. 떼거지로 북경 근처를 어슬렁대면 아무리 강호의 일에는 개입하지 않겠다고 한 황군이라도 불안해할 것이고, 결국 토벌대를 조성하여 물리치려 할 터. 현명한 선택이야. 음."

혼자서 묻고 대답하고 고개까지 끄덕인 그는 종이를 집어 들었다.

"이 소문은 사실 같은걸?"

"주군!"

엉뚱한 소리나 하는 이하원이 답답해 은상이 불렀다. 하지만 이하원은 여전히 자신만의 생각에 빠져 있는 듯 보였다.

그는 턱을 쓰다듬으며 중얼거렸다.

"북경이 무사하다라… 이렇게 되면 요녕까지 가지 않고 북경에서 세력을 재정비하여 요녕을 공격하고 있는 적의 뒤통수를 치는 것도 하나의 방법이 되겠군."

거기까지 듣고 나니 자신이 의문을 품었던 것과 영 다른 화제는 아닌 듯했다.

은상이 물었다.

"그 말씀은 북경에 가든 요녕에 가든, 어쨌든 이곳은 포기하시겠다는 뜻입니까?"

살풋 눈살을 찌푸리고 있던 이하원이 결국 한숨을 내쉬며 대답했다.

"어쩔 수 없잖아? 삼 년 전에 준비해 두었던 계획들이 실패했는지 성공했는지, 성공했다면 어느 정도까지 진행되었는지 진행되다 말았는지. 지금은 그 무엇 하나 알 수 없는 상황이다."

삼 년 전에 준비해 두었던 계획이란 한무결 등과 함께 짰던 이간질 계획을 말하는 것이었다. 그것을 잘 알고 있는 은상이 가볍게 고개를 끄덕이자 이하원이 말을 이었다.

"사실 여러 정황으로 봤을 때 요녕에서 힘겹게 버티고 있다지만, 그들과 합류하는 것보다는 후방을 교란시켜 그곳에 몰려 있는 적의 전력을 뒤로 빼고 조금씩 뒤에서 무너뜨리는 게 가장 좋은 방법이라고 할 수 있다. 하지만……."

잠시 말을 끌며 숨을 고른 후 말을 이었다.

"삼 년 전의 계획이 모두 실패했다고 칠 때, 자칫 잘못하면 팔황성, 백교, 천검파가 한꺼번에 전력을 쏟아 요녕을 최대한 빨리 격파하고 뒤쪽으로 힘을 돌릴지도 모른다. 반대로 요녕에는 몇 명만 두어 시간을 끌며 뒤쪽으로 전력을 돌려 우리를 한꺼번에 공격할지도 모르고. 이대로 가다가는 어느 쪽이든 희생이 늘 것이 분명해. 그렇다고 더 자세한 정황을 알아보기 위해 정보를 모으려 해도 마도, 사파 천지인 곳에서 무턱대고 돌아다닐 수도 없는 상황이지 않나? 하니 이곳에서 버티며 적을 막는 것보다는 최대한 빨리 북경이든 요녕이든 가서 합류를 하는 것이 좋을 것 같다는 말이다."

말을 하면서도 다른 이들과 마찬가지로 소림을 포기하는 게 아까운지 마땅찮다는 표정이었다.

'별수없나?

이하원의 말을 듣고 보니 확실히 여기에서 버티기만 해서는 아무것도 되지 않을 듯했다. 고생고생 해가며 차지한 곳을 이대로 포기하는 게 아깝지만 다른 방도가 없었다. 그리고 분명 이하원은 자신보다 더 아까워하고 있을 것이다.

무슨 말로 조금이나마 마음을 편하게 해줄까 고민하는데 이하원이 앗, 하더니 말했다.

"그러고 보니 그 말을 안 했군. 은상, 아직도 아까워 어쩔 줄을 모르고 있을 바보들에게 가서 더 이상의 희생은 오히려 계획에 차질을 빚을 터, 이제부터는 최대한 싸움을 피하고 은밀히 움직일 것이니 그리 알고 있으라고 전해라."

좀 전에 마땅찮은 기색으로 말을 한 게 언제였냐는 듯 이하원은 평소의 모습으로 돌아와 있었다. 그에 은상도 짐짓 아무렇지도 않다는 듯이 웃어 보였다.

"네, 그렇게 전하겠습니다. 그리고 이미 끝난 이야기를 또 꺼내 죄송하지만 소림에 대해서는 아까워하실 것 없습니다. 다음에 다시 찾으면 되는 것 아니겠습니까. 다른 사람들에게도 제가 알아듣게 설명할 테니 걱정 마시고 주군께서는 좀 쉬고 계십시오."

"음."

"그럼."

꾸벅 고개를 숙이고 밖으로 나가다 말고 멈칫했다. 쉬라고 했는 데도 여전히 잔뜩 인상을 쓰고 종이를 들여다보고 있는 이하원의 등을 보곤 속으로 작게 중얼거렸다.

'분명 다들 이해할 겁니다. 그러니 몇몇의 희생으로 차지한 곳을 이리 포기한다는 것에 저희들에게 미안해하지 않아도 됩니다.'

탁.

문이 닫히는 소리와 함께 이하원은 쥐고 있던 종이를 탁자 위에 내려놓으며 살풋 한숨을 내쉬었다. 저도 모르게 씁쓸한 미소가 어렸다.

'알고 있었던가?'

"그간 수양이 많이 부족했던 모양이야. 다들 이리도 쉽게 내 속내를 읽어내는 걸 보면."

말은 그렇게 하면서도 어느덧 씁쓸하게 지어져 있던 미소가 부드럽게 풀렸다. 일부러 드러내지 않아도 속내를 짐작하고 이해해 줄 수 있는 이가 곁에 있다는 것은, 어떻게 봐도 행복이라는 생각이 문득 들었다.

안양(安陽).

하북과 하남을 나누는 경계에 선 곳.

늦은 밤, 그곳을 스쳐 지나가는 이들이 있었다. 엄청난 속도로 지붕 위를 넘나들며 하북으로 향하는 이들.

눈이 튀어나올 정도의 빠르기에도 불구하고 실상 그들은 속도보다는 은밀함을 더 중요시하며 움직이고 있었다. 혹여 들키지나 않을까 주변을 두리번거리면서도 걸음을 옮김에 망설임은 찾아볼 수 없었다. 구름에 반쯤 가려진 달빛에 비친 눈동자에는 정광(晶光)이 어려 있다.

흔히 말하는 '고수'에서도 한참 더 위에 자리한 실력자들.

그들의 맨 앞에는 은밀히 움직이고자 하면서도 무슨 생각에서인지 어둠 속에서 확연히 드러나는 백의를 걸친 청년이 달리고 있었다.

어느 정도까지 갔을까.

뚝.

갑자기 백의의 청년이 멈추어 섰다. 그가 손을 들자 뒤따르던 이들이 일제히 멈추었다. 청년이 주먹 쥔 손을 펴자 각자 흩어져 숨는다. 일체의 지시도, 설명도 없었으나 그들의 행동은 일사불란하기 그지없었다.

마지막으로 백의청년도 스르륵, 소리도 없이 몸을 숨겼다. 시선은 여전히 앞쪽을 향한 채였다.

부스럭부스럭.

귀를 기울이지 않으면 알아채지 못할 만큼 미세한 소리였다. 거리 또한 꽤나 떨어져 있는 듯했다. 지금에야 다른 이들에게도 감지되었지만 지금보다 떨어져 있던 조금 전이었다면 분명 듣지 못했을 거다. 급히 경공을 펼치고 있는 상황이라면 더 더욱.

하나둘 놀람의 시선을 던졌지만 백의청년은 담담한 표정이었다.

평소였다면 으스대거나 자랑을 했을 텐데 웬일?

다들 이상하다는 듯이 고개를 갸웃하는데 갑자기 백의청년이 벌떡 자리에서 일어났다. 그리고는 시위를 떠난 화살마냥 앞으로 쏘아져 나갔다. 그 속도가 어찌나 빠른지, 여기까지 오는 동안 펼친 경공은 몸 풀기도 되지 않을 듯했다. 그렇게 청년이 갑자기 경공을 펼치자 그 청년의 뒤에 있던 이가 깜짝 놀라 급히 몸을 날렸다.

피잉—

두 명이 거의 동시에 사라지자 찬바람이 그곳을 몰아쳤다.

"뭐, 뭐야?"

기다리고 있으라고도, 따라오라고도 하지 않고 가버린 이하원의 행동에 모용은성이 당황해 소리쳤다. 그런데 그가 채 말을 끝맺기도 전에 장승주가 육단원을 대동하고 몸을 날렸다. 뒤이어 하세인, 영선휘도 극성의 신법을 펼쳐 사라졌다.

"가자!"

말과 함께 유일을 포함한 풍림장 무사들도 몸을 날렸고, 결국 하나둘 우르르 그 뒤를 따랐다. 맨 처음 당황한 듯 소리쳤던 모용은성 역시 더 생각해 볼 것도 없이 몸을 날렸다.

얼마 가지 않아 앞쪽에 옹기종기 모여 있는 이들이 눈에 들어왔다. 가타부타 말도 없이 가버리기에 뭔가 큰일이라도 벌어진 줄 알았더니 그건 아닌가 보다. 그럼 뭐지? 모용은성이 고개를 갸웃하는데 언제부턴가 병장기 부딪치는 소리가 들리고 있었다.

'어?'

목을 길게 빼고 앞을 보니 커다란 바위를 끼고 두 무리가 검을 주고받고 있었다.

한 쪽은 달랑 두 명이었고, 다른 쪽은 그 열 배도 넘는 수였다.

막 약관은 넘겼을까 싶은 소년과 그의 아버지쯤으로 보이는 중년인이 그 둘이었고, 상대는 험악한 인상에 대략적으로 삼사십대쯤으로 보이는 이들이 스무 명가량 되었다.

어떻게 봐도 한쪽이 절대적인 열세다. 그런데 신기하게도 그들은 부상을 입으면서도 어찌어찌 버텨내고 있었다. 아니, 그보다는 상대가 그 둘을 죽이려 하지 않다 보니 지금의 상황에까지 다다른 듯 보였다. 한쪽은 죽자사자 덤비고, 한쪽은 어떻게든 생포를 하려고 하니 달랑 둘이라는 수로 지금까지 버틴 것이다.

"꼬마를 공격해라! 꼬마를 공격해!"

"죽지만 않으면 된다. 공격해!"

지지부진한 상황이 마음에 들지 않는 듯, 기어코 소년을 공격하라는 말까지 나왔다. 그 말이 떨어지기 무섭게 먼저 중년인을 쓰러뜨릴 요량으로 그를 향해 집중적으로 공격하던 이들의 반이 몸을 돌려 소년을 향해 공격을 퍼부었다.

"이놈들이 어딜!"

그때까지만 해도 꽤나 여유롭게 방어하던 중년인이 급히 몸을 돌려 소년에게로 뛰어가며 호통을 내질렀다.

"앗!"

쨍그랑—

나이에 비해 상당한 무공을 쌓은 듯 차근차근 적의 공격을 막던 소년은 갑자기 자신에게로 공격이 몰리자 당황해 허둥대다 검을 떨어뜨리고 말았다. 그러자 맨 앞에 서서 소년을 공격하던 이가 눈치 좋게 바닥에 떨어진 검을 차서 날려 버리고 공격을 퍼부었다.

곧 소년은 허겁지겁 뒤로 물러나기에 바빴고, 급히 달려온 중년인은 쉴 틈도 없이 그 앞을 막아섰다. 하지만 장법을 배우지는 못한 듯 소년은 어설프게 몇 번 장을 날려보지만 계속해서 뒤로 밀렸다.

점점 상황이 다급하게 돌아가고 있었다.

그 모습을 멀찍이서 구경하고 있던 이하원의 눈이 빛났다.

'이들을 여기서 만나게 될 줄이야. 이걸 운이 좋다고 해야 할지, 뭐라고 해야 할지……'

그는 소리없이 검을 잡으며 그곳에 있는 이들에게 전음을 보냈다.

"열세에 처해 있는 둘은 우리편이다. 내가 신호하면 일제히 적들을 향해 공격을 퍼붓는다. 명심할 것은 한 놈도 살려 보내서는 안 된다는 것이다. 철저하게 포위하고 공격한다. 무엇보다, 적들의 수가 비록 우리보다 적지만 실력은 뛰어난 듯 보이니 방심하여 부상을 당하는 일이 없도록 해라."

그 말에 공격 준비를 하고 있던 이들이 미세하게 고개를 끄덕였다. 사태를 주시하던 이하원이 어느 순간 눈을 가늘게 떴다.

막 적의 공격에 소년이 위급에 처하려는 순간이었다.

"지금이다!"

전음을 보내면서 바로 몸을 날렸다. 그리고 공중에 몸을 띄운 상태에서 검집째로 던졌다.

쇄액—

날카로운 파공음이 터지며 검이 날아간 것과 이하원을 따라 숨어 있던 이들이 몸을 날려 팔괘를 점한 것은 거의 동시였다.

퍽—!

"컥!"

이하원이 던진 검은 미처 피할 새도 없이 적의 뒷목을 가격했다. 그 힘이 어찌나 강했던지 검집의 끝 부분이 스쳤을 뿐인데 우드득, 소리와 함께 목뼈가 부러졌다.

한 놈을 순식간에 처치한 이하원은 그대로 바닥에 착지했다.

"웬 놈이냐!"

"이 공자!"

양쪽에서 동시에 말이 터져 나왔다.

적들은 당황했고 소년은 경악했다. 이하원은 빙긋 웃었다. 그리고는 한쪽을 무시해 버리고 소년을 향해 인사했다.

"어이, 오랜만인데?"

"아……."

소년, 한무결은 입만 뻥긋댈 뿐 아무 말도 하지 못했다.

단지 이하원을 만난 것뿐인데, 한무결은 가슴속 깊이 안도하는 자신의 모습에 놀라움을 금치 못했다.

말하는 것 하나하나가 얼마나 얄밉던지 목적을 위해 그간 함께해 왔지만 지금껏 마음에 든 적은 없던 이였다. 그 능력의 엄청남도, 두뇌의 뛰어남도 알았지만 그래도 진심으로 좋았던 적은 정말로 단 한 번도 없었다. 그게 이하원이 의도한 것이든, 의도하지 않은 것이든 간에.

그런데 지금 왜 이리 반가운 걸까?

이하원을 만났으니 목숨을 잃을 일은 없을 것이다. 하지만 지금 느끼는 감정은 결코 살았다는 원초적인 기쁨이 아니었다. 황당하게도 삼 년간 소식조차 들을 수 없었던 이의 생사를 확인하고 이렇게 다시 만날 수 있게 된 것에 따른 반가움. 그런 순수한 기쁨이었다.

'어떻게 이런 일이…….'

그것을 깨달은 한무결은 당황을 숨기지 못하고 빨갛게 얼굴이 달아올랐다. 그리고 여전히 속마음이 잘 읽히는 한무결의 생각을 읽으며 이하원은 싱긋 웃었다.

일부러 놀리고, 일부러 얄밉게 행동했다. 나중에 한무결이 팔황성의 성주가 되고 난 후 혹시라도 자신으로 인해 정파와의 관계가 요상하게 꼬이지나 않을까 해서. 단지 자신의 목적을 위해 도움을 준 것뿐인데, 그것으로 인해 얽혀서는 안 될 정과 마가 이리저리 얽힐까 싶어서. 그런데 어떻게 된 노릇인지 삼 년 만에 만난 한무결은 그간 그의 노력을 허사로 돌리고 매우 반가워하고 있었다.

분명 원래대로라면 계획이 어그러짐에 조금이나마 기분이 상하는 게 정상이다. 그런데 왜인지 이하원은 한무결의 그런 마음에 전혀 기분이 상하지 않았다. 오히려 그의 마음은 즐거워하고 있었다.

그는 난처한 척 얼굴을 찡그렸지만 반대로 미소를 짓고 있었다.

"왜 쫓기고 있는 건지는 모르겠지만, 우선 이들부터 처리하고 난 후 자리를 옮기는 게……."

거기까지 말했을 때 적들의 수장으로 보이는 이가 마지막까지 발악하다 육단원의 장난 같은 일장에 피를 뿜어내며 쓰러지는 게 보였다. 따로 손을 쓸 필요도 없이 상황은 다 정리된 후였다. 개개인의 무위에서 이미 이쪽이 앞서는 상황인 데다 수가지 많았으니 당연한 결과였다.

이하원은 이미 적들을 싹 쓸어버린 상황을 보며 말했다.

"그럼 정리하고 자리를 옮기도록 하지."

"네!"

너무 빨리 끝난 싸움에 몸이 풀리다 말았는지 아쉬워하기까지 하며 그들은 장내를 정리하기 시작했다.

그 일련의 모습에 적들을 상대로 고전 아닌 고전을 했던 낙진이 놀라움에 찬 시선을 던졌지만 그들은 덜 풀린 몸을 땅파기로 푸느라 그것을 눈치 채지 못했다.

이하원은 잠시 고민했다.

"흐음……."

여러 선택에 따른 결과를 하나하나 가정해 봤다. 아무리 생각해도 최선의 선택은 하나였다. 고민했지만, 아니, 고민하는 척했지만 어차피 처음부터 결론은 나 있었다. 설혹 여기서 그들과 헤어진다 해도.

'어쩔 수 없는 일이지.'

그는 가슴을 툭툭 쳤다.

왠지 답답하다. 예전부터 생각했었다. 아무리 같이 행동하고, 서로를 믿는다 해도 목표가 다른 이상 언젠가는 헤어지게 될지도 모른다고. 그게 예상보다 조금 앞당겨진 것뿐이다. 그런데 왜인지 막상 현실로 다가오자 착잡함을 금할 수가 없었다.

스스로가 생각하기에도 이기적이지만, 정말 자신만 생각하는 이기(利己)지만 그래도 모두가 따라와 주었으면 하는 마음이었다.

그렇다고 강요할 수는 없다. 또한 가겠다고 하면 보내줘야 한다. 협박을 하거나 약점을 잡거나 빚을 만들어 붙들어두는 것은, 솔직한 마음으로는 그렇게까지라도 하고 싶지만 해서는 안 된다. 자신을 믿고 여기까지 따라와 준 그들에 대한 최소한의 도리로서.

'보내주겠다. 보내… 주겠다.'

몇 번 속으로 중얼거리며 마음을 다잡은 그는 천천히 방을 나섰다.

어떻게 된 건지 부르지도 않았는데 후원에 모두 모여 있었다. 이하원이 문을 열고 나오기 무섭게 이리저리 흩어져 있던 시선이 우르르 그에게로 몰려들었다.

아직 아무 말도 하지 않았다. 그런데 어째서인지 대부분이 그가 무슨 말을 할지 짐작한 듯한 눈빛이었다.

쭈욱 그들을 훑어보다 장승주에게서 시선이 멈췄다.

그래. 누구보다 이하원, 자신과 비슷한 성향의 그라면 지금 이하원이 하고자 하는 말이 무엇인지 짐작할 것이다. 그리고 조금이라도 그가 말하기 편하도록 언질을 해두었겠지.

"할 말이 있었는데 잘되었군."

중얼거리듯 말하고 바로 앞에 자리한 바위에 앉았다.

"기억을 하는지 모르겠지만……."

이하원은 혀를 내밀어 입술을 축이고 말을 이었다.

"언젠가 한 번 말한 적이 있었을 것이다. 내가 왜 강호에 나왔는지, 어째서 정마대전에 끼어들었는지. 보통 정파인으로서 당연히 해야 할 일을 한 것이 아니냐고 생각할지도 모르겠지만 나는 아니라고, 그리 말했었다. 난 단지 내 목적을 위해 정파를 도왔던 것뿐이다."

거기까지 말하고 고개를 들어 정면에 자리한 이들을 보았다.

"남들과 다른 힘을 가졌다는 이유로 외면당하고 배척받지 않는 것. 후일 혼인을 하고, 아이를 가지게 되어 그 아이에게 이 힘이 물려져도 숨어서 지내지 않는 것. 그 아이 역시 보통의 아이처럼 인정받는 것. 정, 마, 사를 가리지 않고 강호 전체에 인정받는 것. 그것이 내 목적이라고 했었다."

이하원의 시선이 서현 등에게로 향했다.

"저번에 이리 말한 적이 있었습니다. 혹, 기억하십니까?"

서현, 양신얼 등이 동시에 고개를 끄덕였다. 같이 고개를 끄덕인 이하원이 말을 이었다.

"당시 우리는 동굴에 갇혀 있는 암울한 상황이었습니다. 어디로도 빠져나갈 수 없는, 거기다 하루하루 사는 것조차 힘이 드는 극한의 상황이었지요. 그 괴물 같은 물뱀으로 인해 지하수를 통해 나갈 수도 없었고, 무너질까 걱정이 되어 굴을 파서 나갈 수도 없었습니다. 천장을 뚫는 것 역시 그렇지 않아도 약한 동굴이기에 그대로 무너질까 싶어 감히 시도조차 해볼 수 없었지요. 오로지 제가 가진 이 힘을 쓰지 않으면 안 될, 그런 절망적인 상황이었습니다. 그리고 그때 이 말을 했었습니다. 당시 그곳을 빠져나가는 데 제 도움이 절대적이었다는 것, 부정하지 않겠습니다. 아마 제 말을 그리도 쉽게 수긍할 수 있었던 것은 제 도움이 필요했기 때문이겠지요."

"그건……."

서현이 입을 여는데 이하원이 재빨리 손을 들어 그의 말을 막았다.

이하원이 말했다.

"하나 이제는 아닙니다. 제 도움으로 그곳을 나왔다 해서 은혜를 갚아야 한다느니 뭐 그런 이상한 생각은 하지 않으셔도 됩니다. 어차피 저도 빠져나와야 하는 상황이었으니 도움이라고 할 것도 없었지요. 원래 요녕에 있는 이들에게 도움을 주고, 우리의 희생을 줄이기 위해 그곳으로 갈 생각이었습니다. 그것은 제 목적이 무엇이든 그것과는 상관없이 정파인들을 위해, 그리고 우리를 위해 가장 옳은 선택이라고 생각했기 때문입니다. 하지만 뜻밖에도 상황이 바뀌었습니다."

며칠 동안 쫓기느라 피곤에 지쳐 아직도 한밤중일 한무결 일행이 있는 방 쪽에 눈길을 줬다 떼며 말을 이었다.

"요녕에서 적들을 막고 있는 이들이 힘들다는 것, 조금이나마 힘을 보태는 게 옳다는 것을 알지만 저는 그곳에 가지 않을 생각입니다. 이제 저는 제 목적을 위해 정파의 상황과는 상관없이 움직일까 합니다. 필요하다면 제 수하들이 가서 도와줄지도 모르지요. 하지만 그것 역시 어디까지나 제 목적을 위해서일 뿐입니다. 물론 수하들이 저를 따를 것이라는 가정 아래 말입니다."

"저희들은 주군을 따를 것입니다."

기다렸다는 듯이 풍림장 무사들이 한목소리로 외쳤다.

"정파 놈들이야 어떻게 되든 저랑은 상관없는데요?"

하세인이 피식, 웃으며 말했다.

"사실 가장 좋은 건 정파 놈들이고, 팔황성 놈들이고, 사파 놈들이고 할 것 없이 사그리 동귀어진해 버리는 거지."

영선휘가 등골이 서늘해질 말을 아무렇지도 않게 하며 고개를 끄덕였다.

"주군께서 인정하지 않더라도 전 주군을 모시기로 했습니다. 그것은 주군을 제 본가와 혈육보다 우선시하겠다는 생각까지 할 정도로 신중하게 결정한 겁니다. 물론 주군께서 하시고자 하는 일이 제 본가와 혈육에 도움을 주는 일이라면 더할 나위 없이 좋겠지만, 그렇지 않더라도 주군을 따르겠다는 마음에는 변함이 없습니다. 하니 괜한 말로 내치려 하지 말아주십시오."

이하원이 아는 한 처음으로 모용은성이 진지하게 말했다.

모두가 모용은성의 의외의 모습에 놀라는데 육단원이 눈을 동그랗게 뜨더니 오랜만에 모용은성의 말을 따라해 댔다.

"괜한 말로 내치려 하지 말아주십시오. 내치려 하지 말아주십시오. 내치려 하지 말아주십시오."

그러다 이하원에게로 후다닥 뛰어와 그의 소매를 잡았다.

"아우, 내치지 말아주십시오. 나도, 나도 내치지 말아주십시오."

"형님……."

"설마 한날한시에 죽기로 약속까지 해놓고 저와 첫째 형님을 저버릴 생각은 아니시겠지요, 둘째 형님?"

장승주가 장난처럼 묻기 무섭게 성정립이 말했다.

"저를 절망에서 구해주고, 희망을 주고, 기어코 목숨까지 살려주었던 것이 이 형께는 아무것도 아닐지 모르겠지만 저는 아닙니다. 그 때문인지, 아니면 다른 무엇 때문인지 이 형의 안위가 걱정이 되고 그냥 두고 볼 수가 없습니다. 은혜를 갚아야 한다느니 그런 생각하지 말라 하셨지만 신경이 쓰이는 것도 어쩔 수가 없습니다. 이대로 만약 이 형을 두고 요녕으로 간다면 두고두고 후회를 할 것이니 도저히 그럴 수가 없습니다. 그러니 이 형께는 미안하지만, 정파의 상황이야 어떻든 이대로 물러날 수 없으니 그리 아십시오."

성정립에게 말할 기회를 빼앗긴 서현 등도 동조하듯 고개를 끄덕였다. 이하원이 한 명 한 명 살펴보니 조금씩 말도 다르고 표정도 달랐지만 눈빛만은 모두가 같았다.

순간 잘만 나오던 말이 턱, 하고 막히는 느낌이었다.

이럴 줄은 몰랐다. 믿었지만, 그것과는 상관없이 모두가 자신의 뜻에 따라줄 거라고는 생각지도 못했다.

부모가 있고 형제가 있다. 무인인 만큼 소속되어 있는 곳도 있다. 이하원이라는 인간의 가치가 낮은 게 아니라 자신의 근본이라 할 수 있는 것들의 가치가 너무 높기에, 그것들을 절대 외면할 수 없을 거라 생각했다. 그런데 이들은 이하원 자신이 생각하는 것 이상으로 그를 생각해 주고 있었던 것이다.

그것이 그를 놀라게도, 슬프게도, 기쁘게도 했다. 그리고 심장이 떨리게도 했다. 그는 한참 만에야 겨우 한마디했다.

"모두… 고맙다."

짧고 간단한 말이었지만 그 한마디에 모두의 얼굴에 미소가 피었다.

회의는 그리 길지 않았다.

이하원의 뜻대로 하기로 결정이 난 이상 그가 설명하는 것을 듣고 이해가 되면 고개를 끄덕이기만 하면 되었기 때문이다.

한차례의 고비가 지나가자 긴장감이 사라진 듯 모두들 편안한 자세로 앉아 차를 마셔가며 이야기를 들었다. 그리고 어느덧 이하원의 설명도 끝을 향해 가고 있었다.

"…그리고 기존 정파 소속은 요녕으로 간다."

"……"

아직 설명이 다 끝나지 않았다. 그런데 그전까지만 해도 무슨 말을 하든 '네네' 하며 고개를 끄덕이던 이들이 갑자기 침묵했다. 이하원은 고개를 갸웃하며 주변을 둘러보았다. 그러자 방금 지적당한 '기존 정파 소속' 인물들이 벌 떼같이 들고일어났다.

"안 됩니다!"

"절대! 절대 안 됩니다!"

"어떻게 이럴 수 있습니까! 처음과 말이 다르지 않습니까!!"

조금 전, 이하원의 결정에 순순히 따르던 때와는 달리 대거 노발대발하며 반발을 하고 나섰다.

그런데 이상한 것은 다혈질에다 호전적이기까지 한 옛 팔황성 소속 무인들은 만족스런 얼굴인 데 반해 심하게 반발하며 목소리를 높이는 이들의 대부분이 평소 조용하기만 하던 정파인들이라는 것이었다.

미처 예상하지 못한 것일까, 아니면 반발이 생각보다 심해서일까.

이하원은 잠시간 아무 말도 하지 못한 채 그저 그들을 쳐다보기만 했다. 그리고 거세게 항의하는 이들을 보며 왜인지 하세인은 매우 만족스런 표정을, 영선휘는 아주 시원하다는 표정을 짓고 있었다.

기어코 영선휘가 크게 웃음을 터뜨렸다.

"하하핫! 주군께서 우리와 함께 가고 싶다고 하시질 않나! 네놈들은 필요가 없으니 그냥 요녕에나 가서 처박혀 있으라고 하시는데 무슨 잔말이 그리 많아? 명을 받았으면 따르는 게 당연한 법! 썩 가버려라!"

"미친놈이 오랜만에 옳은 소리를 하는군."

하세인이 가세해서 고개를 끄덕였다.

원래부터 기존 정파 소속 무인들과 옛 팔황성 소속 무인들은 같은 대상을 주군으로 모시고 있으면서도 물과 기름처럼 섞이지 못하고 있는 상황이었다. 아무리 이하원이 모든 사고의 중심에 있고, 그를 따름에 서로 긴밀히 협조하는 게 좋다 해도 뿌리 깊이 박혀 있는 사고방식까지 양보해 가며 서로를 받아들일 생각은 전혀 없었던 것이다.

그들은 각자가 이하원에게는 자신들만으로 충분하다 생각하고 있었다. 그렇다 보니 이번에 이하원이 옛 팔황성 소속 무인들하고만 팔황성의 본거지로 가겠다고 결정을 내리자 기존 정파 소속 무인들이 크게 반발하고 나선 것이다.

"주군! 저희를 버리시려는 겁니까?! 말씀 좀 해보십시오!!"

"절대 안 됩니다! 어떻게 여기까지 왔는데… 안 갈 겁니다! 이대로 요녕 따위에는 가지 않을 겁니다!!"

"받아들인 것이 아니었습니까? 지금껏 그리 행동해 안심시켜 놓고서 어찌 갑자기 이러실 수가……."

몇몇 풍림장 무사들은 발악하듯 소리쳤고, 또 몇몇 풍림장 무사들은 곧 울음을 터뜨릴 듯 울먹였다.

"이 형! 지금껏 이 형을 이 형이라 불렀지만 결코 다른 이들을 부를 때와 같이 가벼운 마음으로 그리 부른 것이 아니었습니다! 한데 이리 내치는 것은 너무합니다!"

"지옥엘 가도 같이 가겠다고 마음먹었습니다. 혈육의 생사조차 불분명한 데도 따라가겠다고 했습니다. 망설임은 없었으나 결코 쉬이 내린 결정이 아니었단 말입니다. 그런데 어찌하여 저희들에게는 요녕으로 가라 하십니까! 그것도 이 형께서는 적진으로 가시면서요! 이럴 수는 없습니다. 이럴 수는 없어요!"

서현, 양신얼 등이 세차게 고개를 흔들어대며 악을 썼다.

"가시려거든 절 죽이고 가십시오."

모용은성은 아예 바닥에 누워버렸다. 그러자 갑자기 우르르, 그때까지만 해도 목이 터져라 소리를 질러대던 이들이 일제히 바닥에 드러누웠다. 그 어이없는 광경에 이하원은 할 말을 잃었다.

"둘째 형님, 이건……."

장승주가 말끝을 흐리며 이하원을 봤다.

처음 이하원이 동행하기로 한 무리 속에 포함된 터라 다른 이들과는 달리 장승주는 여유로운 표정이었다. 그는 그저 바닥에 드러누운 이들을 안타깝게 여기는 듯했다.

"나도! 나도! 죽이고 가라! 나도!"

무슨 재미있는 놀이를 하는 것으로 안 것일까? 이하원과 동행하기로 한 육단원까지 따라서 드러눕자 이하원은 이마를 짚었다.

골치 아프다는 표정으로 그들을 보다 장승주에게로 고개를 돌렸다.

"안 되겠다. 승주, 네가 저들과 함께 요녕으로 가거라."

"네? 그게 무슨……."

"네가 저들과 함께 간다면 저들도 내가 자신들을 버리려는 게 아니라는 것을 알 것이고, 나도 좀 더 안심할 수 있을 것 같다. 게다가 팔황성에서의 일은 꼭 네 도움이 필요한 것도 아니니 그리한다 해도 별 무리 없을 것이야."

장승주의 입이 떡, 벌어졌다.

"하, 하지만 팔황성입니다! 그 위험천만한 곳에 어찌 저도 데려가지 않으려 하십니까. 이건 좋지 않습니다. 차라리 모두 같이 팔황성으로 갔다가 나중에 요녕으로 가는 것이……."

이하원의 눈살이 찌푸려졌다.

"무슨 말도 안 되는 소리를 하는 것이냐? 이번 일은 최대한 은밀히 진행해야 하는 일이다. 그런데 우르르 몰려가서 어쩌겠다는 거야? 처음 너를 데려가려 한 것은 넌 뒤늦게 대전에 합류한 터라 팔황성의 무인들 중에 널 알아볼 사람이 없을 것이라 생각해서였다. 하지만 서 형이나 성형, 목 형 같은 이들이 함께 가게 된다면 분명 알아보는 자가 있을 터. 그로 인해 오히려 위험을 초래할 수 있으니 그냥 내가 하라는 대로 해라."

"그, 그래도 굳이 저까지 요녕으로 갈 필요는……."

"아니, 지금 생각해 보니 그게 가장 옳은 방법 같다. 나도 최대한 빨리 일을 마무리하고 갈 것이니, 너는 나보다 한발 먼저 가서 준비해 두는 것이라 생각하고 가도록 해라."

이하원이 이렇게까지 말하자 장승주는 더 이상 우길 수 없었다.

푹, 한숨을 쉬며 고개를 내리니 바닥에 다닥다닥 붙어 누워 있는 이들의 대부분이 실눈을 뜨고 사태가 어떻게 돌아가는지 주시하고 있는 게 보였다. 장승주가 요녕으로 가게 되면 아무래도 육단원도 요녕으로 갈 가능성이 높았다. 위험한 데다 일을 주도하고 있는 터라 바쁠 이하원이 장승주도 없이 육단원을 대동할 리가 없었던 것이다.

그렇게 보면 이하원이 가장 아낀다 할 수 있는 육단원과 장승주가 요녕으로 가는 것이니 무슨 버림을 받는다거나 하는 일은 벌어지지 않을 듯했다.

이하원을 믿으면서도 워낙 그 마음이 깊어 쉽사리 속내를 읽을 수 없었던 터라 혹시나 은밀히 해야 할 일이 있으니 먼저 요녕으로 가 있으라는 말로 먼저 자신들을 보내어 떨어뜨려 내려는 것이 아닌가 싶었던 그들은 그제야 안심했다.

하나둘씩 조심스레 안도의 한숨을 내쉴 때였다. 이하원이 약간 어처구니없다는 그들을 표정으로 보다 입을 열었다.

"이제 됐나? 버리겠다는 생각은 처음부터 한 적이 없으니 알아들었으면 이제 그만 일어나시지?"

"헤헤, 주군이 워낙 냉정한 분이셔야지요."

"워낙 심장이 약하다 보니 이렇게라도 확인해 두어야 안심이 되어서 말입니다."

정태현과 팽여문이 한마디씩 하자 모두 고개까지 끄덕이며 동조했다. 이하원은 실눈을 뜨고 하나둘씩 자리에서 일어나는 모습을 보았다.

"호오? 그래서 서로 전음으로 짜맞춰 연극까지 하셨다?"

순간 그들은 찔끔했다. 전음이 들렸을 리가 없는데 어떻게 알았을까?

"아니, 그게 말이죠. 서 형이 하라고 해서……."

양신얼이 변명 비슷한 것을 하며 서현을 보았다. 이하원의 시선이 그대로 자신에게로 향하자 서현은 어색하게 웃었다.

"하… 하하……. 모용 형이 갑자기 드러눕는데 이 형이 많이 놀란 듯 보이기에 통할까 싶어서……. 그렇다고 다들 드러누울 줄은 저도 몰랐습니다. 그냥 해보는 게 어떻겠냐고 물은 것뿐인데 갑자기 다들 우르르 드러누우니 저도 어쩔 수 없이……."

"뭐가 '어쩔 수 없이' 인가! 제일 먼저 드러누운 게 누군데!"

목시인이 반박하자 서현은 황급히 손을 흔들었다.

"한번 해보는 게 어떻겠냐고 했지, 하자고 하지는 않았잖은가? 그리고 나는 갑자기 다리가 아파서 앉으려고 했는데 그만 힘이 빠지는 바람에 누운 거고……."

"핑계 한번 좋다."

서현을 역적으로 몰아갈 모양인지 양신얼, 목시인에 이어 성정립까지 나서서 서현을 공격했다. 배신감 가득한 표정의 서현을 본 이하원은 가벼운 한숨과 함께 말했다.

"뭐, 그건 넘어가기로 하고."

이하원은 자세를 고쳐 앉고 말을 이었다.

"그냥 생각하기에는 적진의 한가운데로 들어가는 내가 가장 위험하다 싶을 것이다. 하지만 잘 생각해 보면 요녕으로 가는 것 역시 결코 안전한 것이 아니야. 아니, 오히려 더 위험할지도 모른다. 다들 짐작하고 있을 거라고는 생각하지만 삼 년 전, 우리가 그렇게 당한 것은……."

"내부에 배신자가 있었기 때문이겠지요."

육강의 말에 이하원이 고개를 끄덕였다.

"맞아. 이건 세인과 선휘에게도 확인을 한 것이다. 당시 팔황성에서는 우리가 언제 공격할지에 대해 정확히 알고 있었다고 한다. 그건 쉽게 말해 정파 측에서 정보가 새어 나갔다는 것을 뜻하지. 게다가 절벽전체를 무너뜨린 폭발. 아무리 마도제일의 팔황성이고 사파가 협력했다지만, 그 정도 양의 폭약을 그리 빠른 시일 내에 준비했다는 건 아무래도 말이 되지 않는다. 즉……."

서현이 그의 말을 잘랐다.

"더 말해 무엇 하겠습니까. 한마디로 당가에서 배신을 했다는 것 아닙니까. 말씀하신 대로 다들 어느 정도 짐작하고 있었습니다."

누군가의 배신을 논한다는 것 자체가 쉬운 일이 아님을 알고 이하원을 대신해 말해준 것이었기에 그는 짧게 고개를 끄덕이는 것으로 고마움을 전했다.

"아직 당가가 멸문했다는 소식은 들어보지 못했다. 아마도 아직 정파 측에서는 이 사실을 모르고 있을 것이다. 그렇기 때문에 우리가 살아남았다는 것을 알게 되면 당가에서는 무슨 짓을 할지 알 수 없어. 특히, 당가주가 그리도 못마땅해하는 내가 살아 있다는 것을 알게 된다면 당장에 나부터 죽이려 들지도 모르지."

거기까지 말한 이하원은 재미있는지 살짝 미소를 머금었다.

비록 같은 정파라고는 하지만 당가의 특성상 정사지간에 가까운 데다 이들 중에 당가와 친분이 있는 이가 없었기에 사실상 배신이라고 해도 무슨 심한 배신감을 느끼는 이는 없었다. 단지 삼 년 전 목숨을 잃을 뻔했다는 것, 그리고 자신은 살았지만 동료는 목숨을 잃은 이도 있다는 것이 당가를 용서할 수 없게 했다.

"그래서 어떻게 하실 생각입니까?"

"이상하게 과민반응을 하는 건지는 몰라도 당가의 배신이 자꾸 나 때문이라는 생각을 떨칠 수가 없어."

"심한 비약입니다."

남궁윤이 딱 잘라서 말했다. 순간 이하원은 '그런가?' 했지만 이내 고개를 저었다.

"하지만 삼 년 전, 그 일이 있기 전에 당가주와 손속을 겨루었던 적이 있다. 그리고 그때 당가주가 복수심에 사로잡혀 아군을 상하게 하는 게 거슬려 나답지 않게 심하게 대했다. 당가주는 그것에 이를 갈았고. 어쩌면 그 때문에……."

"말도 안 됩니다. 겨우 그런 것으로 앙심을 품고 배신할 리가 없습니다. 정확히 무엇 때문인지는 알 수 없으나 분명 자파의 이익을 위해 그런 결정을 내렸을 겁니다. 괜히 당가의 배신에 이 형이 죄책감을 느끼실 필요는 없습니다."

서현도 남궁윤의 말을 거들었다.

"음……."

이하원은 잠시 생각했다.

그전까지만 해도 정파를 위해 최선을 다해온 당가다. 그런데 갑자기 배신을 했다. 자파의 이익을 위해서였다면 당가가 풍비박산이 나기 전에 배신을 했어야 했다. 게다가 삼 년 전, 그 사건 후로는 정보를 넘기거나 폭약을 주지도 않은 것 같다. 만약 당가에서 그 후로도 배신을 했다면, 세상은 이미 예전에 마도천하가 되었을 테니 말이다.

거기까지 생각하니 이하원은 더 더욱 자신 때문이라는 생각을 떨칠 수가 없었다. 하지만 그는 생각과는 달리 고개를 끄덕였다.

"그렇겠지요. 아무래도 제가 과민반응을 한 모양입니다. 뭐, 어쨌거나 그것과는 상관없이 당가주와 제가 사이가 좋지 않은 것은 사실이니 정파 쪽에는 제가 돌아갈 때까지 저에 대해서는 함구해 주시기 바랍니다. 서 형이나 다른 사람의 안전을 위해서도 당가의 배신에 대해 아는 척하지 마시구요."

"그렇게 하겠습니다."

서현은 흔쾌히 고개를 끄덕였다. 장승주가 장난스레 끼어들었다.

"그럼 아예 삼 년 전부터 행방이 묘연했다고 하는 건 어떻습니까?"

"좋은 생각이군. 거기에다 아마 죽었을 것이라는 말까지 해두어라. 아직은 힘을 합쳐 물리쳐야 할 적이 있으니 내가 갈 때까지 전력이 분산되는 일은 없도록 해야지. 그리고 당가주가 안심을 하고 있는 편이 일을 하기에도 더 편할 테고."

이하원이 한 술 더 떠서 말하자 모두 혀를 내둘렀다.

멀쩡히 살아 있으면서 스스로 죽은 것으로 하자고 결정을 짓는 것에 단 한 점의 망설임조차 없다는 것이 놀라웠다. 하지만 이하원과 비슷한 생각과 가치관을 지닌 장승주는 별로 놀란 기색없이 기대함 어린 표정으로 키득댔다.

"나중에 둘째 형님께서 나타나셨을 때 과연 어떤 표정을 지을지 벌써부터 기대되는데요?"

第五章
사불여의(事不如意)

사불여의(事不如意)

요녕에 들어서고도 그들은 바로 정파 진영으로 가지 않았다.

먼저 객잔에 들러 꼬박 하루를 쉬었다. 그리고 다음날 저녁, 장승주의 방으로 모였다. 앞으로 어떻게 해야 할지에 대해 행동 지침을 정하기 위해서였다.

이하원이 당부를 했지만, 설혹 하지 않았다 하더라도 당가가 정파 진영에 있는 이상 위험하다는 것을 그들 역시 잘 알고 있었다.

같은 정파인이고 유례없는 강적을 앞에 두고 있는데 이렇게 같은 편을 믿을 수 없다는 게 답답하고 한심했지만 어쩔 수 없었다. 솔직히 엄밀히 말하면, 그들은 더 이상 정파인이라고도 할 수 없는 입장이었다. 그러니 신중할 수밖에.

먼저 장승주가 입을 열었다.

"무엇보다 중요한 건 왜 이곳에 왔느냐 하는 것이다. 엄연히 우리는 둘째 형님이 돌아올 때까지 현 정파의 힘을 유지하기만 하면 되지. 그러니 괜히 무리하다 망치는 일은 없도록 명심해야 할 것이야."

"어떻게 할 생각이지?"

지난 삼 년 동안 장승주와 둘도 없는 친우가 된 서현이 물었다. 그러자 장승주가 턱을 괴고 생각에 빠졌다.

"글쎄, 사실 이대로 합류를 하는 것도 나쁘지는 않아. 하지만 그렇게 되면 우리는 대부분이 어린 만큼 앞으로 벌어질 일들을 우리 쪽에서 주도할 수 없게 될 거다. 게다가 당가 쪽에서는 우리가 혹시나 삼 년 전 사건의 전모를 조금이라도 눈치 챘을까 봐 경계할 테고, 더 더욱 우리는 뒤로 밀려나게 될 테지. 물론 지금까지 버틴 것으로 봐서 남은 이들이 뛰어나다는 것을 모르는 것은 아니다. 하지만 그렇게 되면 아무래도 우리가 원하는 대로 일을 진행시키는 것은 힘들지 않겠어?"

"그래서?"

"그래서 내 생각에는 몰래 숨어서 기다리다가 저들이 위급에 처했을 때 끼어들어 도움을 주며 나타나는 게 어떨까 싶은데."

거기까지 말하고 방 안의 사람들을 둘러보았다.

"어떻게 생각하지?"

"괜찮은 것 같군요."

"약간 비겁한 것 같기는 하지만 그렇게 하도록 합시다."

하나둘 찬성하자 장승주는 천천히 고개를 끄덕였다. 그러면서도 얼굴을 찡그렸다.

분명 지금과 같은 상황이었다면 이하원도 그와 같은 의견을 내었을 것이다. 그리고 지금까지 몇 번 이런 식의 상황이 있기도 했다. 정파인의 생각에서 보면 약간은 비겁하게 보이는 그런 상황 말이다.

그런데 그때 단 한 번도 '비겁'이라는 말을 입 밖에 꺼낸 적이 없던 이들이 자신의 의견에 비겁이 어쩌고저쩌고 하자 살짝 빈정이 상했다.

하지만 곧 그는 한숨을 내쉬고 말았다. 무슨 일이든 덮어놓고 믿는 이와 그렇지 않은 이의 차이라고 생각하니 의외로 쉽게 수긍이 갔다. 우선 자신부터 같은 상황이었다면 이 같은 반응을 보였을 거라는 것을 쉬이 상상이 갔던 것이다.

남 탓할 문제가 아니었다.

나무 위에 따닥따닥 붙어 있는 이들이 있다.

어째 긴장감이라고는 느껴지지 않는 태도로 아래를 내려다보고 있는 이들. 그렇게 얼마나 있었을까. 어느 순간부터 그들에게서 투덜투덜 불만 비슷한 것이 새어 나오고 있었다.

"이거 생각하면 할수록 비겁한 것 같은데요?"

"좀 그렇지?"

"결정이 났으니 하기야 한다만, 어째 찝찝하다~"

그중 한 명은 옆구리를 긁으며 몸소 찝찝함을 보여주기까지 했다. 그러자 그때까지 가만히 듣고 있던 장승주가 참지 못하고 말했다.

"그만 좀 하지들? 찬성할 때는 언제고 이렇게 나올 거야?"

"찬성을 한 게 아니라, 책임자가 장 형이기에 장 형의 의견에 따르겠다고 한 겁니다. 언제 찬성했다고 그러는 겁니까?"

양신얼이 시치미를 뚝 떼고 말하자 장승주의 미간이 팍, 찌푸렸다. 그는 휙, 소리가 나게 모용은성에게로 고개를 돌렸다.

"은성, 어디 네가 한번 말해봐라. 아까 객점에서 '괜찮다'고 한 게 누군지."

"아마 목 형이었을 겁니다."

대뜸 모용은성이 그렇게 말하자 목시인이 급히 부인했다.

"내가 언제? 왜 생사람은 잡고 그러나? 난 그런 말한 기억 없는데?"

"헛소리! 그렇다면 어찌 그때 싫다고 하지 않았나? 여기까지 온 것 자체가 내 의견에 찬성하였기 때문이 아닌가? 이제 와 새삼 발뺌을 하려고 해도 소용이 없다는 것을 알아야지."

"찬성을 하였기 때문이 아니라고 하질 않습니까. 이 형께서 장 형의 말씀을 따르라 하셨기에, 비록 이토록 비겁한 수를 쓰는 장 형이지만 그 말에 따르는 것뿐입니다. 결코……."

"온다!"

목시인의 말을 가르고 누군가의 음성이 공기를 갈랐다. 순식간에 그들은 입을 다물었다. 조금 전까지 쓸데없는 말로 싸움 같지도 않은 싸움을 하던 이들이라고는 믿을 수 없으리만치 정돈된 모습이었다.

그들은 계획대로 아래를 내려다보며 사태가 무르익기를 기다렸다.

커다란 바윗돌로 사방을 막아놓은 길목으로 흑의의 사내들이 나타났다. 길목은 여러 개의 바윗돌을 쟁여놓아 무공을 익힌 이라도 쉬이 올라갈 수 없도록 되어 있었다. 잠시 그 모습을 살펴본 그들은 큰 위험은 없다고 생각했는지 곧장 앞으로 쏘아져 갔다.

막 바위산을 지나칠 때였다.

삐이이익.

갑자기 어디선가 휘파람 소리가 나더니 바윗덩이들이 양옆에서 쏟아지기 시작했다.

우르르르—

"피해라!"

누군가의 외침에 흑의의 사내들 몇이 얼른 앞으로 달려가고, 몇은 뒤로 물러나 피했다. 그 빠르기가 혀를 내두를 정도였다. 피하지 못해 바위에 깔리는 이는 단 한 명도 없었다. 그런데 그때였다. 반대편에서 사람들이 나타났다. 흑의의 사내들과는 대조적으로 각가지 색으로 차려입은 그들은 바윗덩이를 피해 앞으로 튀어나온 흑의의 사내들을 공격했다.

"또냐?"

"어찌 허구한 날 기습이냐? 비겁한 놈들!"

"이번에야말로 모조리 씨를 말려주겠다! 죽어라!!"

그간 쌓인 게 많은지 정파인이라고는 믿을 수 없을 만큼 그들은 험한 욕설과 함께 공격을 퍼부었다.

우선적으로 뒤에 나타난 이들의 수가 월등한 데다 바윗덩이를 피하느라 전열이 갖추어지지 않아서인지 일순 흑의의 사내들이 밀리는 형국이었다. 그러자 뒤쪽으로 피했던 흑의의 사내들이 뿌연 먼지를 뚫고 앞으로 튀어나갔다.

"기다리고 있었다!"

소리와 함께 높게 솟아난 바윗덩이 옆으로 또 한 무리의 정파인들이 나타났다. 바윗덩이를 뛰어넘어 앞으로 향하는 흑의의 사내들을 막아선 이들. 처음 모습을 드러냈던 정파인들과는 달리 지금 나타난 이들은 대부분이 노인이거나 중년인이었다. 그리고 그들 대부분은 장승주 등과 안면이 있었다.

"양 장문께서는 정정해 보이신다. 다행이군."

모습을 드러낸 이들을 하나하나 살피던 장승주가 양신얼을 보며 말했다. 하지만 양신얼은 대답 대신 오히려 눈살을 찌푸렸다.

장승주가 고개를 갸웃했다.

"왜 그리 얼굴을 찡그리나?"

"안색이 좋지 않으십니다. 어디 부상이라도 입은 건 아닌지……."

"그렇지는 않은 것 같다. 아마도 요녕까지 밀린 상황이라 마음이 편치 않아 그런 것일 거야. 게다가 하나뿐인 아들의 생사까지 알 수 없으

니 더욱 그렇지 않겠나? 자네가 무사하다는 것을 알게 되면 곧 좋아지
실 테니 걱정하지 마라."

"그럴까요?"

양신얼의 표정이 한결 가벼워졌다. 그때 서현이 중얼거렸다.

"사부님이 보이지 않는다."

지난 삼 년간 누구보다 서현과 가까워진 장승주가 얼른 아래를 살펴
보았다. 절로 미간이 찌푸려졌다. 서현의 사부인 유무인 진인은 물론
이고, 무당 대표였던 유성 진인마저 보이지 않았다.

"쉬고 계시겠지. 이 한 번의 접전에 우르르 다 몰려오지는 않았을
것 아닌가. 괜한 걱정일랑은 마라."

"그렇다면 좋겠지만……."

"혜능 대사도 보이지 않는군. 연경 사태도 보이지 않고. 다들 쉬고
계실 것이다. 또 소 장문도……."

말을 하다 말고 성정립과 눈이 마주치자 입을 다물었다. 성정립의
사부가 소선이었기 때문이다.

목시인이 담담한 표정으로 성정립의 어깨를 쳤다.

"아버지도 보이질 않아. 두 분이 친하시니 분명 안에서 같이 쉬고
계실 것이다."

"그래."

성정립은 불안한 표정이었지만 목시인의 말에 조금이나마 힘을 얻
은 모습이었다.

"황보 장문도 무사하시고, 남궁 가주께서도 무사하시다."

그들은 하나둘 이곳에 있는 이들과 연관되어 있는 자들의 생사 여부
를 확인했다.

"그리고 팽 장문은… 북경이 무사하다 했으니 아마 자파에 계실 것

이다."

"그렇겠지요."

팽여문이 고개를 끄덕였다. 그래서 그런지 생사가 확인되지 않았음에도 그는 별로 걱정하는 표정이 아니었다. 대충 확인이 끝나갈 때 장승주가 모용은성의 옆구리를 찔렀다. 그리고는 종횡무진하며 적들을 베고 있는 중년인을 가리키며 소곤거렸다.

"굉장히 닮았는데, 숙부인가?"

"아버지입니다."

"한데 모용 대협의 모습이 보이지 않는군."

모용은성은 아래를 살펴보다 눈살을 찌푸렸다.

"그렇군요. 이런 일에 빠질 분이 아닌데, 설마……."

아버지인 모용각보다 오히려 모용현중과 더 친했던 모용은성은 몇 번이나 아래를 살폈다. 하지만 모용현중의 모습은 어디에도 없었다. 불길한 생각이 들었다. 그리고 얼마 가지 않아 싸움은 끝이 났다.

요녕까지 밀린 상황이다.

그런 만큼 당연히 정파가 밀릴 거라 생각했다. 그런데 이 작은 싸움은 정파의 승리였다. 한참 동안 끼어들 때를 기다리고 있던 이들은 결국 다시 객잔으로 돌아왔다. 언제 끼어들까 싶어 만반의 준비를 하고 있었던 만큼 다들 조금은 허탈한 표정이었다.

"정파 쪽이 이겼으니 좋은 건데 왜 그리 침울한 표정들이야?"

장승주가 놀리듯 말하자 남궁윤이 달래듯 입을 열었다.

"기다리면 얼마 안 가 참전할 기회가 올 것이니 다들 그리 의기소침해하지 마십시오."

"우리가 참전한다는 것은 곧 정파 쪽이 불리해진다는 건데, 그걸 지금 위로라고 하는 거야?"

"하여간 분위기를 못 맞춘다니까."

몇 명이 기다렸다는 듯이 놀려댔다. 그리고 그 덕분에 쳐지던 공기가 다시 원래대로 돌아갔다. 그 후로도 그들은 두 번에 걸쳐 허탕을 치고 와야 했다. 슬슬 나무 위에서 구경만 하는 게 질리기 시작했다. 다음날, 다시 한 번 더 허탕을 쳤을 때 더 이상 참지 못한 이들은 처음 계획을 세운 장승주에게로 원망의 화살을 돌렸다.

"사실 그냥 찾아가도 되는 거잖아? 근데 왜 이렇게까지 고생을 사서 해야 하는 건지 원."

"그러게 말입니다. 누구 때문에……."

"누누이 말하지만 다들 찬성했다고! 계획을 낸 것은 나지만 같이 동조해 놓고 지금에 와서 이러는 건 너무하다고 생각하지 않는가?"

장승주가 억울함을 토로했지만 들어주는 이는 아무도 없었다. 서현이 슬그머니 제안했다. 세 번째 허탕에서 유무인 진인이 무사하다는 것을 확인한 후여서인지 목소리가 밝았다.

"지금이라도 그냥 가는 게 어떤가?"

"한 번만 더 숨어 있어 보고 또 정파 쪽에서 이기면 그렇게 하도록 하는 건 어떻습니까?"

남궁윤이 절충안을 내놓았다. 장승주가 눈을 빛내며 보자 모두 잠시 생각하는 표정이 되었다. 그러다 결국 하나둘 고개를 끄덕였다.

"그럼 그렇게 하도록 하지."

"이번이 마지막입니다."

다짐이라도 받듯 그들은 그렇게 말하고 각자의 방으로 들어갔다. 지금까지와 같이 오늘은 쉬고 내일이나 모레쯤 다시 가게 될 것이기에 푹 쉬어둘 생각이었던 것이다.

"됐다!"

장승주가 희열에 찬 음성으로 작게 소리쳤다.

모두 약간 한심하다는 표정으로 그를 봤다. 같은 편이 지고 있는데 좋아하는 게 어이가 없었던 것이다. 하지만 그중에 몇몇은 애써 아무렇지도 않은 척하고 있었지만 장승주와 같은 표정이었다. 아무래도 정파가 밀리는 상황에서 도움을 주고 금의환향하는 게 가장 좋은 방법이라 생각되었기 때문이다.

"그럼, 가자!"

장승주는 검을 뽑음과 동시에 아래로 떨어져 내렸다. 그때까지 눈동자만 떼굴떼굴 굴리고 있던 육단원도 장승주를 따라 몸을 날렸다. 다른 이들 역시 지체하지 않고 아래로 내려갔다.

한편, 나무 아래 있는 정파인들은 대부분 지친 기색이 역력했다.

"이런 치사한 놈들!"

"이기든 지든 번갈아가며 공격해 지치기를 기다리는 방법이라니, 과연 마도 놈에 사파 놈들이로다!"

말 그대로였다.

며칠 전부터 마도와 사파 연합은 번갈아가며 정파 진영을 공격해 힘을 빼는 작전을 쓰고 있었다.

세 세력이 협공을 하여 공격하지는 않지만 수가 많은 데다 각각 이틀에 한 번, 삼 일에 한 번씩 공격을 번갈아서 하니 적들은 쉽게 지치지도 않았다. 하지만 상대적으로 수가 적을 수밖에 없는 정파 진영은 거의 매번 같은 이가 쉬지 않고 방어를 해야 했다. 즉, 마도와 사파 연합 무인들은 일주일에 한 번 싸울까 말까 하는데 정파 진영 무인들은 이틀에 한 번 꼴로 싸움을 해야 했다는 말이다.

그렇다 보니 정파인들은 당연히 지칠 수밖에 없었고, 싸움이 거듭될

수록 부상자는 늘고 버티는 시간은 줄어갔다. 그리고 드디어 지금, 확연히 드러나게 밀리기 시작한 것이다.

정파인들은 울분을 삼켰다.

생각하면 할수록 치사하고 비겁한 수법이라는 생각밖에 들지 않았다. 하지만 어쩌랴. 강호는 힘인 것을, 약하면 억울해도 어쩔 수 없음을.

그들은 이를 악물고 버텼다. 비록 적에 비해 수가 적다지만 그들 역시 적은 수로나마 반으로 나누어 공격과 방어를 해왔다. 사람을 보냈으니 기다리면 곧 뒤에 남아 있던 지원군이 올 것이다.

"조금만 더 버텨라!"

모용각이 발악을 하듯 소리칠 때였다.

휘이익—

바람이 일었다.

사악— 사악—

동시에 무언가가 옷깃을 스쳤다. 뭐지? 의아해하며 고개를 돌리려 했다. 그 탓인지 순간 손에서 힘이 빠졌다. 그 순간, 운이 없게도 적의 검이 눈앞에 다다라 있었다. 모용각은 자연스레 손을 들었다.

채앵—!

검과 검이 부딪쳤다. 하지만 곧 모용각의 검이 튕겨 나갔다. 힘이 빠진 상태로 막아낼 수 있을 만큼 만만한 상대가 아니었으니 당연한 결과였다. 놀라서 검을 놓친 손으로 공격을 받으려 했다.

푹—

"컥!"

어떻게 된 건지 모용각의 귀 끝을 스치며 나타난 검이 상대의 목젖을 찔렀다. 순간 심장이 덜컹했다. 바로 귀 옆에서 검이 나타났는 데도 몰랐으니 어찌 놀라지 않을 수 있겠는가. 황급히 옆으로 물러서며 뒤로 고개를 돌렸다.

　그 순간 모용각은 얼이 나간 표정이 되었다.

　"…은성?"

　"왜 검은 놓치고 그럽니까? 이거 받으십시오. 전 갑니다."

　자신이 들고 있던 검을 훌쩍 던지더니 바닥에 떨어진 검을 아무거나 하나 주워 든 모용은성은 모용각을 스쳐 갔다. 얼떨결에 검을 받아 든 모용각은 정신을 차리지 못하고 그대로 모용은성을 따라 시선을 옮겼다.

　"어, 어떻게……."

　말이 제대로 나와주지 않았다.

　죽었다고 생각했다. 말이 행방불명이지 그 폭발 속에서 살아난다는 것은 불가능한 일이었다. 그래도 혹시나, 혹시나 하며 기다렸다. 하지만 그것도 일이 년이지 삼 년째가 되고 나자 체념하고 받아들였다. 힘겹게, 힘겹게… 그렇게 받아들였다. 그런데 그 죽었던 아들놈이 나타났다. 적의 공격에 죽겠구나 싶을 때 나타나 자신의 목숨을 구해준 것이다.

　'꿈인가?'

　엉뚱하게 그런 생각이 들었다. 하지만 뒤쪽에서 불쑥 나타나 앞으로 달려가며 적들을 공격하는 이들을 보며 꿈이 아님을 알았다.

　처음 보는 이들.

　그런데도 정파의 편에 서서 적을 공격하고 있는 이들.

　그들을 보며 곳곳에 있는 정파인들이 동요하고 있었다. 비명처럼 소리치는 이도 있었고, 화를 내는 이도 있었고, 감격에 겨워 눈물을 글썽이는 이도 있었다.

　그들의 반응을 보며 모용각은 알았다. 자신은 처음 보는 자들이나 그들 모두가 바로 그간 행방이 묘연했던 이들이라는 것을. 그렇게 기다리고 기다리던, 뒤쪽에 남아 부상을 치료하고 있던 지원군 대신 진짜 지원군이 나타난 것이다.

'그런데 저 녀석, 왜 저리 강하지?'

적들 사이를 누비며 검을 휘두르는 아들을 보며 모용각은 살짝 의문을 품었다.

이하원은 매우 흥미롭다는 표정이었다.

"호오? 그러니까, 그전부터 배신을 해왔다?"

"배신……."

이하원이 선택한 단어가 마음에 들지 않는 듯 하세인은 살짝 미간을 찌푸렸다. 하지만 곧 고개를 끄덕였다.

"굳이 말하자면 그렇습니다. 그렇기에 동굴에서의 일이 아니었더라도 언젠가 주군께 갔을 겁니다."

"음. 뭐, 그건 그렇다 치고, 어쨌거나 그 일로 인해 미끼로 쓰였던 모양인데 괜찮을까? 많은 이들이 그 사실을 알고 있다면 이번 작전은 쓸 수 없는데."

"그것에 대해서는 아마 석 황주를 제외하고 누구도 모를 겁니다."

장담하는 어조에 이하원이 물었다.

"어째서?"

"대놓고 알릴 생각이었다면 미끼로 쓰지 않고 대대적으로 처형을 했을 겁니다. 그게 아니더라도 우리가 죽은 줄 알고 있는데 새삼 사실을 밝힐 리가 없지요."

"그래도 만에 하나 미끼로 사용한 것에 대해 반발할 이들을 위해 밝혔을 가능성은?"

"없습니다."

하세인은 여전히 자신만만했다. 일말의 의심도 없는 듯한 모습에 이하원은 고개를 갸웃하지 않을 수 없었다.

"어째서?"

"주군께서는 성안의 상황을 잘 모르셔서 그런 의심을 품으시는 겁니다. 왕승지 찰관주만 하더라도 전 성주께 충성을 바치는 자로, 석 황주에게는 눈엣가시 같은 존재였습니다. 모함이라도 해서 없애고는 싶은데 꼬투리를 잡을 수가 없었지요. 그러자 미끼에 넣어 처리해 버렸습니다. 왕승지 찰관주는 저희들과 다릅니다. 미끼에 사용된 다른 이들역시 마찬가지구요. 그들은 배신한 게 아니라 그냥 버려진 겁니다. 그런데 저희가 한 일을 새삼스레 들출 리가 없지 않습니까. 그리되면 왕승지 찰관주 등도 같은 죄로 묶어야 하는데, 그가 전 성주가 아닌 다른이에게 충성을 바친다는 것은 그 누구도 믿지 않을 테니까요."

이하원은 턱을 쓰다듬으며 콧소리를 냈다.

"흐응~ 그러니까 여러 정황으로 봤을 때 너희가 배신했다는 것을석운적을 제외한 다른 이들은 모를 것이란 말이지?"

"그렇습니다."

대답과 함께 하세인이 고개를 끄덕이는데 영선휘가 끼어들었다.

"거, 듣고 있으려니 거북하네. 배신이 뭡니까? 배신이! 알고 보면 모든 게 다 주군을 위해 한 일 아닙니까! 그간 그리도 사사건건 팔황성의행사에 훼방을 놓고도 실수 한 번 만나지 않은 것은 다 제 덕이란 말입니다! 한데 말끝마다 배신! 배신! 하시니 섭섭합니다!"

"그럼 뭐라고 해야 하지?"

영선휘는 고민하다 대답했다.

"음… 굳이 표현하자면 충심이죠, 주군을 향한."

그 말에 이하원은 그만 피식, 웃고 말았다.

"그건 순전히 네 입장에서 본 것 아닌가? 넌 그리 생각할지 몰라도 팔황성의 입장에서 보자면 아무리 좋게 봐도 네가 했다는 행동은 배신, 그 이상도 이하도 아니다. 당시 네가 팔황성에 소속되어 있었음을 생각하면 더 더욱."

"그래도……."

영선휘가 매우 불만스럽다는 표정으로 우물대자 이하원이 나서서 그 말을 뚝 잘랐다.

"어쨌거나! 상황이 그렇다면 계획은 이대로 실행하기로 하지. 구슬릴 수 있는 자는 구슬리고, 그게 되지 않는 자는 죽이고 우리가 그들로 변장하는 거다. 무결."

갑자기 이하원이 부르자 한무결이 흠칫해서 반사적으로 대답했다.

"네?"

"첫 대상자는 네가 골라봐라. 처음부터 퇴짜를 맞는다면 가슴이 아플 것이니, 우선은 가장 회유될 가능성이 높은 자로."

알고 보면 이하원이 세운 계획은 간단했다.

예로부터 팔황성을 지탱하는 것은 누가 뭐라 해도 칠대 황주들이었다. 석운적의 반란이 워낙 은밀하였기에 미처 다른 황주들이 나설 틈이 없었지만, 만약 사전에 알았다면 그리 쉽게 반란이 성공하지는 못했을 터였다. 석운적의 힘이 아무리 대단해도 다른 황주 모두를 감당할 수는 없기 때문이다.

그 정도로 나머지 황주들의 힘은 컸다.

또한 지금 황주들이 반발하지 않고 있다 해서 그들이 석운적에게 충성을 받치고 있다고 보기는 힘들었다. 성주와 소성주의 행방이 묘연하니 반발을 하려 해도 구심점이 없는 상황이었던 것이다. 어쩌면 그 때문에 단 한 명의 황주도 반발하지 않고 있는 것일지도 몰랐다.

이하원은 이 점을 염두에 두고 계획을 세웠다.

한무결이라는 구심점을 내세워 다른 황주들의 힘을 얻어 석운적을 격파한다. 회유되지 않은 황주는 나중에 석운적의 힘이 되어줄지도 모르니 이 기회에 처치한다. 그리고 경계가 삼엄한 황주들과 은밀히 대면하기 위해 사천왕인 하세인과 영선휘를 이용한다. 물론 석운적의 귀에 들어가지 않도록 최대한 빨리 사전 작업을 끝낸다.

바로 이것이었다. 그리고 그 첫 단계가 지금 막 시작되고 있었다.

그들이 무턱대고 성내로 들어가려 하자 처음 앞을 막았던 경비 무사가 어리둥절하던 것도 잠시, 이제는 황당하다는 표정을 짓고 있었다.

"뭐라고 했소?"

"못 들었나?"

영선휘가 눈살을 찌푸리며 묻자 경비 무사도 같이 얼굴을 찌푸렸다.

"듣기야 들었지만······."

"뭣? 들었다고? 그렇다면 어찌하여 앞을 막는 것이냐? 당장 비켜라!"

영선휘가 대뜸 호통을 치자 경비 무사는 황당하다는 표정에서 이번에는 어처구니가 없다는 표정을 지었다.

"아니, 왜 비켜야 하오?"

"내 영선휘라 하질 않았나!"

답답하다는 표정으로 영선휘가 재차 소리치자 드디어 경비 무사도 화가 나는지 같이 소리를 쳤다.

"그러니까 영선휘가 누군데?!"

"······."

순간 정적이 감돌았다. 경비 무사는 웬 미친놈을 다 본다는 표정이었고 하세인, 영선휘 등은 이보다 더 황당할 수 없다는 표정이었다. 잠시 그렇게 있다 먼저 반응을 보인 것은 영선휘였다.

그는 볼을 실룩이다 폭발했다.

"이, 이 떼려죽일 놈이 감히 영선휘님을 모르는 척해? 죽여 버리겠다!!"

혼자였어도 그냥 넘어갈 생각은 없지만 지금은 엄연히 이하원과 함께였다. 그런데 주군 앞에서 이렇게 망신을 줘?

영선휘는 단단히 버르장머리를 고쳐 놓고 말겠다고 생각하며 대뜸 검을 뽑았다. 그러자 경비 무사도 그에 맞추어 검을 뽑아 들었다. 옆에 있던 또 다른 경비 무사 역시 이미 검을 뽑아 든 후였다. 물론 뒤쪽에 있는 십여 명의 무사들도 마찬가지였다. 그들로도 충분히 상대할 수 있을 거라 생각한 건지 따로 다른 이를 부르지는 않았다.

"감히 대팔황성에 와서 행패라니, 죽음을 각오했을 터. 본때를 보여주겠다!"

"네놈 주제에 누구에게 본때를 보여준단 말이냐! 하룻강아지 범 무서운 줄 모른다더니, 이것들이 아주 간덩이가 부었구나. 내 오늘 모조리 떡을 만들어주겠다!"

경비 무사와 영선휘가 한마디씩 하자 상황은 점점 살벌하게 변하기 시작했다.

그들이 하는 행동을 지켜보고 있던 이하원은 속으로 한숨을 내쉬었다. 어째 이번 계획은 첫 단계부터 이상하게 돌아가는 느낌이었다. 잠시 경비 무사들이 하는 행동을 지켜보던 이하원은 곧 싸움이 벌어질 것 같아 보이자 그들 사이로 끼어들었다.

"잠깐!"

딱히 큰 음성은 아니었다. 그런데 순간 모두의 시선이 그에게로 향했다. 영선휘가 물었다.

"뭡니까?"

"우선 물어볼 것은 물어본 후에 떡을 치든지 본때를 보여주든지 해야 할 것 아니냐? 저들은 너희들이 사라진 후에 들어온 이들일 수도 있으니 경거망동하지 않도록 해라."

"아!"

삼 년 동안 사라져 있었기로서니 일개 경비 무사조차 자신을 기억하지 못한다는 사실에 울컥했던 영선휘는 그제야 아차, 했다. 혹시나 하고 있던 하세인은 한심하다는 표정이 역력했다.

"하여간에 잠시도 미친 짓을 안 하면 영선휘가 아니지. 쯧."

"이……."

발끈한 영선휘가 뭐라 하려는데 하세인이 나섰다.

"자네들, 팔황성에 들어온 지 얼마나 되었나?"

"그것은 왜 묻는 겁니까?"

그들이 하는 양을 보고 있던 경비 무사들은 이들이 혹시나 같은 팔황성 소속일지도 모른다는 생각을 하고 있었던 터라 좀 전보다 공손하게 물었다.

하세인이 말했다.

"영선휘라는 이름은 못 들어봤을지 몰라도 사천왕이라는 말은 들어봤겠지?"

"사천왕?!"

한 경비 무사가 깜짝 놀라 소리쳤다.

그럴 수밖에 없는 것이 들어본 게 당연하지 않은가? 정파에까지 알려져 있는데 팔황성 소속인 그가 들어보지 못했을 리가 없다. 팔황성에서 사천왕은 칠대 황주 이후 최대의 우상이었다.

그들은 설마설마 하면서 하세인을 보았다. 하세인은 의외로 그 차가운 얼굴에 슬핏, 미소를 그리며 말했다.

"난 사천왕 하세인이다. 그리고 저 미친 듯 보이는 놈 역시 사천왕 중의 하나인 영선휘고. 삼 년 전에 주어진 임무를 끝마치고 지금 복귀하는 것이니 비키도록 해라."

"그, 그것이 사실입니까?"

하세인은 허리에 두르고 있던 연검을 뽑아 들었다. 내공을 주입하자 뻣뻣하게 일어선 연검에서 하얗게 김이 서리는 듯하더니 어느 순간부터 푸른빛을 띠기 시작했다.

사천왕의 신물 대도, 장검, 연편, 연검.

그 네 가지 신물은 내공을 주입하면 처음에는 기의 색과 같은 하얀색을 띠다가 그 경지를 넘어서면 푸른빛을 띠게 된다. 이것은 정파에는 알려지지 않았지만 팔황성 내에서는 유명한 이야기 중에 하나였다. 역시 그것을 알고 있던 경비 무사들은 일제히 부복했다.

"사천왕을 뵙습니다!"

"알았으면 비켜라."

"존명!"

경비 무사들이 조금 전 앞을 막을 때는 언제고, 지금은 일사불란하게 양옆으로 물러나자 하세인은 흡족한 미소를 머금었다. 길길이 날뛰던 영선휘도 그제야 끄덕끄덕, 고개를 끄덕였다.

그 모습을 보고 이하원이 그제야 안도의 한숨을 내쉴 때였다. 갑자기 뒤쪽에 있던 경비 무사 한 명이 앞으로 나섰다.

"아! 이럴 것이 아니라 안에 알려야겠습니다. 삼 년 만에 복귀하시는 것인데 이리 초라하게 환영 인사를 해서는 아니 되지요."

"아니, 됐……."

"그럼 조금만 기다리십시오. 금방 준비하겠습니다."

갑작스런 말에 하세인이 흠칫하여 말리려 했지만 그는 자기 할 말만 뱉어내곤 바로 몸을 돌려 안으로 뛰어 들어가 버렸다.

우물쭈물, 미처 경비 무사를 막지 못하고 보내 버린 하세인이 주위를 둘러보니 남은 경비 무사들도 그게 당연하다는 태도였다. 물론 단순히 임무를 완수하고 삼 년 만에 돌아온 상황이었다면 하세인이나 영선휘 역시 그렇게 생각했을 것이다. 하지만 지금은 상황이 달랐다.

당황한 하세인이 고개를 돌려 이하원을 보자 그 역시 낭패한 기색이었다. 대대적으로 환영 인사를 하게 되면 석운적이 모를래야 모를 수가 없을 것이다. 어째 느낌이 이상하다 했더니 첫 단계부터 꼬여 버리기 시작했다.

"어, 어쩝니까?"

영선휘가 당황스런 기색이 역력한 얼굴로 물었다. 하세인 역시 눈으로 묻고 있었다. 이제 어떻게 할 거냐고. 고민스레 미간을 찌푸린 이하원은 결국 결론을 내린 듯 크게 고개를 끄덕이더니 입술을 질끈 깨물며 두 사람에게 전음을 보냈다.

"이렇게 된 이상 어쩔 수 없지. 삼십육계 줄행랑이다. 튀어!"

셋은 거의 동시에 몸을 날렸다.

무슨 이유에선지 갑자기 말도 없이 도주를 하는 듯 보이는 그들의 모습에 뒤쪽에서 당황한 경비 무사들이 깜짝 놀라 소리쳐 불렀지만 누구도 대답하지 않았다.

"후우……."

이하원은 한숨을 내쉬었다. 모든 계획의 시작이라 할 수 있는 첫 단계에서 의외의 난관에 부딪쳐 예기치 못한 곤혹을 치른 그들은 결국 어쩔 수 없이 잠입을 하기로 결정내렸다.

처음부터 잠입을 생각하지 않은 것은 아니었다.

하지만 다른 곳도 아니고 경비가 삼엄하기로 이름 높은 팔황성인지라 만전을 기할 필요가 있다는 생각에 위험은 피하고자 하세인과 영선휘를 앞세워 성내로 들어가려 한 것이다. 그런데 그게 오히려 더욱 큰 위험을 불러들이자 그들은 더 생각해 볼 것도 없이 잠입하기로 결정을 지었다. 그렇게 해서 지금, 그들은 어찌어찌 들키지 않고 안으로 잠입해 들어와 있었다.

살금살금 신법을 펼쳐 이동하던 그들은 무파림(懋破林)이라는 이름을 가진 황주의 처소 앞에 도착하자 걸음을 멈추었다.

첫 대상을 그로 결정한 이유는 의외로 간단했다. 전 성주와 가장 절친한 사이였다는 것. 그렇기에 아무래도 다른 황주들보다 회유하기에 가장 수월하지 않을까 싶어서였다.

"아무래도 안면이 있으면 경계를 덜할 테니 제가 먼저 들어가겠습니다."

안의 상황을 살피며 귀를 기울이고 있던 영선휘가 눈을 빛내며 전음을 보내자 이하원은 대답 대신 고개를 저었다. 안면이고 뭐고 영선휘를 보냈다가는 잘되던 일도 그르칠 것 같다는 불길한 예감이 심하게 들었던 것이다. 그러자 하세인이 나섰다.

"그럼 제가 들어가기로 하죠. 저 역시 무 황주와 안면이 있습니다."

'신중한 성격인 세인이라면 문제없겠지?'

더 생각해 볼 것도 없다. 이하원은 가볍게 고개를 끄덕여 승낙했다. 그러자 영선휘가 매우 불만스런 표정으로 입술을 삐쭉댔다.

누구는 되고 누구는 안 된다니, 불공평해!

그런 생각에 도끼눈을 하며 고개를 돌렸다. 하지만 그의 째림을 받아야 할 하세인은 이미 스며들 듯 안으로 들어간 후였다.

정말 안면이 있어서일까?

하세인을 만난 무파림은 소리쳐 경비를 부르거나 적의를 드러내며 공격을 하지는 않았다. 하지만 그보다 더 큰 문제가 발생했다.

"…지금 뭐라고 하셨습니까?"

하세인은 너무 어이가 없어서 한 박자 늦게 반응했다. 그러자 신나게 설명을 하던 무파림은 그가 제대로 듣지 않았다고 생각했는지 눈살을 찌푸렸다. 하지만 의외로 화를 내지 않고 다시 말해주었다.

"못 알아들었나? 성주와 연락이 닿았다고 했다. 얼마 안 있어 성주께서 반적을 몰아내려 하실 터. 그때 한 손 거들기로 했지. 하니 너도 그리하도록 해라."

하세인은 질끈 눈을 감고 말했다.

석운적에게 홀랑 넘어가 난리를 치거나, 아니면 아군이 되어줄 거라 생각했다. 그런데 전 성주라니! 두 갈래인 줄 알았던 길이 알고 보니 세 갈래 길이었던 것이다.

어째서 전 성주에 대해서는 생각하지 못했을까. 죽지 않았다면 본래 자리를 찾으려 하는 게 당연한데.

하세인은 애매한 표정으로 잠시 눈을 굴려 생각하다 말했다.

"그건… 죄송합니다. 다음에 다시 이야기를 하도록 하지요. 무엇보다 소성주에게 성주께서 무사하심을 전해드리는 게 먼저가 아닌가 싶습니다. 나중에 소성주와 함께 찾아오겠습니다."

"아, 그러도록 하게."

소성주의 소식에 기뻐하고 있던 무파림은 그게 순서라고 생각했는지 흔쾌히 허락했다. 하세인은 튀어나오는 한숨을 삼키며 고개를 숙였다.

"그럼."

풍림장 내의 회의실은 밤늦게까지 시끄러웠다.

"그 말은, 우리만 살자는 것이오?"

"그런 뜻이 아니질 않습니까. 내 집이 위험한데 남의 집을 지키러 가서야 되겠습니까. 우선 내 집부터 지켜야 한다는 거지요."

쾅!

탁자를 내려치는 소리가 회의실 안을 울렸다.

"그 말이 그 말 아니오? 내 집을 지키고자 남의 집이 무너져도 그냥 지켜보자는 게 아니고 무엇이오?!"

"그럼 유 장로는 남의 집이 무너지는 건 지키고, 내 집은 무너지든 말든 그냥 두겠다는 말이오? 본인은 신 장로의 말이 잘못되었다고는 생각지 않소."

"누가 그리 말했소?"

"이건 내 집, 남의 집 문제가 아니오. 그들이 무너지면 우리 역시 버틸 수 없다는 것을 알아야 하오."

"그렇습니다. 무엇보다 사해가 동포라 하였거늘, 어찌 같은 정파인으로서 그들의 위험을 모른 척할 수 있겠습니까. 당연히 한 팔 걷어붙이고 도와주는 게 옳다고 봅니다."

"하나 그리했다가 이곳이 공격을 받기라도 하면 어쩔 거요? 지금은 황군을 의식해 자중하고 있다지만, 급해지면 그런 것은 무시해 버릴 것이 분명하오. 괜히 마도라고 하는 줄 아시오?"

"다들 너무 흥분하고 있는 것 같소. 요녕까지 밀리긴 했으나 아직까지 잘 버티고 있다고 하니 시간은 있소. 하니 좀 더 신중하게 생각해 보아도 될 것이오. 사실 이리 서둘러서 결정할 만큼 간단한 사항이 아니질 않소?"

의견은 제각각이었다.

아무리 팔황성이고 백교, 천검파라지만 황제가 있는 북경까지 쳐들어와 풍림장을 공격하지는 못할 것이니 지원군을 차출해 요녕으로 보내자는 의견과 만에 하나 적의 공격을 받을지 모르는데 그럴 수 없다는 의견, 좀 더 신중히 생각해 보고 결정을 내리자는 의견.

이렇게 셋으로 나뉘어 설전하느라 회의실 안은 시끄러웠다.

그리고 그 안에서 어떤 결론이 나든 상관없다는 건지 입 한 번 떼지 않고 그저 지켜보기만 하는 남자, 이하진은 무료하게 주위를 둘러보다 천천히 눈을 감았다.

'귀찮아.'

솔직한 심정이다.

이미 이 년 전, 소장주 위에 오른 그다. 하지만 이하진은 그런 것 따위는 어떻게 되든 상관하고 싶지 않았다. 그저 이 상황이 지겹고 귀찮을 뿐이다. 아무것도 하고 싶지 않았다.

소장주 위.

어머니가 죽어가면서까지 그토록 원했던 자리.

아버지의 인정을 받는 길이 그뿐이라면 가지고 말 것이라 생각했다. 아니, 아버지가 인정하지 않을 것을 알기에 무슨 일이 있어도 차지하고 말겠다고 다짐했다. 치기 어린 반항같이. 그리고 그에게는 그럴 능력이 충분히 있었다.

차근차근 준비했고, 드디어 끄트머리도 보이지 않던 것이 눈앞에까지 다다라 있을 때였다. 그때 동생을 봤다. 그리고 그 후, 그는 그토록 원했던 소장주 자리를 깨끗이 포기했다.

'동생의 자리를 빼앗고 싶지 않아.'

그 한 가지 이유로 그때까지 준비했던 모든 것을 버렸다.

가져야 한다고 생각했다. 하지만 정말로 가지고 싶었던 것은 아니다. 그래서 동생을 본 후로는 더 더욱 가지고 싶지 않아졌다.

그가 진정으로 원한 것은 그런 딱딱한 자리가 아니었다. 그런 것보다는 한 번도 가지지 못했던 따뜻함과 정(情)을 가지고 싶었다. 하지만 그것은 그저 소망일 뿐, 죽을 때까지 가지지 못할 것이라 생각했다.

그래서 진정 원하는 것을 가지지 못할 바에는 소장주의 위라도 가져야겠다고 생각했다. 그런데 뜻밖에도 동생을 만남으로써 그 불가능하리라 생각했던 것을 가졌다. 원하지 않던 형식적인 자리를 버리고 진정으로 원하는 것을 가졌다. 그렇기에 이십 년 넘게 준비했던 것을 버림에도 아무렇지 않았다.

미련 따윈 남아 있지도 않았다. 그리고 그 후로 지금까지 단 한 번도 욕심내 본 적이 없었다.

그런데…….

왜 이 자리에 있는 걸까? 어째서 동생이 있어야 하는 자리에 자신이 있는 걸까? 자신이 무슨 잘못을 그리했기에 그토록 간절히 원해왔고, 이십 년이나 흘러 겨우 가졌다 생각했던 것은 사라져 버리고 이따위 쓸모도 없는 것은 고스란히 손에 들어온 걸까?

의문을 품어보았다. 원망도 해봤다. 하지만 그것도 어느 순간까지였다. 이제는 그런 생각도 들지 않았다. 그냥 다 귀찮다. 다 하기 싫다.

될 대로 되라지.

그런 생각밖에 들지 않았다. 이런 상황에까지 내몰려서도 탁상공론만 해대는 이들이 그저 한심하게만 보일 뿐이었다.

"장주님!"

이하진이 무료하게 보고 있는 동안에도 장로들은 끊임없이 설전을 벌였다. 그런데 그때 갑자기 회의실 문이 벌컥 열렸다. 이하진 못지않게 시큰둥한 태도로 자리를 지키고 있던 이경윤이 눈동자만 굴려 방금 들어온 무사를 보았다.

회의 중에 허락없이 들어오는 것은 엄연히 예의에 어긋한 행동이었다. 그런데 이경윤은 화도 내지 않았다. 그저 한마디 했을 뿐이다.

"무슨 일이냐?"

"이, 이것이……."

담담히 묻자 오히려 당황한 것일까? 무사는 더듬거리며 웬 종이를 내밀었다.

전서구용으로 보이는 종이.

이경윤은 여전히 시큰둥한 태도로 무사의 손에 들린 종이를 받을 생각은 하지 않고 그저 보고만 있었다. 그러자 이경영이 나서서 받아 이경윤에게 내밀었다. 하지만 이경윤은 본 체도 하지 않았다.

결국 이경영이 얕은 한숨과 함께 그것을 펼쳐 보았다.

"……!!"

순간 이경영의 동공에 커다랗게 떠졌다. 그는 숨도 쉬지 못하고 몇 번이나 종이를 훑어보았다.

"혀, 형님……."

신음 비슷하게 이경윤을 부르며 펼쳐진 종이를 내밀었다.

종이를 든 이경영의 손끝이 약하게 떨리고 있었다. 동생에게 의아한 눈빛을 한차례 던진 이경윤은 힐끗 종이를 보았다.

턱까지 괸 채 읽어 내려가던 이경윤이 어느 순간 멈칫했다. 그러더니 획, 뺏듯이 종이를 낚아채 차근차근 다시 읽기 시작했다. 어느 순간 그의 눈동자가 잔떨림을 보였다. 웬만한 일에는 동요도 하지 않을뿐더러 삼 년 전부터는 아예 모든 일에 관심조차 가지지 않던 이경윤인 것을 생각하면 놀라운 일이었다.

회의실 문이 열릴 때부터 마지못해 눈을 뜨고 있던 이하진은 그 모습에 삐딱하게 기대고 있던 몸을 바로 했다.

"무슨 일입니까?"

지금까지 한마디도 하지 않던 이하진이 묻자 회의실에 있던 대부분이 움찔했다. 감정을 잘 드러내지 않는 이경윤이 동요하고, 권태로운 기색이 역력하던 이하진이 관심을 드러냈다. 현 장주와 미래의 장주 모두가 평소와는 다른 모습을 보이니 어찌 놀라지 않을 수 있겠는가.

이경윤은 대답 대신 종이를 쥐고 있던 손에 힘을 주며 전서구용 종이를 들고 온 무사를 봤다.

"이것이… 사실이냐?"

눈에서 불이 이는 듯했다. 무사는 차마 시선을 마주치지 못하고 목이 부러져라 고개를 숙이며 대답했다.

"그, 그렇습니다."

"그럼… 그럼 하원은?"

꽝!

이경윤의 말이 떨어지기 무섭게 의자가 뒤로 넘어갔다. 이하진이 벌떡, 자리를 박차고 일어난 것이다.

"그게 무슨 말입니까? 하원… 하원의 소식입니까?"

흥분으로 목소리가 떨렸다. 하지만 이경윤은 대답하지 않았다. 아니, 못했다. 막 뒷면을 보고 그만 눈을 감아버렸던 것이다.

이하진은 참지 못하고 성큼성큼 걸어가 이경윤에게서 종이를 낚아챘다. 무례한 행동이었지만 누구도 탓하지 않았다.

"삼 년 전, 팔황성 본거지 소탕 작전 시 있었던 폭발 후 행방불명이던 장승주, 육단원, 모용은성, 남궁윤, 서현, 양신얼, 성정립, 목시인, 황보영, 팽여문, 육강, 육세명, 윤서령, 유일, 진관혁, 정태현, 여욱, 소의한, 윤휴, 권욱, 하석유, 윤세형, 진중광, 단경, 초연홍, 곽헌, 정주립, 왕승균, 이의민(李義民), 탁경은(琸輕銀), 순두우(舜杜宇), 초도언(超徒言), 일세인(溢世仁)… 냉무진. 도합 서른넷 귀환?"

거기까지 읽고 고개를 들어 이경윤과 이경영을 번갈아 보았다.

"그럼 다른 사람, 아니, 하원은? 하원은 어떻게 된……."

하다가 종이를 뒤집어 보고는 입을 그만 다물어 버렸다.

종이 뒷면에는 '귀장의 이하원, 은상 여전히 행방묘연. 귀환한 이들 역시 지난 삼 년간 그들을 만나지 못했다고 함'이라는 글귀가 덧붙여져 있었다.

당시 사건의 현장은 생존자가 있을 수 없다, 말하고 있었다. 그런데 한꺼번에 서른넷이 살아났다. 기적. 바로 그것이었다. 하지만 그 속에 이하원은 없다. 게다가 생존자들 역시 이하원의 행방을 모른다고 한다. 그것이 무엇을 뜻하는 건지 대번에 머리 속을 스쳐 지나갔다.

'아니야.'

이하진은 급히 머리를 흔들었다.

죽었다고 생각했던 이들이 돌아왔다. 분명 동생도 어딘가에 살아 있을 것이다. 실컷 걱정시키고 언제 그랬냐는 듯이 나타날 것이다.

그래, 그럴 것이다.

이하진은 서른넷의 생존자들 중에 이하원이 없으며, 그들 역시 이하원의 행방을 알지 못한다는 사실이 뜻하는 바를 머리 속에서 사그리 지워 버렸다.

이하진은 멍하니 창밖을 바라보았다.

처음 동생이 생겼다는 것을 알았을 때 달려가 기다리고 또 기다렸던 담장. 그 후로 스무 해가 지나 처음으로 대면했던 뜰. 강호행을 떠나겠다는 소리에 나중에 강호가 안정되면 그때 같이 가자고 설득했던 후원. 그 모든 것이 한눈에 들어왔다.

이하원이 사라진 후로 일과처럼 들르는 동생의 처소.

언제나 무료한 기색이다가도 이곳에만 오면 애틋함을 드러내던 이하진이다. 그런데 왜인지 오늘은 이곳에 들러서도 어딘가 멍해 보인다. 강 총관이 걱정스레 보는데 이하진이 입을 열고 툭, 던지듯 말했다.

"아무래도 이 자리를 버려야겠소."

"네? 그게 무슨 말씀이십니까?"

뜬금없는 이하진의 말에 강 총관은 의아한 표정이 되었다. 그러자 이하진이 단호한 음성으로 다시 말했다.

"이 자리를 버리겠다고 했소. 소장주라는 자리, 버리겠소."

"……!!"

강 총관의 눈이 홉떠졌다.

더 이상 놀랄 수도 없을 만큼 놀라 말도 나오지 않았다. 그는 한참만에야 겨우 마른침을 삼키고 입을 뗐다.

"그, 그게 무슨 말씀이십니까? 소장주 위를… 버리시겠다니요? 어떻게 오르셨는데, 갑자기… 갑자기 왜 그러십니까? 무엇 때문에요?"

그는 요즘의 이하진을 이해할 수 없었다.

이하진이 커오는 동안 옆에서 지켜본 그는 한 번도 이하진이 소장주의 자리를 원하지 않는 일이 벌어질 것이라고는 생각지 않았다.

그 정도로 노력해 왔다.

여기까지 오기 위해 온갖 멸시를 다 참아내며 고생했다. 그런데 언제부턴가 소장주 자리에 관심을 끊더니 삼 년 전부터는 그 어떤 것에도 관심을 가지지 않게 되어버렸다. 이십 년이 넘도록 함께해 온 냉무진의 생사를 알 수 없어서 그런 건가 했지만, 어제 냉무진이 살아 있음을 알게 되었는 데도 시큰둥한 것을 보면 아니었다. 곧 정신을 차리고 원래의 이하진으로 돌아오리라 생각했지만 그것 역시 아니었다.

이하진은 여전했다.

이 년 전, 어릴 때만 해도 그토록 원했던 자리에 앉았을 때도 기뻐하기는커녕 시큰둥하기만 했다. 지난 이 년간 소장주로서의 일을 하기는 했지만 어떤 열의도 없어 보였다. 그러더니 급기야는 소장주 자리를 버리겠다고 하다니!

이건 어이가 없다거나 황당한 정도가 아니었다.

화도 나지 않았다. 그저 슬펐다. 무엇이 저리도 이하진의 비어버린 마음을 채워주지 못하는 건지, 그게 가슴 아팠다. 그의 곁에 있는 누구도 그에게 어떤 의미가 되어주지 못하는 게 느껴져 속이 쓰렸다.

그때 이하진의 중얼거림이 들려왔다.

"그래, 버릴 거야. 그럼 돌아오겠지. 내가 계속 이 자리에 있으면 나 때문에 돌아오지 않을지도 몰라. 돌아오지 못할지도 몰라. 그러니 돌아올 수 있게, 웃으며 돌아올 수 있게 자리를 비워둬야겠어. 자리를 만들어둬야겠어. 그럼… 그렇게만 하면 분명 돌아올 거다."

갑자기 이하진이 무릎을 탁, 쳤다.

"그래! 결심했으면 바로 실행에 옮겨야지. 안 되겠다. 지금 장주를 뵈어야겠어."

"소, 소장주!!"

이해할 수 없는 소리를 중얼거리는가 싶더니 급기야 장주를 뵙겠다는 소리까지 튀어나오자 강 총관은 깜짝 놀랐다. 지금 말리지 않으면 사고 한 번 단단히 칠 듯했다.

그는 심장이 떨리는 걸 채 추스르지도 못하고 따라 일어나며 급히
소리쳐 불렀다. 하지만 이미 이하진은 방을 뛰쳐나간 후였다.

풍림장 장주의 처소.

강 총관에게는 다행이라고 해야 할까? 이하진의 말이 떨어지기 무섭
게 이경윤은 생각해 보지도 않고 단번에 거절했다.

"안 된다."

"……."

순간 이하진은 말문이 막혔다.

기다렸다는 듯이 받아들여 소장주의 직위를 폐할 것이라 생각했다.
그런데 오히려 거절을 하다니? 그것도 망설임조차 보이지 않고 이토록
단호하게!

"어째서입니까?"

믿을 수 없다는 표정으로 보다 따지듯 물었다. 그러자 이경윤이 고
개를 들어 그를 봤다.

잠시 그렇게 이하진을 보다 고개를 내려 거의 삼 년 만에 다시 시작
한 난 치기로 시선을 돌렸다. 그리고는 먹물을 듬뿍 묻혀 난을 치기 시
작했다. 말로 하지는 않았지만 축객령이나 다름없었다. 하지만 이하진
은 꼼짝도 하지 않았다. 답을 듣기 전까지, 아니, 자신의 말을 들어주
기 전까지 물러날 생각은 없었다.

거의 두 시진가량 난 치기를 한 이경윤은 아직도 먹물이 번들대는
화선지를 들어 보며 입을 열었다.

"내가 납득할 수 있는 타당한 이유를 들어봐라. 그럼 생각해 보마."

받아들여 주는 게 아니라 겨우 생각해 보겠다?

어이가 없었지만 이하진은 급히 머리를 굴렸다.

"전… 그릇이 작습니다. 풍림장 같은 거대 장을 다스릴 능력이 되지 않습니다. 하니 제 직위를 폐하여 주십시오."

잠시 뜸을 들이다 대답하자 이경윤은 노골적으로 눈살을 찌푸렸다.

"그 뜻은 장로들과 내가 능력도 되지 않는 이를 차기 장주로 삼으려 했다는 말이냐?"

"그런 것이 아니라, 아마도 저를 과대평가한 것이 아니겠습니까? 본인의 능력은 자신이 가장 잘 아는 법입니다. 확언하건대, 이런 거대 장을 다스릴 만한 능력이 제게는 없습니다. 그러니……."

"혹 하원이 살아 있으면서 너 때문에 돌아오지 않는 게 아닌가 하는 생각을 하고 있겠지."

"……."

갑자기 말을 뚝 자르더니 핵심을 정확히 찌르고 들어오는 이경윤으로 인해 이하진은 입만 벙긋댔다. 뭐라 말은 해야겠는데 말이 나오지 않았다. 쯧, 이경윤이 혀를 차며 말했다.

"좀 더 진중하고 생각이 깊은 녀석인 줄 알았더니 그도 아니구나."

이하진이 가만히 있자 이경윤은 눈살을 찌푸리고 보다 끝내는 절레절레 고개를 흔들기까지 했다.

이경윤이 말을 이었다.

"하원에 대한 네 마음이 진심이 아니라 생각한 적은 한 번도 없었다. 이복인 데도 너는 하원을 친동생보다도 더 아꼈지. 그런 만큼 비록 오랫동안 같이하지 못했다고는 하나 하원에 대해서 잘 알 것이라 생각한다. 어디 한번 말해보아라. 하원이 네가 소장주의 자리를 버려가며 기다리는 것을 반길 것인가."

"……."

여전히 대답하지 못하는 이하진을 보며 이경윤은 매우 답답하다는 표정을 지었다.

"도대체 너는! 이 년 전, 네가 소장주의 위에 오르는 것에 왜 내가 허락했다고 생각하는 것이냐?"

"그거야 하원의 생사가 불분명하고, 강호 정세가 일촉즉발의 상황이었기 때문이 아닙니까? 그런 상황에서 후계도 제대로 세워놓지 않고 장주께서 잘못되기라도 하면 풍림장 전체가 동요하지 않을 수 없을 테니까요."

이하진이 기다렸다는 듯이 말하자 이경윤은 뭔가 단단히 마음에 들지 않는 듯 재차 얼굴을 찌푸렸다.

"잘 알지도 못하면서 대꾸는 잘하는군. 네가 정히 마음에 들지 않는다면 경영도 있다. 무(武)에 빠져 장의 일에는 관심도 가지지 않는 녀석이지만 그 녀석 역시 어디에도 빠지지 않는다. 하려고만 하면 장주의 일도 잘 처리할 만큼 능력이 있는 녀석이지. 그런데 왜 그 녀석을 후계로 하지 않았을까? 그것에 대해서는 생각해 보았느냐?"

"……."

"모르겠으면 돌아가서 그것에 대해서나 곰곰이 생각해 봐라."

이경윤이 더 이상 할 말이 없다는 듯 휘휘 손을 저었다. 단호하기까지 한 말에 잠시 생각하는 표정이 되었지만 여전히 알 수 없는 듯, 이하진은 미간을 찌푸렸다. 그리고는 고집스런 표정으로 다시 말했다.

"그런 것 생각하고 싶지 않습니다. 제 직위나 폐해주십시오."

"안 된다고 했다. 돌아가라."

"장주!"

이하진이 소리치자 더 이상 참지 못한 이경윤이 역정을 냈다.

"돌아가라고 했다! 안 된다 하질 않느냐. 아니, 싫다! 그리하는 것은 내가 싫으니 헛짓 그만 하고 돌아가!"

"장······."

꽝!

이경윤이 서안을 내려쳤다.

"내 말이 말같이 들리지 않는단 말이냐? 어디서 말대꾸를 해! 종아리를 치기 전에 썩 나가라!"

이하진의 입이 벌어졌다.

종아리를 치겠다니? 한두 살도 아니고 서른을 넘긴 지가 언젠데 버릇을 가르치기라도 하겠다는 건가? 지금껏 한 번도 자신을 아들로 봐주지 않았으면서 새삼 아버지 행세라도 해보겠다 이건가?

어이가 없었다. 그전에 이해할 수가 없었고. 황당함에 멍하니 있으려니 이경윤이 다시 한 번 서안을 내려쳤다.

"내 기어이 회초리를 들어야 나가겠느냐?!"

주위를 두리번거리며 정말 회초리를 찾는 모습에 이하진은 그만 더 이상 우기지 못하고 물러나고 말았다. 장주의 처소를 나서면서도 이하진은 여전히 정신을 차릴 수가 없었다.

第六章
사필귀정(事必歸正)

사필귀정(事必歸正)

이하원의 한쪽 눈썹이 위로 치켜 올라갔다.

"즉, 싫다, 이겁니까?"

그 말에 떨어지기 무섭게 탕! 바닥이 울렸다.

"하세인! 영선휘! 이게 뭐 하는 짓거리냐? 살아 돌아왔으면 능히 그 사실을 알리고 내게 문안을 오는 것이 이치이거늘, 감히 몰래 이 요상하게 생긴 놈을 끌고 들어와서 협박을 해? 네놈들이 정녕 일검에 죽고 싶은 것이더냐?!"

대답은 않고 하세인과 영선휘를 향해 노성을 터뜨리는 중년인의 모습에 이하원은 푹, 한숨을 내쉬고 말았다.

"결국 이렇게 되는 건가?"

중얼거리는 말은 낮았지만 그곳에 있는 이들이라면 충분히 들을 수 있을 정도였다. 그에 하세인과 영선휘도 이마를 짚으며 절레절레 고개를 저었다.

"그러게 안 된다니까⋯⋯."

"노인네들 중에서 가장 까다로운 노인네라니까요. 특히 그 성질이 어쩌나 더러운지, 극단적이고 잔인하기로 이름이 높았지요. 그러게 제가 누누이 말씀드리지 않았습니까. 결과가 뻔히 보이니 일부터 치고 보자고. 설득은 무슨 놈에 설득을 해보겠다고⋯⋯."

하세인과 영선휘가 한마디씩 했다.

그래도 혹시나 하고 있던 이하원은 꽤나 실망한 표정이었다. 하지만 이미 결론은 나 있었다.

"어쩔 수 없군."

말이 채 끝나기도 전에 그는 발끝에 힘을 줘 바닥을 밀며 몸을 띄웠다. 그리고 동시에 검을 뽑았다.

차앙—

눈으로 좇을 수도 없을 만치 빠른 발검이었다.

갑작스런 공격에 기세등등하게 소리치던 중년인은 깜짝 놀라 미끄러지듯 뒤로 물러났다. 급히 허리춤에 손을 얹었지만 검을 어디다 풀어두었는지 잡히지 않았다. 그는 탁자 위까지 날듯이 움직여 그릇 위에 놓여 있는 젓가락을 쥐었다. 검지와 중지 사이에 끼고 미간을 노리며 찔러 들어오는 이하원의 검을 막았다.

사악—

귀 기울이지 않으면 들리지 않을 정도로 미세한 소리가 들리는가 싶더니 어느새 젓가락은 반으로 잘려 나가 있었다. 툭, 바닥으로 잘린 젓가락의 반이 떨어졌다.

중년인의 눈이 흡떠졌다.

검과 젓가락.

어떻게 봐도 젓가락으로 검을 막아낼 수 있을 것이라고는 생각할 수 없다. 하지만 중년인, 그가 누군가? 팔황성을 지탱하는 칠대 황주 중 한 명이다. 그런 그가 십성에 달하는 내력을 실었다. 그 순간 젓가락은 젓가락이되 결코 평범한 젓가락이 아니었다는 말이다.

그런데 이토록 간단히 잘리다니? 그것도 자신에 비해 못해도 배에 배는 더 어려 보이는 놈에게!

"네, 네놈……."

뭐라 말을 하려 입을 뗐지만 그 말은 끝까지 이어지지 않았다. 상대가 말할 시간조차 허용하지 않았던 것이다. 검을 팔 안쪽으로 돌려 팔꿈치에 붙이더니 그대로 팔을 중년인 쪽으로 밀었다. 이하원의 팔꿈치는 정확히 중년인의 목을 노리고 있었다.

"어딜!"

중년인은 목을 뒤로 빼며 남은 젓가락에 십이성의 내력을 실었다. 그 끝으로 이하원의 곡지혈(曲地穴)을 노렸다. 이하원은 중년인의 목을 향해 들어가는 속도를 늦추지 않고 손목을 기이하게 비틀었다. 그러자 검날 사이로 드러나 있던 곡지혈이 검에 가려졌다.

타앙!

젓가락의 끝이 검날에 맞닿았다. 궁극적으로 젓가락은 이하원이 중년인의 목을 노리는 것을 막은 것과 같은 효과를 보였다. 하지만 그 한 번의 부딪침으로 젓가락이 구부러졌다.

'어떻게 나무젓가락이…….'

쇠 젓가락도 아니고 나무젓가락이 부러지지 않고 구부러졌다는 것은 어떻게 생각해도 황당했다.

도대체 이놈은 뭐지?

이제는 노기가 이는 것을 뛰어넘어 분노가 치솟았다. 정체도 알 수 없는 놈에게 천하의 민극이 당하고 있다고 생각하니 끓어오르는 울화를 참을 수가 없었다. 몇 번의 공방이 오가는데 옆에서 멀뚱히 구경만 하고 있는 하세인과 영선휘에게도 화가 치밀어 올랐다.

그는 찌릿하고 울리는 손가락을 한 번 쥐었다 폈다.

"이 쳐죽일 놈들! 오늘 모조리 숨통을 끊어놓고 말겠다!!"

노기 가득한 음성이 방 안을 울렸다.

그는 허리띠를 뽑아 들어 내공을 주입했다. 흐물거리던 허리띠가 빳빳하게 일어서자 즉시 그것을 휘둘러 상대를 공격했다. 이하원은 검을 위로 던지고 옆구리를 공격해 들어오는 허리띠의 끝을 움켜잡았다. 팽팽하게 천이 당겨지자 허리띠를 당기며 천천히 손에 말아 쥐었다.

내력 대결이라도 해보자는 건가?

민극은 황당하기 그지없는 시선으로 애송이를 봤다. 비록 몇 번의 공방에서 내력에 밀리는 듯한 인상을 준 것은 사실이지만, 그렇다고 자신이 내력에서 밀린다고 생각한 적은 한 번도 없었다. 엄연히 그는 일갑자가 넘는 세월을 살아왔던 것이다.

그런데 감히!

민극은 한꺼번에 모든 공력을 허리띠 끝으로 밀어 넣었다. 칠공에서 피를 쏟으며 쓰러질 애송이 놈의 모습을 기대하며. 하지만 어처구니가 없게도 상황은 반대가 되었다. 무슨 현상인지 이해할 수 없는 금빛이 이는 순간 내력이 급격히 역류했다.

"컥!"

민극은 목구멍을 타고 올라오는 피를 삼키지 못하고 토했다. 동시에 온몸에서 내기가 들끓기 시작했다. 역류해 흐른 내력은 급격히 단전으로 몰려들었고, 막을 틈도 없이 기혈을 타고 퍼져 갔다. 빠르게 몸의 지배권이 사라지고 뻣뻣하게 굳어가기 시작했다. 조금 전까지만 해도 새파란 광망을 쏘아내던 눈동자가 급격히 빛을 잃어갔다.

'어째서……?

숨이 잦아들어 가면서도 민극은 지금의 상황을 이해하지 못했다. 그러다 가슴이 몹시도 답답함을 느꼈다. 시선을 내리자 앞가슴에 삐죽이 튀어나와 있는 검끝이 보였다.

도대체 언제?

분명 상대가 검을 공중으로 던지는 것을 봤다. 그런데 어째서 검이 자신을 찌르고 있는 걸까? 그것도 검날이 앞으로 튀어나오도록. 그것은 뒤에서 공격을 했다는 건데, 분명 그의 뒤에는 그 누구도 없었다. 하세인과 영선휘도 옆쪽에 있었고.

그런데 어째서? 아무리 생각해도 이해할 수가 없었다.

그는 가만히 서서 쓰러지는 자신을 보고 있는 애송이를 향해 고개를 들었다.

끼이익.

목에서 기이한 소리가 나는 듯했다. 하지만 그는 그것보다 방금 살인을 저질렀다고는 믿을 수 없으리만치 담담한 애송이의 눈빛에 등골이 쭈뼛해짐을 느꼈다.

잔혹한 성정답게 그간 많은 이를 파리 잡듯 죽여온 그였지만 살인 후 저토록 무심한 눈빛을 한 적은 결단코 없었다.

겨우 이십대 중반이 되었을까 싶은 나이에 저런 눈빛이라니, 질릴 정도였다. 그러다 문득 애송이의 나이가 이십대 중반이라는 것과 함께 조금 전 금빛이 번쩍였음이 떠올랐다. 그에 연상되듯 뇌리를 스치는 단어가 있었다.

어둠 속으로 잠겨가던 민극의 눈동자에 경악의 빛이 스치듯 지나갔다.

"서, 설마… 금… 금검……?"

상대의 얼굴에 이채가 서리는 광경을 마지막으로 눈에 담은 민극의 고개가 툭, 힘없이 바닥으로 기울었다. 언젠가 두고 보자고 벼르던 상대에게 오히려 목숨을 잃는 순간이었다.

그렇게 모든 상황이 종료된 후, 이하원은 주검이 된 민극의 몸에서 검을 뽑았다. 그리고는 혈흔을 털어내며 중얼거렸다.

"이번에도 실패로군."

"어쩔 수 없지 않습니까. 성주나 소성주보다 석운적을 더 믿는다는데 어쩌겠습니까. 게다가 설득을 해도 듣지 않으니 방해가 되지 않도록 없앨 수밖에요."

삼 년 전만 해도 상사였고, 개인적으로도 친분이 있는 자의 죽음인데도 하세인은 지극히 담담했다. 썩 위로 같지 않은 위로의 말에 이하원은 닦아낸 검을 검집에 꽂으며 입을 뗐다.

"뭐, 어쨌든 이걸로 사전 준비는 모두 끝났군."

"그렇지요. 생각 외로 간단하게 끝났네요."

이하원은 살풋 미간을 찌푸렸다.

"그렇게 간단한 문제가 아니야. 이걸로 우리는 단 한 명의 황주만을 회유한 게 되는데, 그렇게 되면 일이 어려워진다."

"네?"

"제가 보기에는 그다지 나쁜 것 같지 않은데요? 우리가 회유한 황주는 비록 한 명뿐이지만 어쨌거나 여섯 황주 중 셋이 전 성주의 편이고 한 명이 우리 편인 만큼, 또 나머지 두 황주를 처치해 버린 만큼 석운적의 세력이 약해졌으니 따지고 보면 유리한 거 아닙니까?"

어리둥절해하는 영선휘의 뒤를 이어 하세인이 물었다. 이하원은 드물게 침울한 표정으로 고개를 저었다.

"내가 성주로 올리고 싶은 이는 무결이다."

"그런데요?"

영선휘는 더 더욱 이해할 수가 없다는 표정이었다. 하지만 하세인은 그 말을 듣자 대번에 눈치 챘다.

"그렇군요. 주군과 약조를 한 이는 소성주였지요. 전 성주가 성주의 자리를 탈환하면 그 약조는 소성주가 성주 위에 오를 때까지 뒤로 미뤄지는 것이니까. 흠, 문제가 많군요."

"어쨌거나 전 성주를 따르기로 한 황주들도 우선은 우리에게 도움을 주기로 약조하였으니 그렇게까지 최악의 상황은 아니라고 생각합니다. 전 성주를 따른다는 건 현 성주에게 불만이 있다는 것과 마찬가지이고, 황주들이 그런 만큼 성내의 일반 무인들 역시 현 성주에게 무언가 불만이 있을 겁니다. 우리는 그 틈을 파고들면 되는 거구요. 그러니 너무 심려하지 마십시오."

드물게 영선휘가 진지한 음성으로 위로했다. 이하원은 꽤나 시무룩해했지만 곧 털어내고 말했다.

"하긴, 내일 바로 거사를 치르는 것도 아닌데 내가 너무 쓸데없는 걱정만 하고 있었군. 이렇게 걱정하고 있을 시간에 좀 더 대비해 두는 것이 옳다고는 생각지를 못하고. 어쨌거나 뒤처리나 하도록 하자."

이하원이 주변을 훑으며 하는 말에 그때까지 구경만 하던 하세인과 영선휘가 바빠졌다. 그들은 민극의 얼굴 피부를 벗겨내 인피면구를 만들 재료를 준비하고 주검을 포대에 담았다.

그 뒤로는 일사천리였다.

들어오기 전에 봤던 방 안의 풍경을 기억해 내 물건을 정리하고 밖에서 미리 대기하고 있던 사내를 불러들였다.

그 사내에게 민극에게서 벗겨낸 얼굴 피부와 인피면구를 만들 약물을 준 후 이하원 등은 바로 그 자리를 떴다. 홀로 남은 사내는 속성으로 인피면구를 만들어 쓰고 거사일까지 민극의 대역을 하게 될 것이었다. 만에 하나 들키는 일이 없도록 폐관수련을 명목으로 바깥 활동은 일체 하지 않으면서.

그것은 민극 이전에 석운적을 철썩같이 믿고 따르던 다른 황주들에게 했던 것과 조금도 다르지 않았다.

깊은 밤.

고요하게 잠겨들어 있던 모용세가 전체가 갑작스런 소란에 크게 진동하며 깨어났다.

"기습이다!"

"적의 기습이다!!"

비명 소리와 함께 들리는 외침에 장승주는 벌떡 자리에서 일어났다. 벌컥, 문이 열리며 서현이 들어왔다.

"갑자기 이 무슨 날벼락인가?"

"백교의 기습이다. 한시가 시급하니 준비해라."

문기가 무섭게 서현은 그렇게 말하고 바로 문밖으로 사라졌다. 뒤이어 장승주의 처소 주변을 포진하듯 들어서 있던 건물 곳곳에서 문이 열리며 제대로 옷도 갖추지 못한 이들이 우르르 쏟아져 나왔다.

"가자!"

막 달려가려던 이들이 장승주를 발견하고 도열하자 그는 말과 함께 지체없이 격전이 벌어지고 있는 곳으로 달려갔다. 그리고 그 뒤를 우르르 서른이 넘는 무사들이 따랐다.

챙― 챙―!

"으악!!"

"컥!"

쉼없이 이어지는 비명 소리와 그에 맞추어 쓰러지는 이들.

상황은 그야말로 말이 아니었다. 오늘 낮에 쳐들어온 천검파의 공격을 저녁때까지 방어했다. 그러다 보니 다들 지친 상태였다. 위안이라면 지금까지 그래 왔듯 오늘 안으로 적이 재차 공격을 감행하지 않으리라는 것이었다. 그런데 지금, 그렇게 믿었던 사실이 깨어졌다.

워낙 예기치 못한 기습이라 피해는 더욱 컸다.

건물 하나하나를 감싸듯 둘러져 있는 벽이 온통 붉게 물들어 있었다. 시커먼 배경 속에 드러나는 붉은빛은 흠칫할 만큼 음침했다. 그 참혹한 광경에 절로 등골이 오싹해졌다.

차앙!

장승주는 검을 뽑으며 외쳤다.

"모두 흩어져 적의 수뇌로 보이는 이들을 처치해라!"

삼 년간의 목숨을 건 사투 덕분일까? 정파인들 역시 지금껏 마도와 사파 연합을 상대로 싸움을 해왔음에도 불구하고 그들에 비해 월등히 강한 게 장승주 일행이었다. 그렇다 보니 장승주는 서로 뭉쳐 방어를 하기보다는 흩어져 적 수뇌들의 목숨을 끊어놓는 게 더 낫다고 판단했다.

아무래도 그렇게 하면 이 빗발치는 공격이 어느 정도는 수그러들지 않겠는가?

지난 삼 년간 죽음과 동고동락했기에 정파인들 대부분이 정신을 차리지 못하는 상황에서도 장승주의 일행은 침착했다. 장승주의 명이 떨어지기 무섭게 그들은 사방으로 흩어져 그중 강해 보이는 이들을 골라 공격하기 시작했다. 장승주 역시 정면에서 정파인들을 무 베듯 베고 있는 중년인을 향해 몸을 날렸다.

챙—!

"헉!"

빛이 튀었다.

중년인, 이번 정파 연합을 상대할 책임자로 이 일대를 맡고 있던 유운주(柳雲珠)는 주춤 한 걸음 뒤로 물러났다. 그러나 곧 팍, 안면을 구겼다. 다른 사람도 아니고 자신이 한 걸음이라도 뒤로 밀렸다는 것에 그의 높디높은 자존심에 금이 가는 것을 느꼈다. 하지만 그보다 호승심이 먼저였다.

한 수도 제대로 막아내지 못하는 이들을 도륙하다 자신의 일검을 받아내는 이를 만나게 되었으니 어찌 기쁘지 않으랴.

그는 어떤 인물이 감히 겁도 없이 자신의 공격을 막아냈나 싶어 고개를 들었다. 하지만 상대를 보기 무섭게 그는 경악했다. 그 상대라는 이가 아무리 많이 봐줘도 이십대로 보였던 것이다.

'어떻게⋯⋯.'

엄마의 뱃속에서부터 무공을 익혔다 해도 불가능하리라 싶을 만큼 상대는 고강한 무공을 지니고 있었다.

그리고 그 상대, 장승주 역시 놀라기는 마찬가지였다.

지금껏 수많은 이들을 상대해 왔지만 이자만큼 강한 이를 만나기는 처음이었다. 지난 삼 년간 동굴에서 지내며 이하원의 도움으로 십성에 달하는 신공을 익힌 그였다. 타 문파의 장문들에 비해서도 결코 뒤지지 않는 실력을 가졌다 자부했다. 그런데 그런 그를 상대로 호각을 이루는 상대를 만났으니 어찌 놀라지 않을 수 있겠는가.

'모처럼 싸움다운 싸움을 해보겠군.'

그는 기쁜 기색을 드러내며 한차례 미소를 짓고는 뒤로 밀리는 힘을 이용해 빙글, 공중제비를 돌아 발끝으로 바닥을 박차고 다시 몸을 날려 공격했다. 그 한 수에는 칠성에 해당하는 공력이 실려 있었다.

차앙—!

두 번째로 검이 부딪쳤다.

유운주는 십성의 공력을 끌어올려 맞부딪쳐 갔다. 이번에는 누구 한 명 뒤로 밀리는 이가 없었다. 이어 빠르게 몇 번의 초식이 오갔다. 그리고 장승주는 조금씩 공력을 늘려갔다.

한 번씩 검이 부딪칠 때마다 유운주는 이맛살을 찌푸렸다.

특별히 보검 같아 보이지 않는데 부딪친 검은 매우 무거웠다. 겉과는 달리 중검인가 싶었지만 검을 나눔이 늘어남에 따라 무거워지는 것을 보면 그것도 아니었다. 지금의 상황은 쉽게 말해 장승주의 내력이 그를 넘어선다는 것을 뜻했다. 유운주는 그것을 인정하고 싶지 않아 고집스레 정공으로 나가는 것이었고, 그럴수록 충격을 받는 쪽은 아무래도 상대적으로 내력이 약한 유운주 쪽이었다.

울컥.

피가 목울대를 타고 올라왔다. 입 안에 비릿한 향이 퍼졌다.

그는 꿀꺽, 그것을 삼켰다. 가슴이 답답했다. 내뱉었다면 조금은 시원했을 텐데 그놈에 자존심이라는 것이 뭔지, 멀쩡해 보이는 상대를 두고 피를 토하는 모습을 보여주기 싫은 마음에 유운주는 그를 무시했다.

'이런 젠장.'

그는 얼마 가지 않아 선혈을 도로 삼킨 것을 후회했다. 울혈을 삼켜 기가 원활히 소통하지 않음을 느낀 것이다. 인정하고 싶진 않으나 원래 장승주에 비해 뒤처지는 실력이던 그다. 그런데 몸 상태조차 좋지 않자 얼마 지나지 않아 그 차가 확연히 드러났다.

결과는 곧 나왔고, 요녕 일대의 백교 전체를 총괄하고 있던 책임자는 허무하게 장승주의 일검에 생을 마감했다.

책임자가 죽고 서현 등이 곳곳에서 고수로 보이는 이들만 골라서 처리하자 싸움은 얼마 안 가 끝이 났다. 정파 쪽 수뇌들은 급히 장내를 정리했다. 역시 피해는 어마어마했다. 지금까지와는 비교도 할 수 없을 정도라서 잘 막아내고도 모두 침중한 표정이었다. 그들은 절로 터져 나오는 한숨을 참지 못했다.

그 사이에서 싸늘하게 식어가는 주검을 앞에 두고 검을 닦던 장승주는 서현이 가져온 소식에 팍, 인상을 썼다. 간만에 강한 상대를 만나 일었던 기분 좋은 흥분은 이미 싸늘하게 식어버린 지 오래였다.

"몇이라고?"

"둘."

서현은 침통한 표정으로 눈을 감았다 뜨며 대답했다. 장승주는 눈살을 찌푸리고 보다 말했다.

"아직 상황이 채 정리되지 않았는데 빨리도 알았군. 그래, 누구누구인가?"

"그게, 풍림장 쪽이다."

"으음……."

머리를 긁적이며 하는 말에 장승주는 그만 신음하고 말았다.

하필이면 풍림장 사람이라니! 그렇다고 그들 아닌 다른 이가 희생되길 바라는 것은 결코 아니었지만, 그래도 이하원이 자신을 믿고 맡긴 상황에서 이하원과 같은 풍림장 무사가 희생되었다니 속이 쓰리지 않을 수 없었다.

장승주는 짜증스레 머리카락을 쓸어 넘겼다.

"지난번에도 한 번 이야기했고 또 자네도 익히 알고 있겠지만, 철저히 배타적인 강호에서 형님의 뜻을 이루기 위해서는 원치 않으실지 모르나 형님께서 직접 맹주가 되는 것이 가장 확실한 길이라고 할 수 있다. 그러자면 무엇보다 어느 때고 완벽하게 신뢰할 수 있는 세력이 필요하고."

"그렇지."

같은 생각이었기에 서현은 당연히 고개를 끄덕였다.

장승주가 말을 이었다.

"한데 유감스럽게도 현재로서는 형님께서 신뢰하고 일을 맡길 수 있는 이는 우리들밖에 없는 실정이다. 그리고 사실 우리는 원래부터 소수정예의 성격이 강했지. 하지만 그렇다고 이런 식으로 조금씩 수가 줄어든다면 나중에는 형님의 힘이 되어주지 못할지도 모른다."

은상이나 풍림장의 무사들은 예전부터 완벽히 이하원의 사람이었다.

하세인이나 영선휘 등 삼 년 전까지만 해도 팔황성 소속이었던 이들 역시 지금은 몸과 마음을 다해 이하원을 주군으로 모시고 있었다. 모용은성이나 남궁윤은 말할 것도 없다. 그들 모두는 이하원을 '주군'이라 불렀다. 하지만 장승주나 서현 등은 아니었다.

장승주는 이하원을 '둘째 형님'이라 불렀고, 서현 등은 '이 형'이라 불렀다. 하지만 그것은 그저 형태의 차이일 뿐이었다.

지금껏 주군이라 부른 적은 단 한 번도 없었던 데다 각기 소속이 다르고, 친지가 있고, 사부가 있었지만 이미 마음속으로는 이하원을 주군으로 여기고 있었다. 그렇기에 드러내 놓고 이하원에게 말하지는 않았지만 모두들 그를 최초의 무림맹주로 만들 생각을 하고 있었던 것이다.

"그래서 어쩌자는 말인가?"

역시 같은 생각을 하고 있던 서현이 심각한 표정으로 물었다. 장승주는 푹, 한숨을 내쉬었다.

"그럼에도 지금으로서는 딱히 좋은 방도가 생각나질 않아. 그저 이미 죽은 이를 되살릴 수는 없으니 앞으로 좀 더 만전을 기하자는 것밖에는 할 말이 없다. 될지 안 될지는 모르나 그래도 우리들 대부분이 차기 장문이나 장주가 될 확률이 높으니 만일을 위해 자파에서 각기 세력을 모으는 것도 나쁘지 않겠지. 그 세를 나중에 형님을 위해 쓴다면 일석이조의 효과를 노릴 수 있을지도 모르고……."

"그래도 너는 좋겠군. 장가장의 장주는 누가 뭐라 해도 네가 아닌가? 아마 이 형께 가장 힘이 되는 이는 너일 것이다."

이른 나이에 많은 책임을 짊어진다는 것이 얼마나 힘들고, 또 때에 따라서는 괴로운 일인지 모를 서현이 아니었다.

차기 무당 장문이라는 소리를 듣긴 했지만 그 자리가 얼마나 힘든지 알기에 지금껏 단 한 번도 장문의 자리에 탐을 낸 적이 없었다. 당연히 젊은 나이에 많은 짐을 짊어진 장승주가 불쌍하게만 보였었다. 그런데 지금은 그런 그가 왜 이리 부러운 걸까?

서현은 절레절레 고개를 저으며 한숨을 내쉬고 말았다.

톡톡, 탁자를 두드리던 이하원이 어느 순간 입을 열었다.

"이대로는 안 돼."

중얼거리듯 흘린 말이었다. 하지만 하세인이나 영선휘는 그 말을 흘려듣지 않았다. 무료하게 앉아 있던 하세인이 고개를 들었다.

"아직 세가 부족하다는 말씀이십니까?"

무엇이 안 된다는 건지 가르쳐 주지 않았는 데도 하세인은 그 말만으로 이하원의 뜻을 정확히 알아들었다.

이하원은 작게 고개를 끄덕이고 미간을 찌푸렸다.

"부족한 정도가 아니다. 이대로라면 필패(必敗)야."

"그 정도입니까?"

"음."

이하원이 고개를 끄덕이자 하세인과 영선휘도 미간을 찌푸렸다.

"그럼 어떻게 하지요?"

"그냥 석운적만 처치하면 되는 거 아닙니까? 석운적 정도라면 이놈이랑 둘이서 연합하면 어떻게 될 듯도 한데……."

영선휘가 하세인의 어깨를 툭, 치며 말했다. 하세인은 매우 기분 나쁘다는 표정으로 탁! 소리가 나게 그의 손을 털어냈다. 영선휘가 처진 손을 내려다 봤다.

잠시 멍해 있던 영선휘의 얼굴이 순식간에 달아올랐다.

"야, 이 빌어먹을 놈아! 내 손이 더럽기라도 하다는 말이냐? 왜 쳐내! 쳐내기를!"

"건드리지 마라. 바보 병 옮겠다."

버럭, 소리치며 따지는 영선휘에게 하세인은 그렇게 말하고 의자를 옮겨 거리까지 띄었다. 정말 바보 병이라는 게 있어 옮을까 봐 걱정이라도 되는 것처럼.

영선휘는 참지 못하고 자리에서 벌떡 일어났다.

"뭐라고?!"

"그렇잖아? 석운적은 혼자 있는다더냐? 황주로 있을 때도 남을 믿지 못해 그림자를 줄줄이 달고 있던 자다. 그런 자가 성주가 되었단 말이야. 그것도 성을 뒤집어가면서. 그랬으니 황주로 있을 때보다 적도 더 늘어났을 테고, 그런 만큼 자신의 안전에 더욱 심혈을 기울였을 터. 모르긴 몰라도 황주 때의 최소 두 배는 넘는 힘을 곳곳에서 숨겨놓았을 걸? 그런데 네놈과 둘이서 뭘 해?"

하세인은 피식 웃고 말을 이었다.

"멍청한 것도 정도가 있어야지. 수준이 안 맞아서 네놈이 못 알아들었다 하더라도 더는 설명해 줄 수가 없다, 나도."

"더 설명할 필요도 없어!"

울컥했지만 영선휘도 하세인이 말하는 것이 무슨 뜻인지 정확히 알아들었다. 그렇다 보니 뭐라 따질 수도 없었다. 어디까지나 이치에 맞는 말이었기에. 그저 도끼눈을 하고 하세인을 노려보다 조용히 다시 의자에 앉았다. 그리고는 머리를 긁적이며 이하원을 봤다.

"그럼 이제 어떻게 해야 합니까?"

"나도 그걸 생각 중인데……."

톡톡.

다시 탁자 두드리는 소리가 주변을 울렸다. 그 후로도 꽤나 오랫동안 정적에 휩싸여 있었다.

얼마 후 이하원이 툭, 던지듯 물었다.

"두 황주로 분하고 있는 이가 사호와 육호였던가?"

"그럴걸요. 그건 왜 물으십니까?"

"그들에게 연락해서 어떻게든 백교에 전 성주가 있음을 석운적에게 흘려보라고 해라. 의심이 많은 석운적이니 만큼 물론 직접 알리는 것은 안 된다. 아무래도 성내에 불만 세력이 아직도 산재해 있고, 그런 만큼 전 성주에 대해 석운적도 신경을 쓰고 있을 터이니, 그 사실이 알려지면 아무리 의심이 많은 석운적이라도 직접 처리하려 할 것이다. 석운적과 그 호위대가 잠시라도 자리를 비우게 되면 그래도 성공할 확률이 그만큼 높아지지 않겠느냐?"

"그렇군요!"

좋은 방법이라고 생각한 하세인은 무릎을 탁! 쳤다.

그들 셋 모두 전 성주의 안전에 대해서는 생각지 않고 있었다.

하세인이나 영선휘는 아무리 전 성주이고 자신들이 이하원을 주군으로 모시기 전 모셨던 이라고는 하나 각자의 마음속에서 둘은 비교가 불가한 차이가 있었기에 아무렇지도 않았고, 이하원은 전 성주보다 한무결이 성주 위에 오르길 바라는 만큼 역시 한 치의 망설임도 없었다.

그로 인해 전 성주의 안전에 위험이 생기고, 나중에 한무결이 아버지를 팔아 성주의 자리를 되찾았다는 사실을 알게 되었을 때 느끼게 될 괴로움이라거나 죄책감에 대해서는 셋 다 전혀 고려하지 않고 있었다.

창밖을 내려다보다 말고 비스듬히 고개를 틀었다.

"성내의 반응은?"

물음을 던지는 음성은 그 내용과는 상관없이 냉랭하기 그지없었다. 하지만 그 앞에 부복하고 있는 이는 아무렇지도 않게 말했다.

"일부에서는 백교로 가서 전 성주를 모셔오자는 말까지 나오고 있는 실정입니다."

"광마 늙은이가 백교에 있는 것은 확실하고?"

"…정보의 출처가 어디인지 알 수 없는 만큼 확실하다 할 수는 없으나 정황상으로 봤을 때 진실일 가능성이 과반수를 넘습니다."

"진실일 가능성이 과반수를 넘는다라……. 그래, 그렇단 말이지?"

살벌한 미소를 지으며 혼잣말을 하는 이는 다름 아닌 석운적이었다. 영을 보는 눈길에는 파란 살기가 스며 나오고 있었다.

범인이라면 혼절을 하고도 남을 만치 시린 눈빛. 하지만 영은 숙이고 있던 고개를 좀 더 숙일 뿐, 한 치의 미동도 없었다. 가만히 그 모습을 지켜보던 석운적은 천천히 눈을 감았다. 어느새 금방이라도 터져 나갈 듯 끓어오르던 노기는 가라앉은 후였다.

어떻게 할까…….

고민되었다. 신중한 성격답게 본래 이런 일에는 직접 나서지 않는 게 당연하다 생각하는 석운적이었다. 그런데 지금은 고민이 되었다.

다른 이도 아니고 광마 한성우다.

독하기 그지없는 노마. 무공의 고강함도 고강함이지만, 성내의 과반수를 넘어서는 이들에게 절대 충성을 받던 늙은이. 그 때문에 이미 팔황성을 장악한 지 다섯 해가 족히 넘었는 데도 아직까지 완전히 장악하지 못하고 있는 것 아닌가.

이번만 해도 그렇다. 그자가 백교에 있든 말든 무슨 상관이라고 모셔오자는 소리가 들리느냔 말이다.

절대 그냥 넘길 수 없다. 이대로 두었다가는 성내의 광마 추종자들이 광마 늙은이와 연합해 언제 팔황성을 뒤집으려 들지 알 수 없다. 아무래도 이 찝찝함을 없애기 위해서는 한시라도 빨리 처치하는 게 옳을 듯 보였다. 그럼에도 쉽게 결정을 내릴 수 없는 것이, 혹시라도 자신이 보낸 이들이 그쪽에 붙어 오히려 자신을 향해 검을 들이대지 않을까 하는 불안한 생각이 들었기 때문이다. 그렇다고 자신에게 위협이 되지 않을 정도로 적은 수를 보낸다면 광마를 처치할 수 없다.

이래저래 고심하지 않을 수 없었다.

그간 광마의 시체를 찾지 못한 것이 참을 수 없으리만치 찝찝하던 석운적이다. 오늘날 이리 되려고 그리도 찝찝해했던가 싶은 생각이 들었다. 결국 그는 깊은 한숨과 함께 감은 눈을 뜨며 말했다.

"수호대(守護隊) 전원을 준비시켜라. 본좌가 직접 광마를 처치하러 가겠다."

"존명!"

성주가 직접 나선다는 것은 사실 조금 이해가 가지 않는 일이었다. 그럼에도 영은 단 한차례의 반대 의견도 내지 않고 고개를 숙였다. 그리고 말이 떨어지기 무섭게 영의 신형이 잠시 흔들리다 사라졌다.

그렇게 영이 사라지자 홀로 남은 석운적은 다시 창밖으로 시선을 돌렸다. 후원을 내려다보는 얼굴에 못마땅한 기색이 역력했다. 안 그래도 직접 나서야 한다는 것에 울화가 치미는데, 만약에라도 백교에서 광마의 신변을 넘겨주려 하지 않을 시 일전을 불사해야 한다는 생각까지 들자 절로 이가 갈리는 석운적이었다.

준비는 길었지만 행함은 빨랐다.
피잉―
망루에서 불길이 치솟으며 연기가 피어오르자 각지에 은둔하고 있던 이들이 일시에 모습을 드러냈다. 온통 흑색 일색의 복장을 한 이들은 곧장 중앙 성으로 짓쳐 들어갔다.
도움을 주기로 했던 황주와 그 황주의 측근, 역용을 하고 있던 가짜 황주와 역시 그 황주의 측근, 그리고 사전에 한무결과 낙진을 내세워 끌어들인 무인들이 한꺼번에 중앙 성으로 진격해 들어가는 광경은 그야말로 장관이었다.
"가자!"
이하원은 바닥에 내려놓았던 검을 챙겨 들며 자리에서 일어났다.
따지자면 엄연히 이곳은 적진이었다. 약조에 의해 한무결을 도와주고는 있지만 언제 상황이 바뀔지 모른다는 말이다. 게다가 앞으로도 팔황성이 마를 숭상한다면, 이하원이 풍림장의 사람인 만큼 아마도 언젠가는 적으로 만나게 될 이들이었다. 그렇기에 이하원 일행은 될 수 있으면 모습을 드러내지 않은 채 움직이고 있었다.
하세인, 영선휘를 좌우에 두고 가장 나중에 출발한 이하원은 복면으로 단단히 얼굴을 가렸다. 하지만 하세인이나 영선휘는 버젓이 얼굴을 드러내고 있었다. 칠대 황주와 버금가는 사천왕의 위상이 있으니 지금은 모습을 드러내는 게 유리하다고 판단했기 때문이다.

이하원이나 은상과는 반대로 그들은 나중에 이하원을 따라 정파 진영으로 가면 그쪽에서 역용을 하든, 얼굴을 가리든 하게 될 터였다.

챙— 챙—!

"무, 무슨 일이냐?"

"이게 무슨… 반란, 그래! 반란이냐?!"

푸욱—

"크악!"

"컥!"

곳곳에서 병장기 부딪치는 소리와 비명 소리, 아직까지 사태를 파악하지 못한 이들의 외침 소리가 터져 나왔다. 하지만 누구도 설명해 주는 이는 없었다. 조금 전까지만 해도 아군이었던 이들이 적으로 돌변해 검을 들이대자 성내는 혼란에 빠져들었다.

이하원 일행은 맨 뒤에서 앞서 간 이들의 뒤가 뚫리지 않도록 방어하는 것에 중점을 두고 중앙 성으로 향했다.

"끝났군."

주변을 둘러본 이하원이 중얼거리자 막 한 사내를 쓰러뜨린 은상이 검을 거두어들이며 고개를 끄덕였다.

이미 사태는 한쪽으로 기울어 있었다.

밖에서부터 공격을 가한 게 아니라 내부에서 시작된 공격이었기에 미처 막을 틈도 없었다. 거기다 기존 팔황성의 무인들은 여태껏 상황을 이해하지 못하고 있던 터라 석운적을 제외한 여섯 명의 황주와 그 측근들로 이루어진 막대한 무력을 이겨낼 수가 없었다. 그렇기에 그들은 한무결을 필두로 한 이들에 의해 속수무책으로 당하고 있었다.

그때였다.

"모두 항복해라! 항복하면 살려주겠다!"

갑자기 어디선가 외침 소리가 들려왔다.

"같은 팔황성의 사람으로, 이보다 더한 피를 보는 것은 원하지 않으니 항복하는 이들에 한해서는 목숨을 보장해 주겠다! 이것은 소성주, 한무결으로서의 약속이다. 그러니 속히 항복하라!!"

피로 물들어가는 밤.

어제의 동료가 오늘의 적이 되어 공격을 하는 어처구니없는 상황.

목숨의 위협을 받으니 무작정 방어를 하고 또 반격을 하고 있지만, 도통 이해할 수 없는 상황들에 온통 의문을 품고 있던 이들은 귀를 찌를 듯이 또렷하게 들려오는 소리에 그만 어리둥절해지고 말았다.

이 무슨 믿지 못할 소리란 말인가?

한무결이라니……. 팔황성의 소성주는 이미 오 년 전에 목숨을 잃었다고 하지 않았던가? 그런데 갑자기 어디에서 그 한무결이 나타난단 말인가. 이미 죽었는데!

"이게 무슨 소리야?"

"무슨 말도 안 되는……."

당연히 다들 믿을 수 없다는 반응이었다.

"다시 한 번 말한다. 항복하라! 나, 한무결에게 반항하는 자에게 남는 것은 죽음밖에 없음을 알아야 할 것이다! 현재 악적, 석운적은 성내에 없으니 그가 나타나길 기대하고 있다면 헛수고임을 알려주겠다!"

그 말이 떨어짐과 동시에 중앙 성의 망루에 그림자가 나타났다.

사방에서 불이 켜지고 그 그림자가 완전히 모습을 드러내자 의문을 품으면서도 그때까지 열심히 반항하던 이들은 일시에 힘이 쭉, 빠짐을 느꼈다.

한무결이었다. 의심할 여지도 없는 그들의 소성주.

오 년 전보다 커진 키와 성숙해진 분위기였지만 십오 년간을 함께해 왔던 이인데 어찌 알아보지 못할까. 그들은 멍하니 망루를 보았다. 그때 한무결의 옆으로 여섯의 그림자가 졌다.

"나, 무파림은 소성주를 정통으로 인정하고 받들 것을 맹세한다! 석운적은 반역도임을 이 자리에서 선언한다!"

"나, 혁련후는 소성주를 정통으로 인정하고 받들 것을 맹세한다! 석운적은 반역도임을 이 자리에서 선언한다!"

"나, 민극은 소성주를 정통으로 인정하고 받들 것을 맹세한다! 석운적은 반역도임을 이 자리에서 선언한다!"

"나, 양수악(陽修岳)은 소성주를 정통으로 인정하고 받들 것을 맹세한다! 석운적은 반역도임을 이 자리에서 선언한다!"

"나, 설영초(泄永草)는 소성주를 정통으로 인정하고 받들 것을 맹세한다! 석운적은 반역도임을 이 자리에서 선언한다!"

"나, 휘주(輝珠)는 소성주를 정통으로 인정하고 받들 것을 맹세한다! 석운적은 반역도임을 이 자리에서 선언한다!"

"……!!"

육대 황주가 차례차례 선언을 했다. 그리고 그 모습에 계속해서 반항하던 이들은 일시에 의욕을 잃었다.

설마설마 했다. 한무결이 모습을 드러냈을 때도 쉽게 믿지 않았다. 누군가가 역용을 하고 한무결인 척하는 것은 아닐까? 그럴지도 모른다고 생각했다. 그런데 알고 보니 이 모든 변괴가 누군가의 반란이 아니라 소성주의 자리 찾기였던 것이다.

오 년 전.

석운적이 어떻게 성주의 자리를 차지하게 되었는지 확실히 알지는 못한다. 하지만 대부분이 그가 떳떳한 방법을 쓴 것은 아니라는 것을 알고 있었다. 그러나 모두 침묵했다. 팔황성의 기둥이라 할 수 있는 황주들도 가만히 있는데 일개 무사가 무엇을 할 수 있을까. 그들은 그렇게 생각했다. 그래서 잠자코 있었다. 하지만 그렇다고 해서 석운적을 진심으로 따랐다는 말은 결코 아니었다.

팔황성.

마를 숭상하는 마인들의 절대 성지.

본래부터 강자지존의 힘의 논리로 지배되는 곳이다. 부와 권력보다도 무를 원하고, 마를 경배한다. 그렇다 보니 전 성주를 떳떳이 처리하지 못한 점이 석운적에게 영원한 약점으로 남게 된 것이다.

그때 한무결이 나타났다.

물론 석운적보다 강하지 못할 것은 쉽게 예상이 갔다. 하지만 우선적으로 그에게는 전 성주의 혈육이라는 정통성이 있었고, 육대 황주가 인정해 주었으며, 미래가 있었다.

쨍그랑!

누군가가 검을 떨어뜨렸다. 한무결의 외침과 황주들의 선언 후 주위의 공기는 무섭도록 가라앉아 있었다. 그렇다 보니 그 소리는 그곳에 있는 모두의 귀에 뚜렷이 들렸다.

쨍그랑— 쨍그랑—

마치 기다렸다는 듯이 그것을 필두로 여기저기에서 검을 내려놓는 소리가 들려왔다. 그리고 그 소리는 뒤로 갈수록 더 크게 들렸다. 마치 전염병을 퍼뜨리기라도 한 듯 검을 놓는 이들이 속출했다.

석운적이 자신의 절대 기반이라 할 수 있는 수호대를 모조리 이끌고 가버린 이상, 죽음을 불사하고 저항을 할 이는 많지 않았다. 처음부터 한무결에게 정통성이 있음에야 더 더욱. 석운적의 반역에 붙어 지위를 올린 몇몇 이들이 반항했지만 그들은 금세 진압이 되었다.

그렇게 한무결은 처음 예상했던 것과는 달리 너무도 쉽게 팔황성을 되찾고 성주 위에 오를 수 있었다.

백교로 향하던 중 들은 비보에 석운적은 누군가가 자신의 가슴을 쥐어뜯는 듯한 통증을 느꼈다.

"어찌… 어찌……."

주먹 쥐어진 손이 부들부들 떨렸다. 스르륵, 지금껏 은신하고 있던 영이 모습을 드러냈다.

"괜찮으십니까?"

"물러나라!"

무표정했지만 자신을 걱정하고 있다는 것을 알면서도 석운적은 신경질적으로 영을 떨쳐 냈다. 뒤로 밀려난 영은 가타부타 말없이 조용히 물러나 부복했다. 마치 무슨 큰 잘못을 저질러 용서를 구하듯이.

그 모습에 가슴이 더욱 답답해져 왔다.

이 모든 일이 너무나도 갑작스럽고 뜻밖이었기 때문일까?

마음이 뜻대로 되지 않았다. 눈을 감고 평정을 찾으려 애를 썼다. 하지만 지금까지와는 달리 쉽게 되지 않았다. 이런 식으로 뒤통수를 맞을 것이라고는 생각도 해보지 못했기에 그 충격은 더욱 컸다. 전 성주도 아니고, 그 핏덩이에게 이런 식으로 당할 줄 누가 알았을까!

기가 막혔다. 무엇보다 감쪽같이 속아 넘어간 자신에게 화가 났다.

평소 아무리 작은 일이라 해도 신중에 신중을 기하던 자신이다. 스스로도 의심이 많다는 것과 무슨 일이 있어도 위험을 자초하지 않는다는 것을 잘 알고 있었다. 이번 정보가 어디서 흘러들어 온 것인지 알 수 없는 만큼 한 번쯤은 의심해 봤어야 했다. 그것이 정황상 확실한 일이라 해도 말이다. 아무리 성내 단일 세력으로 최고라 치는 수호대라지만 달랑 수호대만 대동하고 직접 나선 것은 몇 번을 생각해 봐도 위험을 자초한 행동이었다.

평소 자신이라면 생각할 수도 없는 일.

그렇게 마치 뭔가에 홀리기라도 한 듯 평소 하지 않던 그 두 가지를 한꺼번에 저질렀다. 그리고 이런 식으로 어이없는 뒤통수를 맞았다. 그야말로 마가 끼었다고밖에는 볼 수 없는 일이었다.

"그렇다면 백교에 광마 늙은이가 있다는 것도 사실이 아니겠군. 허어! 내가 이렇게 완벽하게 당하다니……."

"어떻게 하시겠습니까?"

탄식을 내뱉는데 그때까지 조용히 부복하고 있던 영이 물어왔다. 석운적은 잠시 생각했다.

'이미 대세는 기울었다. 지금 돌아가 봤자 다시 뒤엎는 것은 불가능할 터. 차라리 백교로 가자. 광마 늙은이가 그곳에 있지는 않을 테니 백교에서는 나중을 위해서라도 나를 받아들일 것이다. 잠시 그곳에 몸을 의탁해 세를 재정비한 연후에 본성을 치는 것이 좋겠다.'

마음을 정한 석운적은 짧게 숨을 들이쉬고 말했다.

"이대로 백교로 간다."

한편, 그 시각 팔황성에서는 대부분의 상황이 끝나가고 있었다.

한무결과 육대 황주는 남은 석운적의 세력을 일소하고 대외적으로는 알리지 않은 채 내부를 재정비했다.

본래 그전 세력을 뒤엎고 성주의 자리에 오르는 것보다 성내를 장악하는 게 더욱 힘든 법이다. 하지만 석운적과는 달리 이번은 예상외로 쉬웠다. 한무결이 전 성주의 혈육인 데다 석운적을 제외한 육대 황주가 모두 그를 지지하고 뛰어난 능력의 이하원과 하세인이 도와주었던 것이다. 그렇다 보니 채 일주일도 되기 전에 모든 상황이 정리되었다.

연일 회의다 뭐다 해서 이리저리 치이던 한무결은 정기 회의가 끝나고 수하들이 물러나자 그제야 피곤한 듯 미간을 누르며 한숨을 돌렸다. 그러다 이하원과 눈이 마주치자 불쑥 물었다.

"이제 어떻게 해야 합니까?"

그 말을 듣기 무섭게 이하원의 안면이 꽉, 찌푸려졌다.

스스로의 의지라고는 없는 양 앞으로의 행동 지침에 대해서 묻다니? 분명 삼 년 전만 해도 이렇지 않았다. 양현선과 낙진을 제외한 이는 쉽게 믿지 않았고, 뭐든 스스로 하려고 했다. 그런데 삼 년 동안이나 보지 못했던 자신과 재회한 지 얼마나 되었다고 이토록 무턱대고 믿음을 주고 기대려 한단 말인가?

자연 이하원의 말투는 퉁명스러울 수밖에 없었다.

"그걸 왜 나에게 묻지?"

"아니, 그게……."

한무결은 순간 당황했다. 이하원의 음성이 지나칠 정도로 찼던 것이다. 하지만 이하원은 가차없었다.

"설마 여기까지 함께했다 하여 내가 너와 같은 편이라는 그런 안일한 생각을 하고 있는 것은 아니겠지? 지금껏 내가 너를 도와준 것은 오로지 약조 때문이었다. 너는 이번 싸움이 끝나고 강호가 안정되면 그 약조를 지켜야 한다. 그리고 그리되면 우리의 계약은 끝이 나는 거지. 예로부터 정과 마는 양립할 수 없다 했다. 물론 내가 정이라 하여 네가 지키고자 하는 팔황성을 멸하겠다거나 그런 생각을 가진 것은 아니다. 어디에든 빛이 있으면 그림자가 있다는 것을 알기에, 내가 팔황성을 멸한다 해도 그 비슷한 무언가가 다시 생겨날 것이라는 것을 알기에."

거기까지 말한 이하원은 힐끗 한무결을 봤다. 딱히 표정이 드러나지 않는 얼굴에 조금은 안심하며 그는 말을 이었다.

"하지만 그렇다고 해서 너와 친분을 쌓을 생각은 추호도 없다는 것을 너는 명심해야 할 것이다. 우리가 협력을 하는 것도 이번 일에 한해서라는 것 역시. 나는 오로지 내 목적을 위해 널 도왔을 뿐이니, 터무니없이 나에게 고마움을 느낀다거나 기댈 생각일랑은 추호도 하지 말기를 바란다. 알겠느냐?"

"……."

한무결은 입을 꾹 닫은 채 아무 말도 하지 않았다.

그토록 믿고 의지했던 양현선을 잃었다. 뻥 뚫려 버린 마음. 그 사이로 싸늘한 바람이 불었다. 너무 추웠다. 그것을 채울 무언가가 필요했다. 그는 무의식적으로 이하원에게서 그것을 찾으려 했다. 그런데 그것을 먼저 알아챈 이하원이 딱 잘라서 거절한 것이다.

지금껏 속내를 보여준 적이 한 번도 없었다고는 하나 그간 그래도 친절히 대해주던 이하원이 차갑게 쏘는 말에 한무결은 당연하다 생각하면서도 충격을 받았다.

야속했다.

어릴 적 총명하다는 소리를 듣고 자랐다. 그런 만큼 그 정도도 모를 한무결이 아니었다. 하지만 아직 팔황성 내의 모든 것이 자신의 통제 아래 있는 게 아닌 만큼, 둘의 밀약이 완전히 마무리된 게 아닌 만큼 조금만 도와주기를 바랐다. 누구의 도움도 없이 완전히 두 발로 설 수 있을 때까지만이라도.

그런데 그조차도 이하원은 허락하지 않았다.

밀약을 맺을 때만 해도 철저히 이하원을 이용해 줘야겠다고 생각했다. 그때는 분명 개인적으로도 무척이나 싫은 상대였다. 목적만 아니었다면 당장에 떨쳐 버리고 싶을 정도로.

한데 왜 그의 당연한 거절에 이리도 뚫린 가슴이 더 횡할까?

어째서 그의 차디찬 음성에 이리도 서글픈 기분이 드는 걸까?

한무결은 혹여 자신이 울먹이기라도 할까 봐 한마디도 하지 않고 입술을 꼭 깨물었다. 그리고 그 모습을 보는 이하원은 찌푸려지는 미간을 펼 줄 몰랐다.

'후우……'

잔뜩 풀이 죽어 고개를 숙이고 있는 한무결을 보니 속이 답답해 왔다.

고스란히 읽히는 한무결의 마음이 답답한 속을 더욱 죄여왔다. 이게 다 누구를 위해서인데!

말로는 오로지 목적을 위해 도와주었다고 하지만 어찌 그것뿐이겠는가. 첫 강호행에서 만나 꽤 오랫동안 알아온 만큼 그에게 애정이 없을 리가 없었다. 그럼에도 이렇게 확실히 끊으려는 것은 혹시라도 자신으로 인해 팔황성과 정파의 관계가 이상하게 얽히지 않을까 하는 염려에서였다.

엄연히 정도가 있고 마도가 있는데, 적의가 아닌 다른 무엇으로 얽힌다는 것은 말이 안 되질 않은가.

서로에게 호의를 느낀다면 그 시점에서 이미 정파가 아니고, 마도가 아니게 되는 거다. 그래서 미리 끊으려고 했던 것뿐이다. 혹시라도 나중에 그로 인해 엉망으로 얽힐까 봐.

당연한 말을 한 거다. 그런데 왜 이리 찝찝할까?

'틀린 말을 한 것도 아닌데 저리 기죽을 게 뭐람.'

툴툴거리다 저도 모르는 새 한무결의 등을 두드려 주려 올라간 손을 보고는 얼른 내렸다. 그리고는 몇 번 고개를 젓고 바로 방을 나가 버렸다. 최대한 빨리 이곳을 떠나야겠다고 생각하며.

第七章
귀환(歸換)

귀환(歸還)

컴컴한 밤.

짙게 드리운 어둠에 검게 물든 나무가 빼곡히 들어차 있는 후원으로 한 청년이 걸어나왔다. 그는 인적이라고는 없는 곳에 홀로 나와 한참을 그렇게 서 있었다. 그러다 어느 순간 입을 뗐다.

"그래서?"

마치 누군가와 전음이라도 나누고 있었던 듯 물음은 뜬금없었다.

청년, 장승주의 눈은 앞쪽을 향해 있었다. 하지만 그가 시선을 고정시키고 있는 곳에는 온통 검은 나무만이 자리하고 있을 뿐, 그 물음에 대답해 줄 이라고는 없어 보였다. 또한 그 어디에서도 그를 제외한 인기척은 느껴지지 않았다.

도대체 그는 누구를 향해 물음을 던진 것일까?

혹 물음을 가장한 독백이었던 것일까?

누군가가 보았다면 두 눈 가득 의문을 품었을 광경. 그런데 그때 신기하게도 어디선가 그 물음에 대한 대답이 흘러나왔다.

"곧 귀환할 것이라 하셨습니다."

장승주는 코웃음 치더니 차갑게 추궁했다.

"그 말은 이미 보름도 더 전에 들었다. 도대체 그 '곧'은 언제를 말하는 것이냐? 몇 개월이냐, 아니면 몇 년이냐?"

"…그리 물으면 '조만간'이라고 대답하라 하셨습니다."

잠시 뜸을 들이다 들려온 대답에 장승주는 실소를 금할 수가 없었다.

자신이 어떤 말을 할지 미리 알고 준비시킬 수 있다니, 정말 대단하다고 하지 않을 수가 없었다. 아무리 그가 입버릇처럼 그와 자신이 동류라고 했지만 이 정도까지 예측하고 있을 줄은 상상도 하지 못했던 것이다.

그러면서도 장승주는 왠지 자신이 아닌 다른 이였다 하더라도 지금과 같이 미리 대답을 준비시킬 수 있을 것이라는 생각도 들었다.

그럼 어디까지 예측하고 있는지 한번 볼까?

속으로 빙긋 웃은 장승주는 일부러 화가 난 척 발을 들어 바닥을 굴렀다. 그리고는 잔뜩 얼굴을 찌푸리고 낮게 소리쳤다.

"그러니까 그 '조만간'이 언제냔 말이다!"

그가 화를 내자 잠시간 대답이 없었다. 그러다 장승주가 한 번 더 화를 내볼까 하고 속으로 궁리할 때 대답이 들려왔다.

"그리 물으면 '지금'이라고 대답하라 하셨습니다."

장승주의 한쪽 눈썹이 위로 치켜 올라갔다. 무슨 말인지 순간 알아들을 수가 없었다.

"지금? 지금이라고?"

고개를 갸웃할 때였다. 갑자기 누군가의 음성이 불쑥 끼어들었다.

"그렇다, 지금. 승주, 오랜만이구나."

"……!!"

장승주의 고개가 획, 소리를 내며 돌아갔다.

그의 얼굴은 경악을 그대로 드러내고 있었다. 단지 바로 뒤에 자신의 감각을 속이고 누군가가 자리하고 있었기 때문이 아니다. 그가 이토록 놀란 것은 그 음성이 너무나도 친숙하고 그리운 것이어서였다.

후원으로 나올 당시 디뎠던 돌계단에 앉아 있는 이를 보는 순간 장승주의 눈이 커다랗게 떠졌다.

경악한 얼굴이 순간 확 밝아졌다.

"형님!!"

기쁨을 숨기지 못하고 자신도 모르게 크게 소리치자 상대가 검지를 입가에 가져가며 한쪽 눈을 찡끗 했다.

"쉿!"

"어, 어떻게 된 겁니까? 갑자기……."

"'조만간'이 언제냐고 물어서 '지금'이라고 했잖느냐. 해서 지금 왔는데 뭐 잘못되었나?"

장난기가 다분한 음성이었다. 지금껏 초조하게 기다린 게 무색하게 느껴질 정도다.

"후우……."

장승주는 안도의 한숨을 내쉬었다.

이미 거사가 성공했다는 것은 보름도 더 전에 전해 들었다. 그런데 어찌 된 영문인지 돌아올 때가 지났는 데도 이하원은 나타나지 않았다. 그러니 어찌 초조하지 않을 수 있겠는가? 혹시라도 무슨 일이 생긴 건 아닐까 걱정이 이만저만 아니었다. 그런데 이토록 태연자약한 모습으로 나타나다니…….

마음이 놓이는 한편 원망의 마음도 일었다.

이렇게 멀쩡히 나타날 것이었으면서 그렇게 걱정을 시켰단 말이지? 태평하기까지 한 모습이 얄미워 쏘아보자 장난처럼 웃을 때는 언제고 자리에서 일어나던 이하원은 약간 곤혹스럽다는 표정을 지으며 두 손을 모았다. 마치 용서를 비는 것처럼.

"중간에 일이 있어서 그것까지 처리하다 보니 그만 늦어버렸지 뭐야. 너도 그렇고, 기다리던 이들에게 걱정을 끼친 것은 미안한데, 그래도 이렇게 무사히 돌아왔으니 된 거 아니겠어? 좀 봐주라~"

하면서 애교를 부리듯 살짝 눈웃음을 치는 얼굴은 지금껏 익숙하게 봐온 얼굴임에도 놀랄 만큼 아름다웠다. 하지만 그럼에도 여전히 얄미웠다. 정말이지, 형님이 아니라 동생이었다면 꿀밤이라도 한 대 쥐어박고 싶을 정도로.

그 생각이 그대로 읽히자 이하원은 그만 피식, 웃어버렸다.

'음?'

무슨 생각이 들었는지 갑자기 장승주가 눈을 가늘게 떴다.

이하원이 어떤 사람인가?

시도 때도 없이 장난치기를 즐기고 언제나 여유로우며, 쉽사리 속내를 드러내지 않는 이가 그다.

힘들어도 힘들다는 소리 한 번 한 적이 없고, 반대로 좋아도 좋다는 소리 역시 하지 않는다. 거짓말하는 것을 싫어하지만 때에 따라서는 입술에 침도 바르지 않고 천연덕스레 하기도 한다.

한 번 결단을 내리면 결코 뒤돌아보는 법이 없고, 냉정해야 할 때는 뼛속까지 시리도록 냉정하다. 그럼에도 자존심은 누구보다 강해서 장난으로라도 누군가에게 애원을 한다거나, 애교를 떤다거나, 빈다거나 하는 일은 결코 하지 않는 이가 또한 그였다.

그런데 지금, 그런 이하원이 눈웃음을 치고 애교를 떨었다. 장난기 가득한 음성으로 봐달라는 말까지 했다.

평소라면 절대 하지 않을 행동. 그런데 지금은 왜……?

'설마 무슨 일이 있는 건…….'

문득 그런 생각에 의심의 눈초리를 보내자 이하원이 움찔했다.

재빨리 눈동자를 굴린 그는 벌떡 자리에서 일어났다. 순간 신형이 흔들리는 것 같아 보인 것은 단지 장승주가 잘못 보아서였을까?

"밤낮으로 달려와서 그런가? 정말 피곤하군. 늦기도 늦었고 그만 쉬는 것이 좋겠다. 일부러 들키지 않게 몰래 들어왔는데 여기까지 와서 들키면 안 되지 않겠어? 하니 우선은 네 처소에서 쉬게 해주겠느냐?"

"…그러지요."

의심의 눈초리를 거두지 않던 장승주는 이하원이 그런 자신의 생각까지 고스란히 읽어낸다는 것을 뒤늦게 기억해 내고는 얼른 마음을 갈무리하고 대답했다.

그가 다가가자 이하원이 주춤 한 걸음 뒤로 물러났다.

이상하다 여기고 있기 때문일까? 그것까지 이상해 보였다. 하지만 장승주는 그런 속내와는 달리 섭섭한 척 말했다.

"왜 뒤로 물러나고 그러십니까? 안내해 드리려는 것뿐인데요. 마치 소제의 손길이 닿는 게 싫기라도 한 것처럼……."

이하원이 웃음을 터뜨리며 그의 말을 잘랐다.

"하하, 그럴 리가 있겠느냐? 그저 피곤하다 보니 신경이 날카로워졌을 뿐이다. 괜한 억지 부릴 생각 말고 안내나 해라."

"뭐, 그러지요. 한데 은 형이나 다른 사람들은 어디 갔습니까? 왜 둘째 형님 혼자십니까?"

장승주가 계단을 오르며 지나가듯 물었다.

그가 조금 전과는 달리 가까이 다가오지 않고 떨어져 걷자 순간 경계심이 풀린 이하원은 별 생각 없이 대답했다.

"그들 대부분이 옛 팔황성 소속이다 보니 혹시라도 정파 쪽에서 알아보는 이가 있을까 싶어 우선은 외부에서 따로 쉬도록 했다. 은상은 그들을 돌보고 있고."

"돌보다니요? 어디 다치기라도 했습니까?"

"그냥 조금……."

말을 하다 말고 이하원은 멈칫했다. 덫에 걸려들었다는 것을 눈치챈 것이다. 어느덧 장승주는 그 자리에 멈추어 서 있었다. 그의 눈동자가 날카롭게 변했다.

"그냥 조금? 그냥 조금 뭡니까?"

"아니, 그냥 조금… 그러니까 조금……."

미처 대답을 못하고 눈동자를 굴리는데 갑자기 장승주가 극성으로 신법을 펼쳐 거리를 좁혀 왔다.

"엇!"

순간 깜짝 놀란 이하원이 급히 뒤로 물러나려 했다. 하지만 이미 신공을 십성 이상 익힌 장승주는 눈에 보이지 않을 정도로 빨랐다. 게다가 잘 가던 장승주가 느닷없이 신법을 펼칠 줄은 몰랐던 터라 이하원은 피할 틈도 없이 대번에 손목을 잡히고 말았다.

그는 자신도 모르게 앞섶을 감싸 쥐었다. 그 모습이 더욱 장승주의 의심에 불을 붙인다는 것은 미처 생각지 못한 듯했다.

"좀 보죠."

장승주가 앞섶을 쥔 이하원의 손목까지 잡으며 말했다. 이하원은 등 뒤로 식은땀이 흐르는 것을 느끼며 억지 미소를 지었다.

"보기는 뭘 본다는 것이냐? 이 한밤중에, 인적도 없는 후원에서, 도대체 나한테 무슨 짓을 하려고?"

억양이 상당히 이상했다. 다른 사람이 들었다면 장승주가 무슨 나쁜 짓이라도 하려고 시도하는 것으로 알아듣지나 않을까 걱정될 정도로.

절로 눈살이 찌푸려졌지만 장승주는 쥐고 있는 손목을 놓지 않았다.

"소제가 억지로 풀까요? 아니면 형님께서 직접 푸시겠습니까?"

"그러니까 무슨 짓을 하려고? 정조에 위험을 느낀 이상 아무리 아우라고는 하나 절대 들어줄 수 없다!"

"무슨……."

어이가 없어진 장승주는 이하원을 노려보다 속으로 중얼거렸다.

'이상한 소리를 늘어놓아 소제가 방심하는 사이 내빼실 생각인 모양인데 안 통합니다. 손, 놓으시죠?'

이하원이 짤래짤래 고개를 흔들었다.

"싫다."

"왜요?"

"부, 부끄러워서."

일부러 말을 더듬더니 수줍은 척 고개까지 외로 꼬며 말하자 더 이상 참지 못한 장승주가 드디어 폭발했다.

"일호!"

스윽.

소리도 없이 검은 그림자가 나타나자 장승주는 처음에 잡았던 이하원의 손목을 턱으로 가리켰다.

"여기를 잡아라!"

"일호, 물러나!"

일호가 나서기도 전에 이하원이 대뜸 소리치자 일호는 멈칫했다.

그는 장승주가 가리킨 손목을 잡지도, 그렇다고 물러나지도 못하고 우물거렸다. 장승주가 버럭 소리쳤다.

"일호! 지금 내 명을 거역하는 것이냐?"

스윽, 일호가 다가오자 이하원이 그를 쏘아보며 나직이 말했다.

"뒤로 물러나라고 했다, 일호."

일호가 멈칫하다 정말 물러나려 하자 장승주가 재차 소리쳤다.

"내 분명 잡으라 했다!"

"같은 말 반복하게 하지 마라, 일호. 물러나라!"

일호는 이러지도 못하고 저러지도 못하고 그저 그 자리에 서 있을 수밖에 없었다. 그것만으로 만족한 건지 이하원이 빙긋, 미소 짓자 장승주가 분통을 터뜨렸다.

"형님, 분명 일호는 제게 준다고 하지 않으셨습니까! 지금 제 권한에 도전하시는 겁니까?"

"그건……."

"일호, 들었느냐? 넌 내 수하다. 어서 여기를 잡아라!"

얼마나 힘을 주고 있는 건지 꼼짝도 하지 않는 이하원의 손목을 턱 짓하며 눈을 부라리자 일호가 드디어 결심을 하고 스윽, 다가왔다.

이하원은 다급해졌다. 하지만 유감스럽게도 지금 상황에서 할 수 있는 건 아무것도 없었다. 몰래 들어온 만큼 소리를 지를 수도 없었고, 적도 아닌데 힘을 써 떨칠 수도 없었다.

일호에게 명을 내리는 권한이 자신에게 있음을 장승주가 밝힌 이상, 지금까지처럼 일호를 걸고넘어질 수도 없었다.

"자, 잠깐!"

빠르게 머리를 굴리며 소리치는데 이미 다가온 일호가 두 손으로 이하원의 한쪽 손목을 잡았다. 그 덕에 한 손이 자유로워진 장승주는 그 손으로 앞섶을 쥔 이하원의 팔을 잡아 압박했다.

장승주와 일호에게 양손을 잡힌 이하원은 억지로라도 뿌리치려 했지만 되지 않았다.

　힘에서 뒤지는 것은 아니었지만 우선적으로 맥문이 잡혔고, 이하원과는 달리 둘은 두 손으로 한 손을 잡고 있었으며, 다른 사람도 아니고 장승주와 일호인지라 혹시나 하는 생각에 마음껏 힘을 쓸 수도 없는 데다, 결정적으로 현재 몸이 자신의 마음대로 따라주지 않았던 것이다.

　"후우……."

　한숨과 함께 도망치기를 포기한 이하원이 주고 있던 힘을 풀자 장승주가 득의양양한 미소를 지었다.

　그는 혹시라도 이하원의 마음이 바뀔 새라 얼른 자신이 잡은 손을 옆으로 당기며 앞섶을 풀어헤쳤다. 그리고 드러난 모습에 장승주의 얼굴이 순식간에 일그러졌다.

　"이……!!"

　장승주는 튀어나오는 노기를 억누르려 이를 악물었다.

　심장이 미친 듯이 뛰었고, 스스로의 화를 이기지 못해 당장에라도 뒤로 넘어갈 것만 같았다.

　그럼에도 그는 분통을 터뜨리지 않으려 참고 또 참았다. 얼마나 애를 썼는지 어느새 눈동자가 빨갛게 변해 있었다. 그는 한참 동안 아무 말도 하지 않고 있다 어느 순간 잡고 있던 손목을 놓았다. 그러자 일호도 자연스레 자신이 잡고 있던 손목을 놓았다.

　장승주는 풀어헤쳐진 앞섶을 정리해 주고 몸을 돌렸다. 그리고는 계단을 오르기 시작했다. 그때까지 그는 말 한마디 하지 않았다.

　가슴에 잠깐 손을 얹은 이하원이 고개를 들었다.

　"승주……."

"아무 말도 하지 마십시오. 형님이고 뭐고, 때려 버릴지도 모릅니다."

이를 갈며 쏘아붙이는 말에 이하원은 입을 다물었다.

형님을 패겠다고 공공연하게 말하는 모습에 어이가 없었지만 그보다는 미안한 마음이 앞섰다.

다쳤다는 사실만으로도 장승주는 숨겼다던가, 숨기지 않았다던가 하는 것과는 상관없이 분명 화를 냈을 것이다. 그래서 혹시라도 들키지만 않으면 조용히 넘어갈 수 있지 않을까 해서 숨겼던 건데……. 이럴 줄 알았다면 차라리 그냥 말할 걸 그랬다.

살짝 후회가 되었다.

장승주가 계단을 다 올랐는 데도 이하원이 그 자리에 그대로 서 있자 그도 멈추어 섰다.

그는 고개만 살짝 돌려 이하원을 쏘아보았다.

"거기 서서 뭐 하시는 겁니까, 지금. 제 처소에라도 가야 치료를 하든 말든 할 거 아닙니까."

"치료는 했는데……."

"아무 말도 하지 말라고 했습니다! 붕대를 갈아도 갈 것이니 잔말 말고 따라오기나 하십시오!"

장승주가 버럭 화를 내고 가버리자 이하원은 찔끔했다.

아우가 형님을 이렇게 기죽이다니. 도대체 누가 형님이고 누가 아우인지 모르겠다니까. 그렇지 않아? 하는 눈으로 동의를 구하려 고개를 돌려보니 일호 역시 장승주 못지않게 원망이 가득한 눈빛으로 자신을 보고 있었다.

'여기서나 저기서나 나를 못 잡아먹어서 난리군, 그래.'

안 그래도 은상에게 실컷 치이다 견디지 못해 도망 온 것이었던 이하원은 여기에서도 다르지 않자 푹, 한숨을 내쉬었다. 그리고 그 순간에도 뒤쪽에서는 일호의 무언의 항의가 계속되고 있었다.

찔리는 게 많은지라 다시 도망갈 생각은 하지 못하고 다시 한 번 한숨을 내쉰 그는 장승주가 사라진 곳으로 걸음을 옮겼다.

"기어코 저희들을 떼어놓고 가시더니 이게 뭡니까?! 이게!!"

쉽사리 평정을 잃지 않는 서현이 웬일로 흥분해 소리쳤다.

"누가 천검파까지 가서 일을 저지르라 했습니까? 팔황성에 가겠다고 한 것만으로도 안절부절못하던 저희들이 보이지도 않으셨던 겁니까? 그렇습니까? 네? 어디 말씀 좀 해보십시오!"

냉무진이 이를 바득바득 갈며 소리쳤다.

붕대를 갈고 드디어 쉴 수 있겠다 생각하던 차에 날벼락을 맞은 이하원은 입만 벙긋대다 이 일의 원흉을 쏘아보았다. 하지만 평소라면 찔끔해서 미안한 표정을 지었을 장승주는 이하원의 칼날 같은 눈빛에도 전혀 아랑곳하지 않았다. 오히려 같이 쏘아보기까지 했다.

'어휴, 일각이라도 일찍 태어난 내가 참아야지.'

따지고 보면 전혀 맞지 않는 소리였지만 이하원은 속으로 그렇게 중얼거리고 애써 미소까지 지어 보이며 변명을 하려 입을 뗐다.

"하하, 별거 아닌데… 그냥 조금 긁힌 것뿐인……."

"지금 장난치십니까?"

"조금 긁혀요? 조금 긁히면 이리 됩니까? 도대체 얼마나 조금 긁혀서 온통 붕대 투성이란 말입니까!!"

대뜸 이하원의 말을 자르고 어이가 없다는 듯이 묻는 냉무진과 이하원의 입장에서는 치사하게도 말꼬리를 잡고 늘어지는 서현.

방법은 달랐지만 둘의 목적은 조금도 다르지 않았다, 이하원을 잡아먹겠다는. 어째나 서슬이 퍼런지 한마디라도 잘못하면 한 대 칠 것 같았다. 서현이나 냉무진이나 평소의 모습과 너무나도 괴리감이 커서 이하원은 시종 정신을 차리지 못했다.

벌컥.

그때 문이 떨어질 듯 세차게 열어젖혀졌다.

"주군!!"

"이 형!!"

외침과 함께 몇 명이 뛰어 들어오자 그간 말 한마디 못하고 있던 이하원이 반색했다.

"아! 양 형. 은성아, 윤이도……."

하지만 이하원은 조금 전 서현과 냉무진이 나타났을 때와 마찬가지로 이번에도 말을 잇지 못했다.

"이, 이게 뭡니까!!"

미처 겉옷을 걸치지 않은 탓에 붕대를 감은 상체가 그대로 노출되자 모용은성 등이 비명처럼 소리를 질렀던 것이다.

그에 맞추어 이번에는 장승주 대신 서현이 잔뜩 비꼬아대며 왜 이하원이 붕대를 둘둘 감고 곧 죽을 것 같은 환자의 모습으로—이하원이 듣기에 과장이 심했다—침상에 앉아 있는지에 대해 장황하게 설명해 주었다. 그러자 곧이어 방금 전 일어났던 상황과 조금도 다르지 않은 상황이 또다시 펼쳐졌다.

"도대체 뭡니까, 이게! 이러려고 먼저 이곳으로 와서 기다리라 하신 겁니까? 겨우 이런 모습을 보여주려구요!"

"아무도 천검파까지 가라고 한 적 없습니다! 왜 고생을 사서 하십니까? 왜 이리 걱정을 끼치는 겁니까! 왜요!!"

"정말이지, 주군께서는 자신을 조금이라도 생각하시는 겁니까?!"

"도대체 은 형은 뭘 한 겁니까? 뭘 했기에 이 형께서 이리 되도록 그냥 두었단 말입니까? 저라면 절대 이리 되도록 두지 않았을 겁니다! 정말이지, 이 형 한 명 제대로 지켜주지를 못하면서 무슨 그림자라는 건지…….”

그 뒤로도 끝이 없었다.

불만이 있으면 한꺼번에 와서 쏟아 붓고 갈 것이지, 이게 뭐 하는 짓인지 모르겠다.

이번 기회에 이하원을 단단히 교육시키기로 작정했는지 몇 명이 와서 실컷 난리를 치고, 끝이 나나 보다 싶으면 또 몇 명이 와서 난리를 치고, 드디어 끝이 나나 보다 싶으면 또 몇 명이 오고. 그런 상황이 벌써 몇 시진째 반복되고 있었다.

‘후우…….’

이하원은 속으로 한숨을 내쉬었다.

고금을 통틀어 수하들에게 야단을 맞는 주군은 자신이 처음이 아닐까 싶었다. 그것도 몇 시진 동안 쉬지 않고!

생각할수록 기가 막혔다. 아니, 그래도 그것은 자신이 걱정을 끼쳤으니 어찌어찌 이해하고 넘어갈 수도 있다. 이하원을 위하는 마음이 그만큼 크기에 이렇게까지 하는 거라 생각하면 오히려 마음이 따뜻해지기까지 한다. 하지만 그런 것을 다 이해한다 해도 도저히 참을 수 없는 것은 이 수하라는 자들이 잠을 재우지 않는다는 것이었다.

고문을 하는 것도 아니고, 야단을 치려면 날이 밝을 때 찾아와서 할 것이지 꼭 이 한밤중에 이래야 하냔 말이다. 그것도 오늘 돌아와서 치료도 막 끝난 바로 지금.

‘내가 어쩌다가…….’

정말 해도 해도 너무한다는 생각이 들었다. 하지만 이하원은 반박 한 번 하지 않고 묵묵히 듣기만 했다. 앞서 몇 번 입을 뗐다가 본전은

커녕 오히려 잔소리만 몇 배로 늘어났음을 기억하고 있었던 것이다.

꾸벅꾸벅.

언제부터였는지 모른다.

불만스레 보던 것도 잠시, 자포자기하고 곧이곧대로 야단을 맞던 이하원이 어느 순간 졸기 시작하자 입술이 부르터져라 잔소리를 퍼부어 대던 이들이 약속이라도 한 듯 입을 다물었다.

"쉿!"

"주무신다. 밖에 조용히 하라고 전해라."

밖이라고 해봐야 한 식경마다 순찰을 도는 것을 제외하고는 고요하기 그지없었다. 그럼에도 그것조차 시끄럽다고 생각하는 건지 장승주가 눈살을 찌푸리며 창밖으로 막 순찰을 도는 이들을 보며 말했다. 그러자 모용은성도 창 너머를 쏘아보더니 고개를 끄덕이고 밖으로 나갔다. 그사이 서현과 남궁윤이 이하원을 바로 눕히고 이불을 덮어주었다.

그 모습을 물끄러미 보던 양신얼이 고개를 돌렸다.

"경비는 누가 서는 것이 좋을까?"

이곳이 모용세가인 만큼 특별히 안전에 위험이 있어 보이지 않는 데도 양신얼은 경비를 서는 것이 옳다고 생각하는 듯했다. 그리고 그 말을 듣는 이들 역시 그것을 당연하게 여겼다.

진관혁과 정태현이 앞으로 나섰다.

"제가 남겠습니다."

"저도 남도록 하지요."

둘을 쳐다본 양신얼은 고개를 끄덕이고 조용히 말했다.

"부상을 입은 상태에서 여기까지 오느라 분명 피곤하실 터. 늦게까지 주무실 테니 혹여 중간에 깨시지 않도록 만전을 기하시오. 다른 이가 이곳으로 드나드는 일이 없도록 하고."

"네."

"그럼 우리들이 있으면 불편하실 터. 그만 나갑시다."

틀린 말이 아닌지라 모두 수긍했다.

잠든 이하원의 얼굴을 뚫어져라 쳐다보고 있던 이들은 하나둘 한숨을 내쉬고는 방을 나섰다.

경비를 서기 위해 그곳에 남은 진관혁과 정태현은 한참 동안 이하원에게서 눈을 떼지 못했다. 그가 다쳤다는 것이 안타깝고, 지켜주지 못한 것에 마음이 아파 견딜 수가 없었다. 그들은 이하원을 물끄러미 보다 한숨을 내쉬고, 한숨을 내쉬다 다시 보기를 반복했다. 그리고 그날, 이하원이 잠든 것을 확인하고 사라졌던 이들이 하나둘 엉뚱한 핑계를 대며 다시 나타나 잠든 그를 보고 방문 앞을 서성이다 돌아가는 일이 동이 틀 때까지 몇 번이나 반복되었다.

이른 아침.

정파의 수뇌라 할 수 있는 이들이 속속 회의실에 도착했다.

최후의 최후까지 몰려 은거기인까지 대거 모인 만큼 회의실은 그야말로 만석이었다. 그래서일까? 북적대는 사람들 틈에 비어 있는 의자 세 개가 유난히도 눈에 띄었다.

"늦었습니다."

장승주, 서현, 양신얼이 뒤늦게 회의실 안으로 들어서며 고개를 숙였다. 상석에 앉아 있던 은거기인, 제한열(祭寒熱)이 말했다.

"괜찮소. 착석하시오."

장가장 대표 석에 장승주가, 무당파 대표 석에 부상당한 유무인 진인을 대신하여 서현이, 역시 부상당한 양사화를 대신하여 화산파 대표 석에 양신얼이 각각 앉았다.

각 문파의 대표들이 모두 모이자 모용세가의 가주, 모용각이 먼저 입을 열었다.

"우선은 요 근래 마도와 사파 연합의 공세가 부쩍 드물어졌음을 모두 알아챘으리라 믿소. 하여 그에 대해 토의하고자 하오."

그 말이 끝나기 무섭게 육서인이 의견을 냈다.

"무엇보다 마도 쪽의 세가 약해지지 않았습니까? 혹 팔황성에 무슨 변고가 있는 게 아닐런지요?"

그 말에 남궁선기가 반박했다.

"하나 십여 일 전부터 천검파 쪽의 세는 찾기도 힘들더이다. 그것에 대해서는 어찌 생각하시오? 단지 팔황성에 변고가 있다 하여 천검파까지 영향을 받았을 리는 없으리라 생각되오만."

"아미타불. 확실히 그도 그렇구려. 어찌 된 일인지……."

혜명 대사가 염주를 굴리며 골몰하는데 소선이 말했다.

"어찌 되었든 기회가 아니겠소? 공세가 약해진 틈을 타 밀어붙인다면 승산은 있다고 보는데, 이때를 기하여 치고 나가는 것에 대해 어떻게 생각하시오들?"

"이 모든 것이 함정이면 어떻게 하려고 그러시오?"

당소명이 퉁명스레 쏘아붙이자 소선이 도끼눈을 하고 노려보았다. 그러자 당소명은 마치 상대도 하기 싫다는 듯 고개를 돌려 시선을 외면했다. 어떻게 사이가 틀어진 건지 그 모습은 한때 서로 친분을 과시했던 사이로는 보이지 않았다.

목중창이 소선을 거들었다.

"당가주, 의심이 너무 많은 것 아니오? 이런 상황에서 조금만 밀어붙이면 승산이 있는데 대관절 무슨 놈의 함정이란 말이오?"

"그렇다면 지금 상황을 어찌 설명을 할 수 있겠소? 우리는 지금껏 막기만 해왔는데 갑자기 공세가 약해졌다는 것이 말이 되오? 이것은 적들이 우리가 이때를 노리고 앞으로 치고 나오기를 기다렸다 일망타진하려는 의도에서 파놓은 함정이라고밖에 볼 수 없소. 그리되면 피해도 적을 테니 적들에게는 일석이조가 아니겠소?"

당소명이 자신있게 설명하자 몇몇은 그럴듯하다고 생각했는지 고개를 끄덕였다.

그 한마디에 어느덧 분위기가 자신 쪽으로 흐르자 당소명은 득의양양해했다. 여기서 괜찮은 의견을 내놓으면 그대로 먹혀들 듯했다. 그렇게 되면 자신의 위상은 그만큼 높아지겠지. 그런 생각에 입을 떼는데 그보다 먼저 반대쪽에서 반박의 말이 들려왔다.

"이것은 함정이 아닙니다."

당소명은 휙, 소리가 나게 고개를 돌렸다.

"장가주, 그게 무슨 말이오? 함정이 아니라니?"

"말 그대로입니다. 함정이 아닙니다."

당소명은 눈을 가늘게 뜨고 장승주를 봤다. 터무니없는 소리를 했다고 보기에는 너무 여유롭게 앉아 있었다. 그 모습이 어째 뭔가 근거가 있는 듯 보였다.

당소명은 못마땅한 기색을 역력히 드러내며 말했다.

"장가주는 그 말에 책임을 질 수 있소?"

"물론입니다."

장승주는 자신만만하게 대답하고 회의실을 둘러보았다.

이곳에 오기 전, 미리 말이 오간 서현과 양신얼이 눈을 맞추어왔다. 그들이 시작하라는 뜻에서 고개를 끄덕이자 장승주도 미미하게 고개를 끄덕이고 입을 열었다.

"팔황성과 천검파의 공세가 부쩍 드물어진 것은 각기 그 이유가 있기 때문입니다. 팔황성은 얼마 전 다시 성주가 바뀌었기에 내치에 신경을 쓰느라 바쁘기 때문이고, 천검파는 대략 보름 전 천검파 장문이 암살당해 내부가 혼란스럽기 때문입니다."

"······!!"

폭탄선언이 따로 없었다.

뜬금없는 장승주의 발언에 회의실은 금세 소란스러워졌다. 도저히 믿을 수 없다는 표정으로 황보립이 급히 물었다.

"그게 정말이오?"

"대관절 어디서 그런 말을 들으셨소?"

"어찌 그런 큰일이 동시에 양쪽에서 일어날 수 있단 말이오? 정녕 그 말이 사실이오?"

"이런 우연이 있을 수가!!"

장승주가 터뜨린 폭탄에 모두 경악하기에 바빴다. 사실이냐고 묻는 이가 반이었고, 믿을 수 없다고 말하는 이가 반이었다. 하지만 그들 모두 공통된 점은 놀라움을 금치 못했다는 사실이다.

너무도 엄청난 사실에 미처 정신을 차리지 못하는 이들을 향해 장승주가 두 번째 폭탄을 터뜨렸다.

"당연히 이것은 우연이 아닙니다. 이런 엄청난 일이 우연히 두 곳에서 한꺼번에 벌어질 리가 없지 않습니까?"

"그, 그렇다면······."

"팔황성에서의 일은 우연히 일어난 것이 맞습니다. 하나 천검파에서의 일은 결코 우연이 아닙니다. 그것은 팔황성에서 일이 벌어졌음을 알고 그에 맞추어 혼란을 빚기 위해 벌인 계획적인 암살입니다. 바로 지난 삼 년간 행방불명이었던 금검 이하원 대협에 의해!"

장승주의 한마디 한마디에 놀라움을 금치 못하던 이들은 그 마지막

말에 기어코 뒤집어지고 말았다. 그리고 그 모습을 보며 장승주는 속으로 빙긋, 웃음을 지었다.

'이 모든 게 누구 덕인데 이대로 우연인 듯 넘겨서는 안 되지. 물론 형님께서는 비밀로 하라 하셨지만, 팔황성에서의 일은 그냥 넘긴다 하더라도 천검파의 일만은 나중을 위해서라도 밝혀두는 것이 옳다.'

어젯밤, 억지로 이하원을 앉혀 새로이 약을 바르고 붕대를 감으면서 들은 이 엄청난 사건의 전말이 문득 떠올랐다.

들으면서 얼마나 놀랐던가!

사파의 양대 산맥이라 불리는 만큼 위험이 산적해 있는 곳이 천검파다. 그런데 그곳에 들어가 장문을 암살할 생각을 하다니. 얼마나 위험했을지를 생각하면 지금도 간담이 서늘해진다. 그러니 그렇게 위험을 무릅쓰고 한 일이 이대로 묻힌다는 것은 말도 안 된다고 생각했다.

'범인(凡人)은 죽었다 깨어나도 할 수 없는 일이 있음을, 그리고 그럼에도 어떤 이는 간단히 그 일을 할 수 있음을 알게 해주겠다. 천외천이 무엇인지, 같은 인간임에도 결코 그리 생각할 수 없는 이도 있다는 것을 내 오늘 확실히 깨닫게 해주겠다.'

회심의 미소를 지어 보인 장승주는 아직도 충격이 가시지 않은 회의실을 쭈욱 둘러보았다.

순수하게 경악한 이들과는 달리 잔뜩 일그러진 당소명의 얼굴을 보며 그는 속으로 음흉한 미소를 지었다. 그리고는 서현, 양신얼 등과 함께 오늘 아침까지 열심히 지어낸 본 사건에서 약간의 과장과 은폐, 살이 덧붙여진 이야기를 풀어놓기 시작했다.

대충 팔황성에서의 일이 정리되자 이하원 일행은 한무결이 조금만 더 머물러 달라고 하는 데도 매정하게 떼어내고 바로 천산을 떠났다.

하지만 그들은 의외로 요녕으로 가지 않고 몽고로 향했다.

끝이 보이지 않는 초원을 지나자 사전에 알아두었던 천검파의 임하(臨河)지부가 나타났다.

그들은 즉시 그곳에 들어가 팔황성의 사절을 자청하며 천검파 장문과의 만남을 청했다. 본거지와 가깝기에 오히려 신분 높은 책임자가 없었던 임하지부에서는 어떻게 해야 할지 딱히 결정을 내리지 못해 잠시 기다리라는 말이 떨어졌다.

이하원을 웬만큼 잘 아는 사람이라면 누구나 인정할 만큼 뻔뻔하기로 유명한 이하원이나 그와 함께 다니면서 자연스레 얼굴이 두꺼워진 은상, 팔황성 내에서 오만함으로는 타의 추종을 불허하던 하세인, 영선휘 등은 그 특유의 낯 두꺼움으로 거짓 사절 행세를 하면서도 불안해하는 기색이 하나도 없었다.

그들은 임하지부 응접실에서 느긋하게 차를 마시며 본거지로 간 사람이 돌아오기를 기다렸다.

그렇게 얼마나 기다렸을까.

응접실 문이 열리며 조금 전 봤던 임하지부장과 함께 그보다 좀 더 높은 신분으로 보이는 웬 사내 한 명이 나타났다. 뒤에 지부장을 대동하고 나타난 그는 잠시 그들을 훑어보는가 싶더니 팔황성의 사절임을 증명할 수 있는 것이 있는지를 물었다.

"물론이오. 설마하니 사절로 오면서 빈손으로 왔겠소?"

능청스레 말을 한 이하원이 은상 쪽으로 손을 내밀자 은상이 허리에 매고 있던 봇짐을 넘겨주었다.

그것을 풀어 한무결의 일을 도와주면서 슬쩍했던 팔황성의 신물 중 하나인 혈마비도(血魔飛刀)와 팔황성 성주의 인장이 찍힌 서찰을 꺼내 내밀자 미심쩍다는 표정으로 그들을 보던 사내는 순간 흠칫했다. 새하얀 예기를 뿜어내는 피처럼 붉게 물든 도가 혈마비도임을 몰라볼 만큼 사내는 무지하지 않았다.

그는 더 확인해 볼 것도 없이 앞장서서 이하원 일행을 이끌었다.

말을 타고 광활하기까지 한 초원을 지나자 이름 모를 산이 나타났다. 산 아래 말을 매어두고 그들은 산속으로 들어섰다.

겉으로 보기에는 그리 대단해 보이지 않던 산이 안으로 들어가자 험난하기 그지없었다. 몽고에 이런 곳이 있었나 싶을 만큼 무성한 숲을 지나고 깊은 계곡을 넘자 그제야 천검파의 본거지가 모습을 드러냈다.

양옆에 높은 언덕을 끼고 산세를 따라 기괴하게 지어진 전각들은 강호를 많이 돌아다니지 못한 이하원 일행에게는 생전 처음 보는 진귀한 광경이라 절로 입이 벌어졌다. 감탄과 경탄을 터뜨리며 다가가자 호화의 극치를 이루는 듯한 화려한 정문에 그들을 맞이하기 위해 한 떼의 사람들이 미리 나와 있는 게 보였다.

서로의 얼굴이 자세히 보일 만큼 다가가자 그들 중 한 중년인이 앞으로 나왔다.

먼저 이하원 일행을 이곳까지 이끌어온 사내가 다가가서 혈마비도와 서찰을 건넸다. 그것을 본 중년인은 고개를 끄덕이면서도 어딘가 미심쩍다는 표정이었다.

그는 이하원 일행의 앞까지 걸어오더니 말했다.

"정녕 팔황성의 사절이 맞습니까?"

인사도 없이 대뜸 물어오는 말에 영선휘가 발끈했다. 그는 한 걸음 앞으로 나서서 검을 반쯤 뽑으며 말했다.

"그게 무슨 말이오? 지금 우리를 의심하는 것이오?!"

직접적으로 나선 것은 영선휘였지만 다른 이들 역시 표정이 험악하게 변했다. 팔황성의 성주를 대신하여 사절로 온 것인데 장문도 아니고 일개 무인에게 의심받은 것에 울화가 치민다는 듯이 몇몇은 검을 뽑으려 했고, 몇몇은 소매를 걷었다.

그저 의문이 일어 던진 물음이었는데 과격하기까지 한 반응이 돌아오자 중년인은 당황해서 얼른 표정을 지우며 무마했다.

"그런 게 아니라, 그저 이런 때에 대대적인 사절을 보낸다는 게 아무래도 이해가 되지 않아서……."

"그래서 정말 의심을 한다?"

"아닙니다, 아닙니다. 그저 물음이었습니다. 결코 의심해서 그런 게 아니었으니 노여움을 푸십시오."

중년인은 고개를 숙이며 용서를 구했다.

"쯧!"

영선휘는 여전히 탐탁찮다는 표정으로 혀를 찼다. 하지만 이하원이 나서서 팔을 잡아당기자 어쩔 수 없다는 듯이 뒤로 물러났다. 그리고 그 모습에 중년인은 속으로 안도의 한숨을 내쉬었다.

혈마비도와 성주의 인장이 찍힌 서찰.

워낙 확실한 증거가 있으니 이런 시기에 올 리 없는 사절이었지만 의심할 여지라고는 없었다. 단일 세력으로는 강호 최고라고 해도 과언이 아닌 팔황성의 사절인 만큼 일부러 미움을 살 필요는 없다. 그런 생각에 그는 자존심도 버리고 다시 한 번 양해를 구한 후 뒤쪽에 포진한 이들에게 짧게 지시를 내리고 손수 이하원 일행을 안으로 이끌었다.

그렇게 해서 그들은 수월하게 천검파 내부로 잠입할 수 있었다.

"…정파가 요녕까지 몰렸다는 말을 듣고 요녕으로 오던 중 우연찮게 팔황성에서 변고가 있었음을 안 이 대협께서는 비밀리에 수소문하

여 천검파의 본거지를 알아냈다고 합니다. 팔황성에 일이 터져 외부에
힘을 쏟을 틈이 없을 때 천검파까지 혼란에 빠뜨리면 정파에서는 백교
만 상대하면 될 거라고 생각했기 때문입니다. 그렇게 되면 아무래도
삼분지 이의 힘이 한꺼번에 줄어들게 되니 지금까지보다는 대적을 하
는 데 수월해지지 않겠습니까? 할 수만 있다면 사파의 양대 산맥이라
할 수 있는 천검파를 뿌리째 뽑고 싶었으나 이 대협의 힘만으로 천검
파 전체를 상대하기에는 힘이 모자랐기에 우선은 장문을 암살해 내부
를 혼란에 빠뜨리기로 결정을 내렸다고 합니다. 그래서 본거지로 잠입
해 들어간 거지요. 물론 본거지인 만큼 경계의 삼엄함은 이루 말할 수
도 없을 정도였을 겁니다. 그런데도 이 대협께서는 오로지 백척간두에
선 정파를 위해 위험을 무릅쓰고 잠입해 들어간 겁니다. 그 과정에서
몇 번이나 들킬 위험이 있었다고 하더군요. 더는 자세히 말해주지 않
았지만 유추해 보기에 아마도 뛰어난 잠입 실력과 번뜩이는 기지로 어
찌어찌 위기를 넘긴 게 아닐까 생각합니다."

　대접은 최상급이었다.
　한참 정파를 밀어붙이고 있는 상황에서 작전의 수행에 문제가 없는
데 느닷없이 팔황성에서 사절을 파견한 것에 의문을 품으면서도 천검
파에서는 부족함이 없도록 최대한 배려해 주었다. 중년인을 따라 들어
간 이하원 일행은 곧바로 천검파 장문, 호연진을 만나 인사를 나누었
고, 팔황성에서 천검파까지 오느라 힘들었을 것을 생각해 내일 본격적
으로 이곳까지 사절로 오게 된 용건을 이야기하기로 했다.
　결코 지위가 낮지 않아 보임에도 중년인은 장문에게 안내해 주는 것
에서 그치지 않고 처소까지도 안내해 주었다. 중앙에 아담한 연못을
끼고 있는 처소는 주변 건물과 약간 떨어져 있어 고요하기도 하여 외

부에서 온 손님이 지내기에 안성맞춤이었다.

"편히 쉬십시오."

흡족하게 주변을 둘러보는 이하원을 향해 인사한 중년인이 돌아가고 이하원 일행만 남게 되자 그들은 미적대며 주변을 둘러보다 안으로 들어갔다. 할 일 없이 느긋하게 담소를 나누던 그들은 날이 어두워지며 주변이 고요해지자 감시하고 있던 이들이 혹시나 안에 있는 이하원 일행에게 들키지나 않을까 하여 경계망을 뒤로 물리자 중앙 탁자에 모여들어 머리를 맞대었다.

영선휘가 먼저 입을 열었다.

"이제 어떻게 하실 생각이십니까?"

"어떻게 하기는 뭘 어떻게 해? 당연히 목적한 일을 실행해야지."

"오면서 보니까 경계가 보통 삼엄한 게 아니던데요? 게다가 여기까지도 감시를 하고 있지 않습니까. 이런 상황에서 과연 성공할 수 있겠습니까? 아니, 설혹 성공을 한다고 하더라도 보아하니 빠져나가기가 쉽지 않을 것 같은데요."

영선휘의 물음에 이하원이 간단하게 대답하자 하세인이 이의를 제기했다. 이하원은 그를 한 번 보고 고개를 끄덕이며 말했다.

"확실히 그렇지. 그래도 지금이 적기야. 팔황성에서 황주인 척 연극을 하고 있는 사호와 육호에게 빠져나오라고 한 날이 이제 열흘 정도 남았다. 그런데 이때 시기적절하게 천검과 장문이 암살을 당한다면 어떻게 될 것 같으냐?"

"아!"

"겨우 혼란이 가라앉고 평정을 되찾아가는 팔황성의 상황을 보자면, 무결에게는 좀 미안하지만 그래도 이것만이 정파가 살 길이다."

이하원은 살풋 미간을 찌푸리고 말하다가 은상을 봤다.

"참, 그러고 보니 팔황성과 백교 사이에 연락이 오가지 않도록 잘 막아두라고 한 것은 어찌 되었지?"

"양쪽에서 오가는 전령은 모조리 막기로 했습니다. 물론 전 성주에 대한 것이 아니라면 우리 쪽에서 상대의 전령인 척하여 본래의 서신을 그대로 전해주라고 지시해 두었습니다. 전 성주의 일 같은 큰일을 전 서구로 전할 리는 없을 테니 아마 앞으로 몇 달간은 그에 대해 어느 쪽도 알지 못할 겁니다."

"음."

이하원이 눈을 감으며 턱을 쓸었다. 영선휘가 물었다.

"그럼 결행은 언제 하실 작정이십니까?"

"쯧쯧, 미친놈. 머리는 뒀다가 어디에 쓰려는 건지……. 네놈은 그 정도도 예상이 가지 않느냐?"

듣고 있는 것만으로도 한심해서 하세인이 무슨 이런 바보가 다 있냐는 듯이 혀를 차며 말하자 영선휘가 발끈했다.

"야, 이 빌어먹을 놈아! 언제 천검과 우두머리의 목숨을 끊어놓을지는 주군께서 결정하는 것으로 주군의 마음대로인데, 주군의 속에 들어가 보지 않은 내가 어찌 안단 말이냐?! 모르는 게 당연하지!"

"그러니 바보라고 하는 거다."

"뭐라?"

영선휘가 참지 못하고 벌떡 자리에서 일어나자 이하원이 팔을 끌어 다시 앉혔다. 그때 하세인이 말했다.

"누누이 말하지만 생각을 좀 해보란 말이다, 생각을. 조금 전에 천검과 장문과 주군이 무슨 대화를 나누었느냐?"

"뭐?"

"팔황성의 사절로서 내일 본격적으로 그에 대한 이야기를 하기로 한 것을 네놈은 벌써 잊었느냐? 만일 오늘 결행을 하지 않는다면 꼼짝없이 내일 정말 팔황성의 사절인 척하며 천검파 장문과 면담을 해야 하지 않겠느냔 말이다.”

'그러고 보니 그렇군.'

그제야 이해가 간 영선휘는 차마 뭐라 따지지는 못하고 하세인을 노려봤다. 바보 취급을 당한 게 기분 나빴지만 맞는 말이니 마땅히 쏘아붙일 거리가 없었던 것이다.

이하원이 빙그레 웃으며 말했다.

“그렇다. 비록 며칠 팔황성에 머물기는 했지만 그에 대해 자세히 알지도 못할뿐더러 진짜 사절도 아니니 사절인 척 천검파 장문과 면담을 하는 것은 불가능해. 그러니 결행은 오늘 밤에 할 것이다. 오자마자 일을 벌이게 되어 많이 피곤할 것임은 알지만 어쩔 수가 없다. 하니 모두들 충분히 쉬어두도록 해라.”

“네, 주군!”

영선휘의 자신만만한 대답과 은상, 하세인의 끄덕임으로 회의 아닌 회의는 끝이 났다.

“내 말이 무슨 뜻인지, 알아들었겠지?”

캄캄한 밤.

어둠이 드리워진 벽에 달라붙다시피 한 이하원이 실컷 설명을 하더니 끝으로 형식적인 물음을 던지자 대부분이 어이가 없다는 표정을 짓다 말고 너나 할 것 없이 전음을 보냈다.

“그래서, 정말 기습을 할 생각이십니까?”

“아니, 왜 기습을 하려 하십니까? 주군께서는 그러지 않아도 될 만큼 충분히 뛰어나십니다! 게다가 스물이 넘는 수하들도 밑에서 대기하고 있는데 도대체 왜?!"

"천검과 장문 정도는 주군께서 굳이 '힘'을 쓰지 않아도 이길 수 있습니다. 그런데 왜 비겁하게 기습을……."

'또 시작이군' 하는 표정으로 반쯤 포기한 듯 묻는 은상, 믿을 수 없다는 듯이 반발을 하고 나선 영선휘, 조금이라도 이하원을 이해하기 위해 노력은 하지만 잘되지 않는 듯 어리둥절해하는 하세인까지.

모두가 이하원의 결정을 쉽사리 받아들이지 못하고 있었다. 하지만 언제나 이런 일에서만은 꽤나 독재자적인 성향을 드러내는 그답게 이하원은 자신의 생각을 굽히지 않았다.

"본래 암살 자체가 비겁한 건데 그 수법이 조금 비겁하다고 해서 무슨 문제가 되나? 난 단지 쉽게 가려는 것뿐이다. 일부러 힘든 길을 찾아서 갈 필요는 없지 않겠느냐? 암살이라는 비겁한 수법을 선택했으면서 정정당당을 외치며 정면 대결을 해 일부러 수하들을 위험에 빠뜨리는 것만큼 멍청한 짓도 없으니 너희들은 잔말 말고 몰래 숨어서 기다리다가 내가 기회를 봐서 기습하여 성공하면 그때를 기하여 연이어 공격을 퍼부어라. 알겠느냐?"

"……."

불만이 많은 듯 대답하는 이는 한 명도 없었다. 그러다 이하원이 협박을 하듯 눈을 부라리자 어둠 속에서도 번뜩이는 눈빛이 대답을 강요하는 듯해 그제야 마지못해 고개를 끄덕이는 은상 등이었다. 그러면서도 끝내 대답은 하지 않았다.

이하원은 어린아이같이 불만을 드러내는 이들을 보며 피식 웃었다. 그리고는 가볍게 발끝에 힘을 실어 벽 사이로 튀어나온 돌을 밟고 맨 위층에 있는 장문의 처소를 향해 몸을 띄웠다.

토옥—

귀를 기울여도 겨우 들릴까 말까 하는 미세한 소리와 함께 이하원이 위로 몸을 날리자 불만이 많은지 그때까지도 불퉁하니 있던 은상과 하세인, 영선휘는 별수없다는 듯이 푹 한숨을 쉬고 그 뒤를 따랐다.

창 너머로 그림자가 어른거렸다.

이미 밤이 늦어서인지 방 안에는 천검과 장문 혼자 있는 듯했다. 물론 처소를 중심으로 그 주변에 은신하여 삼엄히 경계를 하고 있는 그림자들이 있기는 했지만.

이하원은 은상, 하세인, 영선휘에게 각기 한 방향을 지정해 그쪽에 있는 이들을 빈틈없이 처리하도록 지시하고 자신은 천장으로 향했다.

스스슥—

주변과 동화되다시피 하여 이하원이나 은상, 하세인, 영선휘 정도는 되어야 확실한 위치를 감지할 수 있을 만큼 숨어 있는 자들의 은신 실력은 뛰어났다. 밑에서 대기하고 있는 수하들 중 한 명이라도 데려왔다면 들키지 않을 수 없었을 만큼.

이하원은 비록 독단으로 결정한 것이기는 하지만 자신의 선택이 옳았음을 깨달으며 어둠 속에서도 주변보다 좀 더 짙게 드리워지는 그림자를 따라 이동했다. 그러다 바로 앞 천장 기둥에 은신해 있는 사내를 발견하고는 단숨에 그 뒤로 숨어들어 가 뇌해혈(腦海穴)을 찍었다.

"끄륵……."

사혈을 찍힌 자는 가래 끓는 소리를 내는가 싶더니 바로 숨이 끊어졌다. 그러자 저절로 은신술이 풀려 그대로 바닥으로 곤두박질쳤다. 하지만 바닥으로 떨어지기 전에 이하원이 가볍게 손을 뻗어 받아내 소리가 나지 않도록 조심히 사내를 한쪽에 구겨놓고, 이번에는 천장 모서리에 은신해 있는 사내를 향해 움직였다.

그렇게 세 명을 처리했을 때였다.

"끝났습니다, 주군."

"여기도 끝났습니다!"

"완료!"

은상, 하세인, 영선휘의 전음이 거의 동시에 들려왔다.

만족스레 미소를 지은 이하원은 그 여세를 몰아 천장의 곳곳에 은신해 있던 그림자들을 빠르게 처리해 나갔다. 그렇게 주변을 삼엄히 경계하고 있던 그림자들을 모조리 처리하자 이하원은 더 지체하지 않았다.

그는 즉시 기둥을 돌아 방 안으로 들어갔다.

이제 기습으로 회복하지 못할 치명상만 입히면 일은 끝난 거나 다름 없었다. 생각보다 의외로 일이 쉽게 풀리고 있다는 생각에 입가에 미소가 어리기까지 했다. 하지만 역시나, 상황은 그리 만만하지 않았다. 어떻게 된 노릇인지 만전에 만전을 기해 그토록 조심했는데 이미 장문은 기습을 예상하고 준비를 하고 있었던 것이다.

사악—

어둠 속에서 몸을 노출시키지 않은 채 한지에 물이 스며들 듯 들어갔는데, 황당하게도 안으로 들어서기 무섭게 대뜸 강풍이 이하원의 얼굴로 들이닥쳤다.

'헉!'

이하원은 깜짝 놀라고 말았다. 너무도 뜻밖이라 어떻게 피할 틈도 없었다. 그는 급한 대로 얼른 손을 들어 앞을 막았다. 그때 가슴께에서도 미세한 바람 소리가 감지되었다. 가슴으로 몰아치는 바람 소리는 안면 가죽을 찢어발길 듯이 다가오는 강풍은 아니었지만 그 역시 그냥 넘기기에는 심상찮은 소리였다.

그는 급격히 내공을 끌어올리며 한 손으로 얼굴을 막고, 다른 손으로는 가슴 앞을 막으며 한 걸음 뒤로 물러났다. 후퇴를 해서 공격해 오는 방향대로 움직임으로써 공격력을 어느 정도는 흡수할 생각이었다. 그리고 그때 정확한 공격이 이하원에게로 퍼부어졌다.

퍼엉—!

"흡!"

공격을 받기 무섭게 이하원은 급히 숨을 들이키며 다시 몇 걸음 뒤로 물러났다. 믿을 수 없다는 듯 그의 동공은 확장되어 있었다. 그럴 수밖에 없는 것이, 상황은 이하원의 예상과는 너무도 달랐다.

얼굴을 향해 오는 강풍은 실초, 가슴으로 오는 미풍은 허초일 것이라 생각했다. 물론 일부러 그렇게 생각하도록 속여서 반대로 얼굴을 향해 허초를, 가슴을 향해 실초를 쓸 수도 있지만 먼저 맞부딪치게 되는 게 가슴으로의 공격이었기에 그는 그것을 허초로 봤다. 실초로 먼저 공격을 하고 뒤에 허초를 쓸 리는 없을 테니까. 그리고 그 짧은 시간에 이것저것 궁리를 할 수는 없을 것이라고 봤다.

짧은 순간 거기까지 생각한 이하원은 내력을 집중적으로 얼굴을 막은 왼손에 집중시켰다. 그런데 뜻밖에도 그의 예상은 빗나갔다.

알고 보니 먼저 도착한 가슴의 공격이 실초였고 뒤늦게 얼굴을 스쳐 간 공격이 허초였던 것이다. 거기다 방 안으로 들어서는 자신의 기척을 느끼고 준비한 것이라면 시간이 촉박한 만큼 적수공권일 거라 예상했는데, 상대는 허초를 쓴 얼굴은 맨손으로 공격해 왔지만 실초를 쓴 가슴은 도(刀)로 공격해 왔다.

그렇다 보니 천하의 이하원도 당하지 않을 수가 없었다.

터억—

등에 벽이 닿았다. 다행히 어디가 부러지거나 베이거나 하지는 않았지만 오른손이 찌릿찌릿했다. 기혈이 들끓는 듯 속이 콱 막히며 답답했다. 그는 공기가 희박해지는 느낌에 숨을 쉬려 노력하며 눈을 가늘게 떴다. 어둠 속이라 잘 보이진 않았지만 한 손에 도를 들고 비죽이 미소를 짓고 있는 자는 천검파의 장문, 호연진이었다.

그는 이하원을 노려보며 한 걸음 한 걸음 다가왔다.

"감히 이따위 얄팍한 수로 본좌를 어찌하려 들다니, 어린놈은 어쩔 수가 없구나. 본좌가 주변에 깔아둔 그림자들과 매초마다 전음을 주고받는다는 사실은 석운적도 몰랐던 모양이지? 자, 말해봐라. 석운적, 그놈이 날 죽이라 하더냐?"

"……."

이하원은 대답하지 않았다. 아니, 못했다.

제대로 쏟아내지 못한 내력이 도로 몸으로 흡수되면서 가슴이 답답해졌다. 제대로 숨을 쉴 수도 없는데 무슨 대답을 할 수 있겠는가.

그는 점점 새하얗게 눈앞에 변하는 느낌에 세차게 입술을 깨물었다. 뒤늦게 부상을 당한 가슴이 화끈거려 왔지만 살필 겨를도 없었다. 정신을 차리려 애를 쓰며 손을 뒤로 돌려 검 손잡이를 잡았다. 어둠 속에서 빛에 반사될까 쓸 생각을 하지 않았는데 지금은 아무래도 검을 쓰는 게 좋을 듯했다.

이하원이 입술만 꽉 깨문 채 발검할 자세를 잡자 호연진의 얼굴에 웃음이 가셨다.

이미 기습은 실패했다. 십이성의 공력을 담은 공격이 먹혔음에도 그대로 절명하지 않은 것은 가상하다만, 분명 가볍지 않은 내상을 입었을 텐데 포기하지 않는 것을 보니 어린놈이 참으로 독하다 싶었던 것이다. 호연진은 도를 옆으로 세우며 코웃음 쳤다.

"흥! 대답하지 않고 있으면 실토를 할 때까지 목숨만은 살려둘 거라 생각하는 모양인데, 큰 오산이다. 이미 배후가 누군지 다 아는 이상, 오늘 네놈의 목을 베어 감히 천검파를 만만하게 보고 간 크게도 본좌를 어찌하려 한 석운적에게 선물로 줄 것이다!"

말과 함께 호연진은 다시 한 걸음 앞으로 내딛었을 때였다.

"쿨럭!"

이하원이 기침과 함께 한 모금의 피를 토했다. 자존심이 상해서라도 삼키고 싶었지만 가슴이 답답해서 더 이상 참을 수가 없었던 것이다.

이하원이 피를 토하자 은신하고 있던 은상과 하세인, 영선휘는 기습이 성공하면 끝장을 낼 때나 나오라던 이하원의 말은 기억나지도 않는지 더 생각해 볼 것도 없이 대뜸 방 안으로 날아들었다. 작전이고 뭐고, 무시해 버리고 무작정 튀어나온 그들은 모습을 드러내기 무섭게 서로 눈빛을 주고받더니 은상은 이하원에게로 뛰어갔고, 하세인과 영선휘는 호연진을 공격했다.

"주군, 괜찮으십니까?"

은상이 달려와 부축을 하며 소리치자 이하원이 피식 웃으며 검 손잡이를 잡고 있던 손을 떼고 입가에 흐른 피를 닦아냈다.

"괜찮지 않으면? 설마 이대로 죽기라도 할까 봐?"

"주군!"

장난처럼 한 말이었지만 그 말에 은상은 표정을 굳혔다.

"농담으로라도 그런 말씀은 하지 마십시오. 아시겠습니까?"

왜 과민반응을 하고 그러냐고 핀잔을 주려던 이하원은 별것 아닌 말이었음에도 그 말에 은상의 얼굴이 딱딱하게 얼어붙어 있자 핀잔 대신 고개를 끄덕였다.

"알았다. 잘 알아들었으니 세인과 선휘나 도와주도록 해라."

이하원이 턱짓으로 한쪽에서 격렬하게 싸우고 있는 호연진과 하세인, 영선휘를 가리켰다.

이하원에 은상, 하세인, 영선휘까지 나선 이상 호연진의 죽음은 기정사실화된 것이나 마찬가지였다. 물론 다른 조력자가 나타나지 않는다는 전제하에. 하지만 이런 식으로 싸우다가는 소리를 듣고 다른 조력자가 오는 것도 시간문제나 다름없었다.

처음에는 이하원이고, 하세인이고, 영선휘고 할 것 없이 단숨에 목숨을 끊어놓으려던 호연진은 그들의 실력이 보통 고강한 게 아니라 혼자서는 아무리 해도 이길 수 없을 것 같다는 생각이 들자 일부러 크게 소리를 지르고 있었다. 하세인과 영선휘만으로도 우열을 가릴 수 없는 접전인데 방 안으로 뛰어들어 올 때 펼친 경신술로 봐서 그들 못지않은 실력자로 보이는 은상에, 십이성의 공력을 쏟아 부었음에도 내상만 입었을 뿐 죽지 않을 정도로 강한 이하원이 가세한다면 결코 살아남을 수 없다는 것을 정확히 꿰뚫어 보고 있었던 것이다.

호연진은 모르고 있었지만 사실 처소 주변은 이하원의 힘으로 음파가 차단되어 있었다.

내상을 입었음에도 불구하고 조력자가 나타나면 곤란해진다는 것을 잘 아는 이하원이 최대한 음파를 차단하고 있었던 것이다. 하지만 내상을 입은 상태라 그 힘이 언제까지 지속될지는 알 수 없었다. 그렇기 때문에 시간문제라고 한 것이다.

힘이 풀려 음파를 차단하지 못하고 소리가 새어 나가 조력자가 먼저 나타나느냐, 아니면 그전에 호연진을 처치하느냐.

관건은 그것이었다.

도와주라고 했는 데도 쉽게 자신의 곁을 떠나려 하지 않는 은상의 모습에 이하원은 속으로 한숨을 내쉬며 자신이 직접 나섰다.

결코 내상이 가볍지는 않았지만 순간의 기지로 부딪치는 상대가 적수공권이 아닌, 도를 사용하고 있다는 것을 알게 되자 얼른 좀 더 많은 내력을 오른손에 실은 데다 피로 토해냄으로써 막혀 있던 기혈이 뚫리 자 중상까지는 가지 않은 상태였다. 그래서 의외로 그는 정상일 때만 큼은 아니지만 어렵지 않게 움직일 수 있었기에 검을 뽑아 들고 호연 진을 공격했다. 그리고 그 뒤를 따라 은상이 가세했다.

팽팽하게 이어지던 접전은 이하원과 은상이 끼어듦으로써 급격히 한쪽으로 기울어지기 시작했다.

하세인과 영선휘의 협공만으로도 충분히 벅찼다.

객관적으로 따져 그렇지 않아도 보통 문파에서는 보기 드물 만큼 뛰어난 실력을 가지고 있었는데, 지난 삼 년간 일취월장한 터라 하세인과 영선휘가 합친 힘은 한 문파의 장문인인 호연진을 넘어서고 있었다. 그런데도 지금껏 좀처럼 우열을 가릴 수 없었던 것은 순전히 호연진의 노련함 때문이었다.

막기 힘들겠다 싶은 공격은 흘리고, 협공을 중심으로 익힌 무공이 아님을 간파해 하세인과 영선휘, 서로가 상대의 공격을 약화시키도록 적절히 조절했던 것이다. 그렇게 버티면서 조력자를 기다리고 있었는 데 갑자기 이하원과 은상이 끼어들어 협공이기에 오히려 우세를 점할 수 없던 상황을 깨고 공격을 흘릴 수 없도록 사방을 점하자 호연진은 열세에 처할 수밖에 없었다.

차앙—!

도를 아래로 내렸다 위로 쳐올리며 영선휘의 공격을 막아낸 호연진 은 손아귀가 찢어질 듯 쓰려오자 노기가 치솟았다.

다른 사람도 아니고, 천하의 호연진이 이런 애송이들을 상대로 위기 에 몰리는 것은 지금껏 생각해 본 적도 없었다. 그런데 꿈에서도 상상 해 보지 못한 상황이 현실로 벌어지고 있으니 어찌 울화가 치밀지 않으랴. 그는 노기 어린 얼굴로 크게 호통을 쳤다.

"대관절 네놈들은 누구냐!"

누군가가 듣기를 바라 일부러 목청껏 소리쳤다는 것을 알면서도 이하원은 여유로웠다. 그는 빙긋 웃으며 말했다.

"팔황성에서 온 것이라 장담할 때는 언제고, 새삼 그리 물으니 당황스럽기 그지없소. 왜, 지금은 석운적의 졸개 같아 보이지 않소?"

"아무리 팔황성이라지만 네놈들과 같은 실력자 넷을 나 하나 암살하기 위해 보낼 리가 없지 않느냐!"

"이런! 스스로를 너무 과소평가하는 것 같은데?"

"또한 조금 전 저놈이 네놈에게 '주군'이라고 하는 소리를 들었다. 팔황성에서는 오로지 성주만이 주군이고, 다른 어떤 이도 주인으로 모실 수 없다는 것을 알고 있다. 하니 네놈들은 결코 팔황성에서 온 것이 아니야! 도대체 네놈들의 정체는 무엇이냐?"

안면을 향해 내찔러 오는 하세인의 검을 막고, 뒤로 물러서면서도 호연진은 끝까지 물음을 던졌다.

쇄액—

이하원이 빠르게 앞으로 쏘아져 나가 발끝으로 호연진의 무릎을 걸어차 올리며 검으로는 옆구리를 공격했다. 호연진이 무릎을 뒤로 빼고 옆구리를 막는데 은상이 뒷목을, 영선휘가 왼쪽 어깨를 공격해 왔다.

차앙—!

도를 뒷목과 왼쪽 어깨로 돌리며 막고 손바닥에 공력을 모아 옆구리를 막는데 이하원의 음성이 들려왔다.

"순순히 우리가 누구라고 가르쳐 줄 것 같았으면 암살 시도 자체를 안 했을 것이오. 그것보다 이미 느꼈겠지만 혼자서는 우리를 이길 수 없으니 그만 포기하는 게 어떻겠소?"

"어림도 없는 소리!"

"쯧, 괜한 시간 낭비는 하지 않았으면 했는데……."

버럭, 외치는 호연진의 말에 이하원이 안타깝다는 듯이 혀를 찼다.

분명 열세에 처한 것은 호연진이었다. 그런데 어째 호연진보다 이하원이 더 초조해하고 있었다.

사실 그도 그럴 것이, 내상 때문인지 음파를 차단해 놓은 막이 중간중간 끊어지고 있었다. 내공을 많이 쏟아 부으면 부을수록 끊기는 간격이 짧아졌다. 그래서 이하원은 최대한 내공을 아끼고 있었다. 그렇게 해서 아직까지는 소리가 밖으로 새어 나가지 않았지만 이대로 가다가는 언제 막이 사라질지 알 수 없었다.

만약 그렇게 되어 천검과 무인들이 몰려온다면 이곳을 빠져나가야 하는 이하원 일행으로서는 희생이 불가피해진다. 누구도 잃고 싶지 않은 이하원이기에 그런 상황은 전혀 달갑지 않았다.

분명 조금만 더 밀어붙이면 호연진의 목을 거머쥘 수 있다. 하지만 그때까지 자신의 힘이 버텨줄지 의문이었다.

'어쩔 수 없지.'

결국 이하원은 더 견디지 못하고 주변을 차단해 놓은 힘까지 거두어들여 한꺼번에 모든 힘을 내공으로 전환했다. 그리고 폭발적인 내공을 검에 주입하며 외쳤다.

"모두 뒤로 물러서!"

소리를 지름과 동시에 앞으로 몸을 날리며 검을 휘둘렀다.

싸아악―

공기를 찢어발기는 소리와 왜인지 절로 몸이 움츠러드는 위압적인 기운에 호연진은 이 공격이 심상치 않음을 대번에 알아챘다. 수하들을 뒤로 물리는 것부터가 이상했다. 호연진은 급히 내공이란 내공은 모조리 끌어모아 방어막을 펼쳤다. 하지만 그때는 이미 늦은 후였다. 물론 늦지 않았더라도 막을 수 없었겠지만.

꽈아앙―!!

초조한 마음과 내상으로 힘 조절이 되지 않았던지 호연진의 몸을 반 토막 낸 기운은 거기에서 그치지 않고 전각의 한쪽을 날려 버렸다.

음파를 차단해 놓지 않았기에 엄청난 굉음이 터져 나가자 호연진의 처소 주변을 감싸고 사태를 주시하고 있던 이하원의 수하들이 누가 먼저랄 것도 없이 부르지도 않았는데 은신을 풀고 튀어나왔다.

삐익― 삐익―

어디선가 피리 소리가 들린다 싶더니 순식간에 주변이 대낮처럼 밝아졌다. 곳곳에서 불꽃이 피어오르고 사방이 소란스러워졌다.

조금 전의 고요는 옛날 일인 듯 천검파 전체에 비상령이 걸렸다.

곧 사태는 이하원이 뜻하지 않은 방향으로 움직이기 시작했고, 미처 이하원 일행이 빠져나가기도 전에 반쯤 무너져 버린 장문의 처소를 중심으로 천검파의 무인들이 겹겹이 둘러쌌다.

그 짧은 시간에 경비는 몇 배나 강화되었다.

어떻게 따로 빠져나갈 구멍도 없어 결국 이하원 일행은 정면으로 포위망을 뚫을 수밖에 없었다. 그리고 뜻하지 않게 내상을 입은 이하원을 최대한 보호하면서 강화된 포위망을 뚫고 빠져나오려 하다 보니 부상자가 속출할 수밖에 없었다.

"비록 천검파의 장문이 지금 정파의 적이고, 또 사파의 양대 우두머리 중 한 명이라고는 하나 그래도 한 파의 장문이기에 이 대협은 예를 갖추어 정면 대결을 하기로 결정했다 합니다. 장문의 처소를 삼엄하게 경계하고 있던 이들을 모두 처치하고, 장문이 눈치 채지 못했을 때 암습하여 처치할 수도 있었지만, 이 대협은 스스로 모습을 드러내 정정당당한 비무를 권했습니다. 홀로 천검파 전체를 감당할 수 없어 암살이라는 극단적인 수를 쓰게 되었지만 그 수법까지 비겁해서는 안 된다고 생각했기 때문입니다. 그런데 아무리 한 파의 장문이라고는 하지만 역시 사파인은 어쩔 수가 없는지 천검파의 장문은 그것을 받아들이지 않았습니다. 처소를 지키고 있던 그림자가 모두 사라진 것을 알게 되자 앞뒤 가리지 않고 암습을 시도했던 것입니다. 당연히 한 파의 수장으로 비무를 받아들일 것이라 생각하고 있던 이 대협은 뜻밖의 암습에 미처 방비하지 못해 부상을 입고 말았습니다. 그 뒤로는 천검파 장문의 공격 일변도였다고 하더군요. 아무리 이 대협이라지만 가슴에 큰 부상을 입고 장문을 상대할 수 있을 리가 없으니 말입니다. 하지만 이 대협은 포기하지 않았습니다. 그는 중상에 가까운 부상을 입고도 오로지 정파를 위해 끈질기게 천검파 장문의 목숨을 노렸습니다. 그러다 이 대협이 부상을 입었다는 것에 방심하고 있었던 건지, 결국 천검파의 장문은 이 대협의 손에 목숨을 잃었다고 합니다. 천검파 장문의 암살 사건의 전모는 바로 이것입니다."

"……."

들으면 들을수록 놀라운 이야기가 끝이 나자 회의실 안은 그야말로 고요했다. 한 세대 전 정파 강호를 이끌었다고 해도 과언이 아닌 제한열, 신은소(伸殷素), 이연(李演), 서연영(徐燃永) 같은 기인들조차 할 말을 잃었으니 다른 이들은 말할 것도 없었다.

뜻밖의 이야기.

꿈에서도 상상하지 못했던 희소식.

그로 인해 바뀌게 된 현실을 생각하며 그들은 그 후로도 한참 동안 그렇게 침묵했다. 그리고 그 오랜 침묵은 한참의 시간이 흐른 후 당소명에 의해 깨어졌다.

"그, 그래서 그놈… 아니, 그는 지금 어디에 있소?"

'그놈' 소리에 순식간에 주변의 시선이 몰려들자 당소명은 재빨리 말을 바꾸었다. 사람들은 그저 말실수를 한 것이라 생각하고 가볍게 넘겼지만 장승주는 아니었다. 그는 순간 비소가 터져 나오려는 것을 꾹 누르고 겉으로는 아무렇지도 않은 척 말했다.

"이 대협께서는 현재 제 처소에 계십니다. 어젯밤, 잠이 오지 않아 후원을 거닐던 중 부상을 입고 쓰러져 있던 이 대협을 발견하고 얼마나 놀랐는지……."

그렇게 말하며 그는 일부러 가슴을 쓸어내렸다.

그 모습에 지금껏 약간의 과장과 은폐, 살이 덧붙여진 이야기에 다른 사람들과 같이 마치 처음 듣는 사람처럼 표정 연기를 하고 있던 서현과 양신얼이 더 이상은 표정 관리를 할 수가 없을 정도로 웃음이 터져 나오려 하자 얼른 입술을 꾹 깨물며 고개를 숙였다. 물론 다른 사람들은 그것을 눈치 채지 못했다.

장승주를 비롯하여 지난 삼 년간 행방이 묘연하다 이번에 귀환한 이들은 엄연히 각자가 소속된 문파의 처소가 있음에도 불구하고 본래의 자리로 돌아가지 않고 새로이 별채를 빌려 따로 지내고 있었다.

이들이 처음 따로 지내겠다는 말을 꺼냈을 때는 대부분이 반대했다. 하지만 삼 년이라는 시간이 짧다면 짧지만 또한 길다면 긴 시간이라, 아무리 삼 년 전까지만 하더라도 자신들이 머물던 곳이라고는 하나 어울리기가 쉽지 않다는 말에 한 사람이라도 필요한 형편이라 결국 찬성하고 넘어가 지금은 그렇게 지내는 것이 당연시 되는 실정이었다. 뭐, 그래도 다행이라면 처음 완벽하게 이쪽과 저쪽으로 선을 긋고 벽을 치며 공기마저 다른 듯 따로 행동하던 이들이 지금은 조금씩 문을 열어 각기 자신이 소속된 문파에 섞여 들어가고 있다는 것이었다.

그에 약간은 불안한 듯 지켜보던 이들도 그제야 안심했다. 진실이 무엇인지, 왜 이제 와 그들의 행동이 달라진 것인지에 대해서는 조금도 알지 못한 채.

"그럼 내일은 되어야 만날 수 있는 겁니까?"

행방불명이 되기 전까지만 해도 유독 이하원과 사이가 좋았던 모용현중이 시종 희색을 띠고 이야기를 듣다 물었다. 장승주의 시선이 그에게로 향했다. 모용현중이 이하원에게 호의를 갖고 있다는 것을 아는지라 그를 보는 장승주의 눈빛은 따뜻했다.

"저는 그렇게 하는 게 좋지 않을까 싶습니다. 부상도 그렇고, 몽고에서 여기까지 쉴 틈도 없이 오느라 피로가 쌓였을 터. 물론 여러분께서 부르신다면 자신의 상황을 돌보지 않고 당장에 오겠다고 할 이 대협이지만, 그래도 쉴 시간을 주는 것이 좋지 않겠습니까? 여러분께서 이 대협께 묻고 싶은 것도 많고, 듣고 싶은 것도 많다는 것은 압니다만, 그것은 내일로 미루는 게 어떻겠는지요?"

"음."

"확실히 그렇군."

본래 이하원과 친분이 있는 이들과 지금 장승주의 이야기로 호의를 가지게 된 이들이 아쉬워하며 수긍했다.

장승주와 서현, 양신얼은 회의실을 둘러보며 만족스레 미소 지었다. 그리고 어느 순간 그들의 시선이 동시에 당소명에게로 향했다. 그는 겉으로는 아무렇지도 않은 척, 오히려 아쉬움을 드러내기까지 했지만 때때로 두 눈에서 새파란 광망을 뿜어내며 이를 갈고 있었다.

그 모습에 장승주 등은 속으로 피식 웃고 말았다.

뜻하지 않은 부상에 일을 마치기 무섭게 요녕으로 와버린 이하원이나 한 다리 건너서 사건의 전말을 들은 장승주 등은 미처 알지 못했지만, 이하원이 요녕으로 향할 때 천검파 측에서는 장문을 암살한 이가 팔황성의 사절이라고 한 것을 빌미 삼아 팔황성에 항의했다.

마침 갑작스런 두 황주의 실종에 당황해 이것저것 조사를 하였으나 딱히 잡히는 단서가 없어 오리무중이던 팔황성 측에서는 처음부터 사절을 보낸 적이 없다고 해명하는 한편, 혹시 천검파 측에서 자신들은 하지도 않은 장문의 암살을 보복하겠다는 생각에 두 황주에게 무슨 짓을 한 것은 아닐까 의심했다.

아무리 뒤져도 두 황주의 실종을 파헤칠 실마리가 나오지 않았기 때문일까? 어째 생각하면 할수록 더욱 그런 것 같았다.

의심은 심증으로, 심증은 확증으로 굳어갔다.

그래서 이번에는 팔황성 측에서 장문의 암살은 자신들과 상관없는 일인데 혹 천검파 측에서 이를 오해하고 보복 심리로 두 황주에게 무슨 해코지를 한 것은 아닌지, 그에 대해 해명해 줄 것을 요구했다. 당연히 천검파 측에서는 말도 안 되는 소리라며 일축했다. 하지만 팔황성 측도, 천검파 측도 상대가 딱 잡아떼고 있는 것이라 생각했다.

서로가 서로를 믿지 않으니 사건은 정리될 수가 없었고, 팔황성과 천검파 사이에 알력은 시간이 흐를수록 점점 커져만 갔다.

그렇게 곧 전쟁이 일어나도 시원찮을 공기가 형성되어 갔다.

하지만 그것도 천검파 측의 후계를 정해놓지 않고 암살을 당해 버린 장문으로 인해 후계 문제가 수면 위로 떠오르자 흐지부지해지고 만다. 서로에게 결코 뒤지지 않는 세 세력이 후계 싸움으로 대립을 하다 보니 내부가 굉장히 혼란스러웠고, 당연히 외부에 신경을 쓸 수 없는 사태에까지 이르렀던 것이다.

팔황성 측에서 계속해서 두 황주의 실종에 대해 물고 늘어졌지만 천검파 측은 장문의 암살에 대해서 항의하는 것은 둘째 치고, 그것조차도 자신들이 한 것이 아님에도 제대로 해명할 수 없을 지경에까지 이르렀다. 그리고 그렇게 되자 팔황성에서는 아무런 증거가 없음에도 두 황주의 실종을 천검파의 짓이라 확정짓고 만다. 바로 그것이 현 천검파 내부의 상황이었고, 또 팔황성과 천검파 사이의 상황이었다.

第八章
결전(決戰)

결전(決戰)

이하원은 눈을 감은 채로 빙그레 미소를 지었다.

얼마나 긴 시간을 얼마나 깊게 잔 것인지 온몸이 기분 좋은 뻐근함을 호소하고 있었다. 정말이지 이토록 푹 잔 것은 무척이나 오랜만이었다. 강호행 중에는 처음이 아닌가 하는 생각까지 들었다.

신뢰라는 것에도 그 종류가 있어 단지 믿는 것만으로 무작정 마음 놓고 쉴 수는 없다. 호의를 갖고 싸움을 함에 있어 등을 맡길 수 있다 하더라도 그것만 믿고 잠든다는 것은 그의 사전에는 있을 수 없는 일이기 때문이다. 믿을 수 있는 성품, 믿을 수 있는 실력, 믿을 수 있는 마음까지. 그 모든 게 갖추어진 이에게만 진정한 신뢰를 줄 수 있다. 아무리 믿는다 하더라도 자신을 지켜줄 정도의 실력을 갖추지 못한 이를 두고는 절대 편히 쉬지 않는다. 그게 이하원이었다.

그런 점에서 이곳은 이하원에게 있어 푹 쉴 수 있는 최고의 조건을 갖춘 유일한 곳이라고 할 수 있었다.

"후우."

짧게 숨을 내쉬고 눈을 떴다. 주위는 반쯤 어둠에 잠겨 어둑어둑했다. 새벽에 잠이 들었는데 벌써 밤인가? 하다가 눈을 굴려보고 그것이 아님을 알았다. 창마다 두꺼운 담요를 대어놓아 햇볕이 들어오지 못하게 막아놓은 것이 눈에 들어왔던 것이다.

"훗, 하여간……."

못 말린다는 듯이 고개를 저으며 그는 피식 웃고 말았다.

새벽에 잠도 자지 못하도록 온갖 잔소리를 해대며 괴롭힌 것이 뼈에 사무쳐 언제 날이라도 잡아 복수해 줄 생각이었는데 아무래도 그냥 넘어가야 할 것 같다. 이토록 자신에게 마음을 써주는 이들이거늘, 어찌 그 잔소리 좀 했다고 나무랄 수 있겠는가. 그 잔소리조차도 자신을 걱정해서 한 것인데.

그는 이불을 걷고 자리에서 일어났다.

아릿한 통증과 함께 가슴이 당겨오자 살짝 눈살을 찌푸렸다. 그리고는 창가로 다가가 담요를 들추어보았다. 어젯밤 장승주와 재회했던 후원이 눈에 들어왔다. 그곳에서 서성이는 몇몇 이들과 함께.

그들과 좀 떨어진 곳, 이하원이 있는 창의 바로 앞에는 목시인과 황보영이 마치 경비를 서고 있는 듯한 모습으로 서 있었다.

'설마 밤새 저러고 있었던 것은 아니겠지?'

속으로 중얼거리지만 십 중 십, 저러고 있었을 거라는 것을 충분히 짐작할 수 있었다. 마음이 따뜻해진다. 그 생각에 다시 피식 웃는데, 뭔가를 느꼈던 것일까? 갑자기 목시인이 고개를 돌렸다.

눈이 마주치자 목시인의 눈동자가 순간 크게 뜨여졌다.

"이 형!"

"뭐? 이 형?"

옆에 있던 황보영이 목시인의 말에 의문을 표하다 휙, 소리가 나게 고개를 돌렸다. 역시 이하원과 눈이 마주치자 화악, 얼굴이 피었다.

"이 형께서 깨어나셨다!"

그는 뒤쪽, 장승주 등이 있는 곳을 향해 소리치고 후다닥 옆으로 난 문을 향해 뛰어들었다. 목시인은 이미 사라진 후였다.

멀찍이 떨어진 곳에서 서성이고 있던 이들이 황보영의 외침에 웅성이더니 하나둘 고개를 돌렸고, 이하원을 발견하자 곧 그들도 빠른 걸음으로 이하원이 있는 건물을 향해 다가왔다. 곧 들어서겠군. 그렇게 예상하고 창가에서 한 걸음 물러났을 때 문이 세차게 열리며 목시인과 황보영이 거의 동시에 뛰어 들어왔다.

"그리 서두르지 않아도 되는데……."

이하원이 웃음기를 머금은 음성으로 장난스레 말하자 그 짧은 거리를 이동하면서 얼마나 기를 쓴 건지 헉헉대던 둘은 허겁지겁 서둘렀다는 것을 이하원에게 들켰다는 것 때문인지 얼굴을 붉히며 숨을 골랐다. 하지만 부끄러움과는 상관없이 어느새 둘의 얼굴에 미소가 어렸다.

"좀 어떻습니까?"

"괜찮습니까?"

연이어 터져 나온 물음에 이하원은 붕대의 끝이 보이는 가슴에 손을 대고 말했다.

"물론 아직 괜찮지는 않습니다. 부상이 깊지는 않으나 본디 상처라는 것이 시간이 가야 낫는 것 아닙니까. 뭐, 기다리다 보면 아물겠지요."

"어느 정도로 심하게 다쳐야 중상이라고 하는 건지 갑자기 궁금해지는군요, 둘째 형님."

말과 함께 열린 문 사이로 장승주가 모습을 드러냈다. 그 뒤로 속속 나타난 서현 등이 방으로 오던 중에 이하원이 한 말을 들었는지 방금 전 밖에서 반가운 기색을 드러낼 때는 언제고 금세 눈을 가늘게 떴다.

이하원은 얼른 손을 들었다.

"그만! 그만! 잔소리는 새벽에 충분히 들었으니 지금은 여기까지만 하자. 할 이야기도 있고, 앞으로의 일도 상의해야 하는데 쓸데없는 이야기로 시간을 흘려보낼 수는 없지 않느냐?"

이해를 구하듯 말하자 장승주와 서현이 서로의 얼굴을 쳐다보았다.

하나둘 눈을 마주치며 눈빛으로 대화를 나눈 그들은 이하원의 말마따나 우선은 상의해야 한다는 것을 깨달았다. 그들이 고개를 끄덕이자 이하원이 앞에 놓인 의자로 가서 앉았다. 문 앞에 서 있던 장승주 등도 와서 남은 의자에 앉았다. 하나둘 사람들이 모여들고 의자가 모자라자 몇몇이 밖으로 나가 의자를 가져왔다.

모두가 착석하자 가만히 앉아서 모두가 자리에 앉기를 기다리던 이하원이 그제야 입을 열었다.

"그럼 우선, 오늘 아침에 회의가 있을 것이라 했던 것 같은데 그 회의가 어떻게 되었는지 결과부터 들어볼까?"

이하원은 말을 하면서 장승주를 보았다.

무당파나 화산파의 사정을 모르기에 아무래도 장가장의 장주인 장승주가 회의에 참석했을 가능성이 가장 클 것이라 생각했던 것이다. 장승주는 모두의 시선이 자신에게로 향하자 입을 열었다.

"이번 회의에서는 우선 요 근래 마도와 사파 연합의 공세가 줄어들었음에 대해 그 이유가 무엇인지를 토의했습니다. 많은 말들이 오갔는데 터무니없는 추측성 의견이 대세이기에 어쩔 수 없이 소제가 나서서 정리를 했습니다."

명쾌하게 떨어진 말에 이하원이 살짝 눈살을 찌푸렸다.

'설마…….'

의기양양해하는 표정이 역력한 장승주를 보니 무슨 일이 벌어졌는지 충분히 짐작이 갔지만 그는 모른 척 물었다.

"어떻게?"

"천검파에서 형님께서 하신 일을 말했습니다."

"뭐?"

설마했는데 정말로 자신의 짐작이 딱 들어맞자 이하원의 표정이 더욱 구겨졌다. 그 모습이 재미있는지 장승주는 속으로 쿡쿡 웃으며 짓궂은 표정으로 말했다.

"그래도 팔황성의 일에 대해서는 입도 벙긋하지 않았으니 걱정하지 마십시오."

"……."

할 말이 없다.

이렇게 당당하게 나오면 화를 낼 수도 없다. 그리 비밀로 하라고 일렀건만. 하지만 장승주가 이런 식으로 천검파에서의 일을 대대적으로 알릴 수도 있다는 것을 어느 정도 염두에 두고 있었던 터라 펄쩍 뛸 정도로 놀라지는 않았다. 그리고 그런 이하원의 반응을 장승주도 예상한 듯 이번에는 대놓고 싱긋 웃었다.

"하여튼, 음흉한 녀석."

이하원이 절레절레 고개를 저으며 중얼거렸다. 장승주가 씨익 웃으며 서현을 보았고, 서현이 뒤이어 말했다.

"그리고 이 형께서 아셔야 할 것은 천검파에서의 일을 상황에 맞게 약간의 과장과 은폐, 추가를 하기도 했다는 겁니다. 혹시라도 정파 수뇌들을 만났을 때 그들이 모를 소리를 할 수도 있으니 그때 이 형께서는 그저 다 알아들은 척 넘기십시오."

"도대체 어느 정도로 과장과 은폐, 추가를 했기에?"

이하원이 묻자 이번에는 양신얼이 말했다. 그리고 그 말을 들으며 이하원은 입을 다물지 못했다.

천검파에서의 일이 밝혀질 수도 있다 생각했고, 그게 장승주 등에 의해서일지도 모른다고도 생각했지만 이런 식으로 부풀려지고 은폐되고 추가될 줄은 미처 생각지 못했던 것이다. 물론 자신이 한 일을 보자면 그 수법이 결코 떳떳하다고 할 수는 없었으나, 결과적으로 영웅 소리를 듣는다 해도 부족함이 없는 일이긴 했다. 하지만 그렇다고 해서 이런 식으로 바뀔 줄은 상상도 못했다. 장승주 등은 그 일을 바탕으로 과장과 은폐, 추가를 하여 완전히 하나의 전설을 만들어놓고 있었다.

그야말로 들으면 들을수록 기가 막힌 일이었다.

이하원이 회의실 안으로 들어서자 상석에 앉아 있던 제한열이 벌떡, 자리에서 일어났다. 그는 성큼성큼 걸어가 대뜸 이하원의 손을 잡았다.

"오! 이 대협."

"대협이라니, 가당치도 않으십니다."

이하원이 깜짝 놀라 말도 안 된다는 표정으로 고개를 숙이자 제한열이 웃음을 터뜨렸다.

"허허, 왜 가당치 않단 말인가? 이 대협은 대협이라는 말이 아깝지 않은 일을 해내었네. 하니 나이가 적다 하여 그리 부르지 않는다는 것은 옳지 못한 일이지. 그래, 잘 쉬었는가?"

길게 설명을 하듯 말하고 뒤에 물음을 섞자 이하원은 더 이상 사양하지 못하고 물음에 대답했다.

"네, 장가장주… 아, 제가 예전 장가장에 방문했을 당시 장가장주와 결의형제를 맺었다는 사실을 혹 아십니까?"

"물론 알고 있네."

제한열이 고개를 끄덕이자 이하원이 미소를 지으며 말했다.

"그렇다면 편히 부르겠습니다. 삼 년 만에 재회를 해서인지 아우가 세심하게 챙겨주어 편히 쉬었습니다. 그건 그렇고, 그간 제게 볼일이 있음에도 제가 쉴 수 있도록 배려해 주셨다구요. 정말 감사합니다. 그 덕에 푹 쉴 수 있었습니다."

"그렇다면 다행이고. 아, 그러고 보니 이 대협을 계속 세워두고 있었구만. 우선 좀 앉게나."

"네."

제한열은 직접 이하원을 이끌어 자신의 옆자리에 앉혔다.

은거기인으로 강호 최고의 배분인 제한열의 옆자리라니……. 이것은 어떻게 봐도 파격적이라고밖에 할 수 없는 처사였다. 그런데 제한열과 같은 배분의 신은소, 이연, 서연영 등이 당연하다는 듯이 반박할 생각은 하지도 않고 쭈욱 이하원의 맞은편에 차례로 앉자 누구도 그에 대해 입을 뗄 수가 없었다.

"그래, 현 강호 정세에 대해서 어찌 생각하는가?"

이런저런 가벼운 이야기가 오가고 나자 금세 제한열이 본론으로 들어갔다. 느긋하기로 유명한 제한열이 몸이 달아 묻는 것을 보니 급하기는 급했던 모양이다. 하긴, 현 정세가 그러니 어쩔 수 없겠지.

이하원은 속으로 그렇게 중얼거리며 작게 한숨을 쉬고 입을 열었다.

"제가 들은 바에 따르면, 팔황성에 변고가 생겨 한무결 전(前) 소성주가 석운적을 밀어내고 성주의 위를 차지했다고 합니다."

"그건 알고 있네."

"그럼 그 석운적이 어디로 몸을 피했는지는 아십니까?"

생각해 보지 못했던 물음이 터져 나오자 제한열을 비롯한 모두가 고개를 갸웃했다. 제한열이 되물었다.

"어디로 피신을 했는지 아니냐? 그럼 죽지 않았단 말인가?"

"한무결이 성주의 위를 차지하는 데는 그다지 힘이 들지 않았습니다. 듣기로 무혈입성이나 다름이 없었다고 하더군요. 그게 무슨 뜻이겠습니까? 석운적이 있었다면 그를 따르는 친위대 또한 있었을 것이고, 그 무력으로 볼 때 결코 그리 쉽게 성을 내주지 않았을 겁니다. 그 말인즉, 석운적이 당시 자리를 비우고 있었다는 뜻이 되고, 그렇게 보면 석운적은 살아 있다는 결론이 납니다."

"으음, 생각해 보니 그도 그렇군. 그래서 이 대협은 그가 어디로 피신했다고 생각하는가?"

"추측이지만 제 생각에는 백교로 몸을 피했을 것이라 짐작됩니다."

"허, 백교?"

뜻밖의 대답이었는지 제한열은 물론 그곳에 있는 모두가 어이가 없다는 표정이었다. 예로부터 마도인은 같은 마도인을 제외한 모두를 눈 아래로 보고 있었다. 그것은 석운적이라 해도 다르지 않았다.

그런데 그런 그가 아무리 급하다지만 백교에 몸을 의탁한다?

믿을 수 없는 일이었다. 그렇다 보니 대부분이 황당해했고, 몇몇은 대놓고 말도 안 된다고 소리치고 싶은 표정을 지었다. 하지만 제한열을 비롯한 강호 선배들의 앞이기에 겨우겨우 눌러 참았다.

"어찌 그리 생각하는가?"

잠시 주변을 둘러본 신은소가 물었다. 그냥 넘어갈 리 없지. 미리 예상하고 있던 이하원은 가볍게 심호흡을 하고 설명하기 시작했다.

"그전에 백교에 전 성주, 광마 한성우가 있을 가능성이 크다는 것을 알았기 때문입니다. 의심이 많고 신중하기로 유명한 석운적이 성을 벗어나 직접 움직일 만한 것이 뭐가 있겠습니까? 오 년 전, 미처 목숨을 끊어놓지 못했던 광마의 일이 아니라면 말입니다. 분명 그는 어디선가 광마의 정보를 들었을 테고, 그에 그간 찝찝해 오던 차라 직접 처리하기 위해 자리를 비웠던 것일 겁니다. 그러다 뒤통수를 맞았겠지요."

"오! 그럴듯하구만. 그래서?"

"그런 상황에서 석운적이 어떻게 하겠습니까? 아마 백교에 광마가 있다는 정보는 거짓이라고 생각했을 겁니다. 그렇다면 현재 가장 힘이 되어줄 수 있는 백교에 몸을 의탁하는 것이 옳지 않겠습니까? 아무리 마도인들이 다른 이들을 눈 아래로 본다지만, 급한 상황이니 어쩔 수 없이 백교로 갔을 거라고 저는 생각합니다."

"이 대협은 그 추측에 어느 정도의 확신을 가지고 있는가?"

"십중팔구는 맞다고 보고 있습니다."

자신만만한 어조에 사람들은 하나둘 수긍했다.

대부분이 추측이었지만 우선적으로 상당히 신빙성이 있고 이해가 갔으며, 비록 삼 년의 공백이 있었지만 지금껏 이하원의 예상이 빗나간 적이 없었다는 게 그의 의견에 힘을 실어주었다.

"그렇다면 우리는 이제 어찌해야 하는가?"

이연이 모든 이들을 대신하여 물었다. 이하원은 탁자 주변을 쭈욱 둘러보고 강한 어조로 말했다.

"만약 지금까지 제가 한 추측이 틀리지 않다면 아마 팔황성, 백교, 천검파 모두 정파와 맞설 여력이 없을 것입니다. 팔황성은 내부 정리에 신경을 써야 하고, 백교는 광마와 석운적을 동시에 아우르려 할 테니 그에 신경 쓰느라 바쁠 테고, 천검파는 장문이 암살당해 그 후계 문제로 혼란스러울 것이기 때문입니다. 제 생각에는 지금이 적기입니다.

이대로 치고 들어가 중원 수복을 해야 한다고 봅니다."

한차례 대대적인 연설이 끝이 났다. 한마디, 한마디에 실린 강한 의지가 이하원을 믿고 싶게 만들었다. 그리고 그 모습에 제한열을 비롯한 은거기인들은 흡족한 표정으로 고개를 끄덕였다.

이하원은 현 정세가 급해 제한열이 몸이 달아 허겁지겁 현 상황의 타개에 대해 물었다 생각했지만 사실은 달랐다.

은거를 깨고 강호출도를 했을 때부터 어제 장승주의 이야기까지, 이하원에 대해서 들은 말이 많았기에 대충 그가 어떤 인물일 것이라 머리 속으로 그려놓은 게 있었다. 그런데 막상 직접 만나고 보니 그들이 생각하고 있던 이하원과 실제 이하원은 많이 달랐다.

은거기인들은 맨 처음 이하원의 기도에 놀랐다.

이리저리 훑어봐도 전혀 무공을 익힌 흔적이 없다. 천검파 장문과의 대결에서 승리를 했고, 삼 년 전에도 활약을 했던 만큼 이하원의 무공이 결코 낮지 않다는 것을 알고 있었다. 그런데 전혀 표가 나지 않는다? 그 말인즉, 이하원이 그만큼 기도를 잘 갈무리했다는 뜻이 된다.

그에 은거기인들은 대부분 경악했다.

갈무리하고 싶다고 해서 뜻대로 기도를 갈무리할 수 있는 게 아니지만, 설혹 할 수 있다 하더라도 스물여섯의 나이는 뭐든 자랑을 하고 싶어 하고 일부러 과장되게 실력을 드러내고 싶어 하는 나이이다. 그런데 그런 나이에 스스로의 기도를 갈무리하다니…….

도대체 저자는 어느 정도까지 심기가 깊단 말인가?

좀 더 이하원에 대해 알아봐야겠다는 생각에 서로 전음을 주고받은 그들은 일부러 현 정세에 대해 물어 시험을 했다.

싸움을 함에 때에 따라서는 정파인임에도 선공을 한다거나 기습, 또는 암살 등 편법을 쓸 만큼 현실을 직시하는 눈이 뛰어나고, 육단원을 의형으로 모실 만큼 사람의 겉모습에 현혹되지 않는 눈을 가지고 있으며, 군계일학이라 해도 과언이 아닌 장승주같이 뛰어난 인물이 의형으로 모시고 존경할 만큼 성품이 갖추어져 있다는 것은 물론 알고 있었다. 그런데 지금 보니 그뿐만이 아니라 이하원은 한마디 연설로 좌중을 압도하는 기세까지 갖추고 있었다. 그야말로 딱 보기에도 지금껏 보아온 누구보다도 특출나 보였다.

거기까지 생각한 은거기인들은 서로 눈빛을 주고받았다.

갑작스레 바뀐 정세에 풍림장과 하북팽가는 놀라움을 금치 못했다.

믿고 싶지는 않으나 요녕까지 밀렸다는 것은 더 이상 대세를 바꿀 수 없다는 말과 다르지 않았다.

그렇기에 요녕으로 지원군을 보내야 한다고 하면서도 끝내 이 핑계 저 핑계를 대가면서 보내지 않았던 것이다. 밑 빠진 독에 물을 붓는 것과 마찬가지라고 생각했기에. 그런데 난데없이 적을 물리치며 승승장구한다는 말이 들리기 무섭게 마치 예전의 힘을 회복하기라도 한 듯 하북까지 수복하고 내려오다니?

도저히 믿을 수 없는 상황이었다.

풍림장이 자리하고 있는 북경까지 내려왔다는 소식이 들리자 이경윤은 이경영을 보내 그들을 맞을 것을 지시했다.

따지자면 그간 제대로 지원해 주지 않았던 만큼 자신이 직접 나가거나, 그게 안 되면 소장주인 이하진을 보내서라도 성의를 표하는 것이 옳았다. 그런데도 이경윤은 이경영을 대신 내보냈다. 직접 가는 것은 무척 귀찮게 생각되었고, 그렇다고 이하진을 보내자니 매사에 시큰둥한 태도로 보아 제대로 할 것 같지 않았던 것이다.

"도대체 어떻게 되려는 건지……."

정문에서 오늘 오기로 한 정파 연합의 인물들을 기다리던 이경영은 푹 한숨을 내쉬고 말았다.

어떻게 된 게 현 장주고, 차기 장주고 할 것 없이 둘 다 그리 뭐 하나 관심을 갖는 게 없는 건지 모르겠다. 자리가 자리인 만큼 주어진 일을 하기는 한다. 하지만 그것뿐이었다. 그 이상은 절대 하려 하지 않는다. 거기에다 자신이 할 일임에도 여지만 있으면 어떻게든 이경영에게로 미루기 일쑤였다. 이러다가 마도와 사파 연합의 공격을 받은 것도 아닌데 망하는 건 아닌가 하는 얼토당토않은 생각까지 들 정도였다.

'하원이 있을 때가 그립군.'

문득 그런 생각이 떠올랐다.

생각해 보면 이 모든 게 이하원이 사라진 후부터다. 이하원이 있을 때는 결코 이렇지 않았다.

그때만 해도 이경윤은 장주로서 조금도 모자람이 없었으며, 이하진은 비록 소장주는 아니었으나 그 못지않게 많은 일을 일사천리로 처리했고, 시간이 나면 풍림장 내의 일을 이것저것 거들 정도로 적극적이기까지 했다. 그런데 어쩌다 이리 되어버렸을까?

정말이지, 단 한순간에 모든 것이 바뀌어 버렸다.

이제는 이하원을 그리도 미워하던 이하진의 측근들조차도 이하원을 아쉬워하고 있었다. 이하진이 매사에 시큰둥해진 것이 이하원의 실종 때문일지도 모른다고 생각하면서도 하나뿐인 친우였던 냉무진의 실종 때문일 것이라 애써 자위하던 그들은 냉무진의 생사를 확인하고도 이하진이 전혀 달라지지 않자 그가 저렇게 변해 버린 것이 실종된 이복동생 때문임을 인정하지 않을 수 없었던 것이다.

차라리 이하원이 돌아와 소장주의 자리를 놓고 당당하게 이하진과 대결했으면 좋겠다고 생각했다. 그렇게 하더라도 결코 지지 않을 것이라 확신할 만큼 이하진의 능력을 믿고 있었던 것이다.

어쨌거나 마도와 사파 연합에게 연신 승승장구하는 정파 연합에서 보면 기쁜 상황이라 북경까지 내려왔다는 것을 알리기 위해 온다고 한 것이겠지만, 영 뒤숭숭한 현 풍림장으로서는 이런 시기에 방문하는 정파 연합 인물들이 조금도 반갑지 않았다.

고개를 들어 하늘을 본 이경영은 눈살을 찌푸렸다.

밉다, 밉다 했더니 이제는 늦기까지 한다고 속으로 궁시렁댈 때였다. 옆쪽으로 길게 뻗어 있는 길목에 한 무리의 사람들이 나타났다.

'이제야 오는군.'

이리저리 고개를 돌려보다 그들을 발견한 이경영은 조금은 심술궂은 마음에 앞으로 나설 생각은 하지 않고 팔짱을 낀 채 보고만 있었다. 그러다 점점 풍림장으로 다가오고 있는 무리의 맨 앞에 선 이를 보고 순간 저도 모르게 흠칫했다.

'뭐, 뭐야?'

이경영은 이상하다는 듯이 목을 앞으로 뺐다. 그리고는 눈을 가늘게 뜨고 한참을 보았다.

툭.

어느 순간 팔짱을 끼고 있던 손이 저절로 풀려 아래로 늘어졌다. 그는 도저히 믿을 수 없다는 표정으로 눈 한 번 깜빡이지 않고 보고 또 봤다. 그러다 망막에 비치는 모습이 자신의 기억 속에 있는 인물과 그대로 일치하자 이번에는 눈을 비비기 시작했다. 그렇게 몇 번이나 눈을 비비고 또 비볐다. 착시인가 했지만 입가에 미소를 머금고 다가오는 이는 아무리 눈을 비벼보아도 사라지지 않았다.

그럼 꿈인가?

너무 보고 싶다고 생각했더니 이런 식으로 선 채 꿈을 꾸는 건가?

순간 그런 생각까지 들었다. 그만큼 믿을 수가 없었다. 그는 더 생각해 볼 것도 없이 다짜고짜 옆에 서 있는 무사의 정강이를 걷어찼다.

"으악! 왜……."

무사가 정강이를 감싸며 비명을 질렀다. 차마 말을 잇지 못하고 입만 뻥긋대는 게 보였다.

아파한다. 그럼 꿈이 아닌가? 하지만 어떻게…….

생각은 더 이상 이어지지 않았다. 정문에 서 있던 무사들의 시선이 이경영을 따라 옆으로 돌아갔던 것이다. 곧이어 여기저기에서 숨을 들이키는 소리와 경악에 찬 소리가 들렸다.

"헉!"

"소, 소공자?"

"이런 말도 안 되는……."

일순간에 주위가 시끄러워졌다.

경악해 정신을 차리지 못하는 무사들을 보며 이경영은 확실히 알 수 있었다. 지금 이 믿을 수 없는 상황이 결코 꿈이나 착시가 아니라는 것을. 미처 뛰는 가슴을 진정시키기도 전에 입에서 비명과도 같은 소리가 먼저 터져 나왔다.

"하원아!!"

눈에 익은 이들 몇몇과 처음 보는 이들 몇몇을 대동하고 걸어오던 이하원은 이경영의 비명 같은 외침에 빙긋 웃었다.

삼 년 전만 해도 쉽게 볼 수 있었던 미소. 그런데도 왜 지금은 꿈에서나 보았을까 싶을 정도로 처음 보는 것만 같은지 모르겠다. 그래서일까? 이경영은 그 미소에 다시금 얼이 빠져 정신을 차리지 못했다. 그 모습에 재미있다는 표정이 이하원의 눈가에 어렸다. 급할 것도 없건만 그는 경공을 펼쳐 이경영에게로 다가갔다.

갑자기 눈앞에 이른 그의 모습에 이경영이 흠칫하여 한 걸음 뒤로 물러나는데 이하원이 입을 열었다.

"숙부님, 그간 강녕하셨습니까?"

"어… 어……."

"왜 대답을 못하십니까? 그간 제가 보고 싶지 않으셨습니까? 전 숙부님이 무척이나 그리웠는데… 이거 너무하시는 거 아닌가요?"

장난기 가득한 음성이었다. 그럼에도 자꾸만 꿈만 같아서, 모든 게 비현실적으로만 느껴져서 이경영은 입만 벙긋댈 뿐 대답을 하지 못했다. 대신에 이하원의 뒤쪽에서 말소리가 들려왔다.

"정말 너무하는 게 누군지 모르겠군."

"그러게 말이다. 뻔히 살아 있으면서 그간 풍림장에 연락 한 번 해주지 않은 게 누군데……. 아주 뻔뻔함이 하늘을 찔러요, 찔러."

"하여간에 짓궂으셔. 잠시도 심심한 것은 못 참으신다니까."

"그만들 하시지요? 주군께 그 무슨 불경한 언사입니까?"

"흥! 주군은 우리의 주군이고, 주군께서 사람들 앞에서는 그간 못 만난 척하자고 말씀하셨던 거 기억도 안 나십니까? 같은 풍림장 출신이 아닌 만큼 언사에 신경을 써야 할 이는 우리가 아닌 것 같은데요?"

몇 마디 말이 오가나 싶더니 곧 자기들끼리 투닥거리기 시작했다.

오랜만에 이경영을 만난 것에 반가워 장난을 치려던 이하원은 그 투닥거림이 점점 소리를 높여가자 미간을 찌푸렸다.

"좀 조용히 해라. 내가 지금 숙부님과 오랜만에 인사를 하는 게 보이지 않느냐? 싸우려거든 내가 인사를 다 끝내고 나서 해!"

절대 하지 말라고는 안 한다.

진관혁, 정태현 등 풍림장 무사들과 함께 투닥대던 모용은성이 입을 다물었다. 말싸움을 재미있다는 듯이 지켜보다 끼어들 생각이었던 하세인과 영선휘도 얼른 입을 다물었다. 그 모습에 이하원이 매우 흡족한 미소를 지으며 다시 이경영을 보았지만 어느새 그의 시선은 그들에게로 옮겨가 있었다. 그러다 이하원을 보았다.

"어떻게… 된 것이냐?"

제대로 정리되지 않았지만 이 몇 마디 말만으로도 추리 가능한 상황이 머리 속에 그려졌다.

모용세가의 차기 가주나 다름없는 모용은성이 이하원을 가리켜 주군이라 칭한 것에 경악한 것도 잠시였다. 정태현이 흘리듯 말한 '그간 풍림장에 연락 한 번 해주지 않은 게 누군데'라는 말만이 귀에 박히듯 들어와 지워지지 않았다.

'살아 있으면서… 그간 멀쩡히 살아 있었으면서 연락을 하지 않았단 말인가? 뻔히 모두가 걱정할 것을 알고 있었으면서?'

눈동자가 크게 흔들렸다. 잔뜩 흥분한 덕분에 이하원은 어렵지 않게 이경영의 생각을 읽어낼 수 있었다. 그는 약간 난처한 듯 얼굴을 찡그리며 처음 말을 꺼낸 정태현을 쏘아보았다.

정태현이 움찔하든 말든 이하원은 이경영에게 고개를 흔들어 보였다.

"그간 많은 일이 있었습니다. 몇 번의 죽을 고비를 넘겼고, 지난 삼 년간 단 한순간도 연락을 할 수 없었습니다. 며칠 전에야 기회가 생겼지만 그보다 적들을 물리치는 게 더 급했기에 연락을 할 겨를이 없었습니다. 하니 오해하지 마십시오. 제가 시간이 되고 연락할 수단이 있었으면 왜 연락을 하지 않았겠습니까? 안 그렇습니까?"

듣고 보니 그렇다. 이경영은 금세 의문을 지우고 고개를 끄덕였다. 그는 절로 입가가 위로 치켜 올라가는 것을 어쩌지 못하고 이하원의 어깨를 탕탕 치며 말했다.

"들어가자. 아, 그리고 너희들은 얼른 들어가서 장주와 소장주께 하원이 돌아왔다고 알려라!"

"네!"

몇몇 무사들이 급히 안으로 뛰어 들어갔고, 이경영과 함께 이하원을 비롯하여 정파 연합 대표로 풍림장을 방문한 이들이 그 뒤를 따랐다.

안으로 들어가 얼마 걷지도 않았을 때였다.

무슨 급한 일이라도 있는 건지, 오른쪽 건물에서 한 청년이 후다닥 뛰어나왔다. 문을 나서기 무섭게 그는 날듯이 경공을 펼쳤다. 그리고 그를 본 이하원 일행이 그 자리에 섰다. 그런데 무작정 이하원 일행을 향해 경공을 펼쳐 오던 청년이 뒤늦게 그들을 발견하고 갑자기 그 자리에 멈추어 섰다. 그러자 이번에는 이하원이 그에게로 다가갔다.

"형님!"

"……."

불렀지만 이하진은 대답은커녕 이하원을 보고도 아무 말도 하지 않았다. 그는 그 자리에 그대로 서서 이하원을 보고만 있을 뿐이었다. 아니다, 아니다 했지만 마음속 깊은 곳에서는 동생의 죽음을 인정하고 있었던 것인지 지금의 상황이 쉽게 믿어지지가 않았다.

꿈인가 싶어 입을 열어 말하면 그 꿈이 깨어질까 싶어 차마 부르지도 못하고, 그는 그저 동생의 얼굴을 눈으로만 훑고 또 훑었다.

"우와! 무지하게 잘생겼네?"

"그러게. 주군과 좀 닮은 것 같기도 하고……."

본래 풍림장 출신인 정태현 등과는 달리 이하진을 처음 보는 하세인과 영선휘는 조금은 놀라워하는 모습이었다. 부모 형제 없이 고아로 팔황성에 거두어져 지금껏 강함만을 추구하며 무를 벗으로 삼고 자라

온지라 형제나 가족이라는 것 자체도 생소했지만, 무엇보다 어딘가 이하원과 닮은 사람이 있다는 것이 무척이나 신기했던 것이다.

그들이 놀라워하든 말든 이하원은 가볍게 미소 띤 얼굴로 이하진의 곁으로 다가가며 인사를 건넸다.

"그간 소제 걱정 많이 하셨지요? 소제, 이제야 귀환했습니다."

이하진은 입술을 깨물고 보다 갑자기 두 손을 들어올렸다. 그리고는 이하원이 인식하기도 전에 와락 끌어안았다.

이하원은 당황하고 말았다.

"혀, 형님?"

"잘 왔다. 잘… 왔어."

약하게 떨리는 음성이 지금 이하진의 심정이 어떠한지를 드러내고 있었다. 처음 갑자기 안는 이하진으로 인해 깜짝 놀랐던 이하원이지만 곧 피식 웃고 말았다. 맞닿은 가슴이 너무도 따뜻해서 온기가 심장까지 스며드는 것 같았다.

이하원은 눈을 감았다.

이경영을 만나고, 이하진을 만나고, 눈에 익은 이들을 보고 나니 그제야 그 갑갑하던 동굴에서 벗어나 돌아왔다는 것이 실감났다.

삼 년 만의 귀환이 대단하긴 한가 보다.

이하원의 귀환에 온 풍림장 안이 들썩였다. 제대로 운신도 못하는 이하민이 설아의 부축을 받으며 나왔고, 근엄하기 짝이 없던 이경윤이 뛰어나오더니 급기야 장로들까지 우르르 모습을 드러냈다.

다 늦은 저녁에 잔치가 벌어져 인근의 거지들이 포식하는가 하면, 그간 비워두기는 했으나 매일 청소를 한 터라 더럽지도 않은데 새삼 이하원의 처소를 청소하겠다면서 난리를 피워대기까지 했다. 그 덕에 이하원은 물론이고, 그 일행들까지 이보다 더 극진할 수는 없다고 생각될 만큼 대접을 받았다.

그렇게 난리법석을 떤 후에야 겨우 쉴 수 있었던 이하원은 날이 밝자 어제 못다 했던 이야기를 하기 위해 이하진을 찾아갔다.

역시 어제는 제대로 이야기를 못 나누었다 생각하고 있었던지 이하원의 처소로 찾아갈 준비를 하고 있던 이하진이 반가이 동생을 맞았다. 후원으로 나가 차를 마시며 이런저런 이야기를 나누다가 문득 이하진이 이 년 전 소장주의 위에 올랐다는 말을 들었던 것이 생각나자 뒤늦게 이하원이 축하 인사를 건넸다.

"축하드립니다, 형님."

말을 하는 이하원은 정말 기쁜 표정이었다. 뜬금없다면 뜬금없는 말이었지만 이하진은 그것이 무엇에 대한 축하 인사인지 눈치 챘다. 그리고 그에 그렇잖아도 그다지 밝지 않던 이하진의 표정이 대번에 어두워졌다. 마냥 기쁜 듯 보이는 이하원과는 달리 이하진은 그렇지 못했다.

안 그래도 소장주의 위만 생각하면 미안해지곤 했다. 그런데 대뜸 축하 인사를 받자 당황스럽지 않을 수가 없었다.

"뭐라고?"

"축하드린다고 했습니다. 분명 형님께서는 잘 해내실 겁니다."

그렇게 말하며 웃는 이하원의 얼굴 어디에도 서운함이라거나 불만은 보이지 않았다.

순간 이하진은 당황했다.

"아니, 내가 소장주의 위에 오른 것은 정세가 좋지 않아 후계를 세우기는 해야 하는데 네가 행방불명이었기에 어쩔 수 없이 그리된 것이다. 결코 내 뜻도, 장주의 뜻도 아니니 너는 신경 쓰지 않아도 돼. 곧 네게 돌려줄 터이니."

이하진의 조금은 급한 설명에 이번에는 이하원이 당황했다.

"그게 무슨 말씀이십니까? 소장주의 자리를 소제에게 주다니요? 소장주는 엄연히 형님이십니다!"

"이것은 임의로……."

"말도 되지 않는 소리는 그만 하십시오. 형님께서 그 자리에 맞지 않았다면 혈연으로 이어진 이가 형님뿐이라 해도 소장주의 위는 물려주지 않을 분이 아버님이십니다. 형님께서는 충분히 그 직위를 감당할 만한 능력이 있습니다. 게다가 본래 형님을 염두에 두고 있지 않다가 단순히 제가 행방불명이 되었다고 일 년밖에 지나지 않았는데 형님을 소장주의 위에 앉힐 분도 아니지 않습니까? 형님이 지금의 자리에 앉은 것은 오래전부터 생각해 온 아버님의 결정일 터, 저는 터럭만큼도 불만이 없으니 괜히 제게 준다는 소리는 하지 마십시오."

이하원은 단호하게 말하고 정면으로 이하진을 봤다. 지금 한 말이 결코 예의상에서 나온 말이 아닌 진심임을 보여주기 위해서.

사실 이하원이라는 인물은 선과 악을 따지자면 선에 가깝고, 남을 위할 줄 알며, 자신의 사람을 아끼고, 배려심이나 생각도 깊지만 자신의 것에 한해서는 누구에게도 넘기려 하지 않는 엄청난 독점욕을 가지고 있기도 했다. 삼 년 전까지만 해도 자신이 적자이기는 하나 장자는 이하진이고, 그렇기에 이하진이 소장주의 자리를, 더 장래에서는 장주의 자리를 노리는 것을 이해하지만 절대 양보할 생각은 없던 이하원이다. 당연히 적자인 자신의 것이라고 생각했기 때문이다.

이경윤이 이하진과 자신을 대함에 차이가 있고, 자신에게는 이하진에게 없는 어머니와 동생이 있어 소장주의 자리가 아니더라도 가진 것은 많았지만 이하진에게는 당시 소장주의 자리가 그를 지탱해 온 전부나 마찬가지임을 알고 있었다.

그럼에도 넘겨줄 생각은 추호도 없었다. 자신의 것이기에.

그것이 이하원이었다.

하지만 삼 년이 지난 지금은 아니었다. 은상이 있고, 의형제가 있으며, 하세인과 영선휘가 있고, 또한 서현 등 자신을 지탱해 주는 이들이 있으며, 어떠한 일이 있어도 믿고 따라주는 든든한 수하들이 있다.

그들 모두가 자신을 절대적으로 지지해 준다.

예전에는 미처 깨닫지 못했는데 삼 년간 생사를 같이하다 보니 완벽하게 신뢰할 수 있는 이들이 있다는 것만으로도 충분히 행복하다는 생각이 들었다. 명예뿐인 장주의 위에 올라 제대로 쉬지도 못하고 일에 치여 사느니 자신을 믿고 따르는 이들과 함께 강호행을 하며 사는 것이 훨씬 재미있고 즐거울 듯했다. 그래서 소장주의 자리를 넘겨주겠다고 하는 이하진의 말에 깜짝 놀라 허겁지겁 그 말을 물리려 하고 있었던 것이다. 하지만 이하진은 이하원의 뜻대로 되어주지 않았다.

"순리대로 돌아가자는 것뿐이다. 본래 이 자리는 너의 자리였어. 하니 너에게로 돌아가는 게 옳지. 나는 이미 그리 마음먹고 있으니 너는 더 말하지 말고 받도록 해라."

"말도 안 됩니다! 순리를 따지자면 당연히 장자인 형님께서 받는 게 순리 아닙니까? 그런데 어찌 소제에게 그 자리를 주려 하십니까? 저는 절대 받지 않을 것입니다!"

"하나……."

"그리고 말은 하지 않았으나 사실 소제에게는 따로 해야 할 일도 있습니다. 그래서 소장주의 위에 올라 풍림장에서만 머물 수도 없습니다. 아직 팔황성이나 백교, 천검과의 일이 해결되지 않았음을 형님께서도 잘 아시지 않습니까?"

"음……."

생각해 보니 그랬다. 지금까지 동생의 생존조차 모르고 있었지만 어제 벌어진 잔치에서 구름같이 모여든 강호인들에게서 듣기로 이번에 이하원을 비롯한 삼 년 만에 귀환한 이들의 활약이 엄청나 들었다. 그런데 이런 시기에 그 중심이라 할 수 있는 이하원이 소장주의 자리에 앉게 된다면 마음대로 운신할 수 없을 터이니 좋지 않겠다 싶었다.

이하진은 고개를 끄덕였다.

'그럼 내 잠시 맡아두도록 하마.'

이하진은 은상이나 장승주 등과는 달리 쉽게 마음을 읽을 수 있는 상대가 아니었다. 감정이 격해 있거나 흥분을 했을 때나 가끔씩 읽을 수 있었다. 그런데 왜 전혀 감정이 격해 있지도, 흥분을 하지도 않은 것 같은데 저런 쓸데없는 소리가 어떤 여과도 없이 들려오는 것일까?

이하진의 생각을 고스란히 읽은 이하원은 팔짝팔짝 뛰며 속으로 연신 큰일 났다고 외치고 있었다. 이러다가는 꼼짝없이 이하진에게 덜미를 잡힐 것 같으니 최대한 빨리 도망을 가야겠다는 생각도 들었다.

"어머님께서는 어디에 계십니까? 왜 보이지 않지요?"

이하원이 자리에 앉으며 물었다.

삼 년 만에 귀환해 어제 처음 보고 지금이 고작 두 번째로 보는 건데 이경윤도, 이하원도 평소와 다름이 없었다. 마치 지난 삼 년간 이하원이 실종되었던 일은 없던 것처럼.

이하원이 들어오자 읽고 있던 책을 덮고 자세를 바로 하던 이경윤은 려혼을 찾는 이하원의 질문에 대뜸 눈살부터 찌푸렸다. 가장 피하고 싶었던 화제를 제일 먼저 꺼내는 아들을 못마땅한 듯이 본 그는 한숨과 함께 입을 열었다.

"없다."

"네?"

짧은 한마디였다. 하지만 그 간단한 말을 이하원은 이해하지 못했다. 그가 되묻자 이경윤은 여전히 무표정한 얼굴로 반복했다.

"여기, 풍림장에는 없단 말이다."

"그게 무슨……."

"그녀는 이 년 전에 떠났다."

덧붙여진 말에 이하원의 표정이 의문스레 변했다. 더 더욱 이해할 수가 없었던 것이다. 떠났다니? 어조로 봐서 여행을 갔다는 말이 아닌 것 같은데……. 의구심을 느끼면서 그는 다시 물었다.

"어디로 가셨습니까?"

"모른다. 그런 말은 하지 않고 떠났으니. 하지만 돌아오지 않을 것임은 안다."

"…어머님께서 그리 말씀하셨습니까? 돌아오지 않겠다고?"

뒤늦게 무슨 말인지 알아들은 이하원이 심각하게 얼굴을 굳히자 묻자 이경윤은 고개를 저었다.

"그런 말은 하지 않았다. 하지만 알 수 있다. 다시는 볼 수 없다는 것도. 그리고……."

'그녀의 수명이 다했다는 것도.'

"……!!"

지금껏 일부러 읽으려고 할 때조차 읽히지 않던 이경윤의 생각이 순간 그대로 읽히자 이하원은 흠칫했다.

차라리 읽지 말았으면 좋았을 것을. 모르는 것이 나았을 텐데.

어딘가에 살아 있을지도 모른다고 생각하는 것과 세상 어디에도 존재하지 않는다고 생각하는 것에는 큰 차이가 있었다. 어디를 가도 려혼을 볼 수 없을 것이라 생각하니 기운이 빠졌다. 이하원이 아는 한 유일하게 같은 힘을 가진 이가 려흔이었기에 공허함은 상상 이상으로 컸다.

"네가 돌아올 때까지 소장주의 위를 비워두지 않은 것에 대해 섭섭하지는 않느냐?"

착잡한 마음과 함께 허탈함까지 느끼며 눈을 감고 있던 이하원이 그 말에 고개를 들었다.

"네?"

"섭섭하지 않느냐고 물었다. 아닌 척했지만 솔직한 심정으로 소장주의 위는 적자인 네 것이라 생각했을 것 아니냐."

그 말이 떨어지기 무섭게 이하원은 부정했다.

"전혀 그렇지 않습니다. 물론 적자가 저뿐인 이상 약간이나마 탐이 나지 않았다면 거짓말이겠지요. 하지만 그것도 삼 년 전까지입니다. 지금은 털끝만큼도 관심없습니다. 그리고 그것은 형님께서 소장주의 위에 오르셨기 때문이 아닙니다. 지금껏 빈자리였다고 해도 사양했을 겁니다. 이것은 조금의 거짓도 없는 진심입니다."

이하원이 단호하게 말하자 잠시 그의 눈을 들여다보며 진위 여부를 살피던 이경윤이 천천히 고개를 끄덕였다. 이하원이 정말 소장주의 위에 조금도 미련을 두고 있지 않음을 확실히 알 수 있었다.

이 년 전.

려흔이 떠날 때 이하원은 풍림장에 머물 운명이 아니니 혹여 그가 구사일생으로 살아 돌아온다면 억지로 잡아두려 해서는 안 된다고 했던 말을 떠올리며 굳이 그 말은 해주지 않아도 되겠다고 생각했다.

그때 이하원의 음성이 들려왔다.

"참! 그건 그렇고, 저는 내일 바로 떠날 생각입니다. 오늘 이리 아버님을 찾아뵌 것은 내일 일찍 갈 생각이기에 미리 인사를 드리기 위해서이기도 합니다. 저는 정사마 대전이 끝나면 돌아올 테니 장로들이나 다른 분들께 따로 인사를 하지는 않을 생각이라 아버님께서 잘 말씀드려 주십시오. 그리고… 그동안 몸 보중하십시오.”

뜬금없이 이하원이 내일 떠날 것을 선언하며 인사를 하자 이경윤은 순간 당황했다. 겨우 생존을 확인했고, 돌아온 지 이제 겨우 이틀이 지났다. 그런데 채 나흘을 있지 못하고 사흘 만에, 그것도 새벽같이 떠나겠다는 말에 아쉬움과 섭섭함을 느꼈다. 하지만 이경윤은 그저 고개를 끄덕일 뿐이었다. 억지로 잡아두어서는 안 된다는 려흔의 말을 다시 한 번 속으로 되새기며.

다음날 아침, 이하원 일행은 바람처럼 나타났을 때와 같이 바람처럼 사라졌다. 하지만 이번에는 누구도 슬퍼하지 않았다. 정사마 대전이 끝나면 돌아올 것임을 알고 있었기에.

눈물을 머금고 떠났던 소림사를 되찾고, 언제였던가? 몇 년 전 이하원도 함께했던 회의가 열렸던 곳에 다시 모인 정파 연합의 수뇌들은 심각하게 회의를 하고 있었다.

대부분 이하원이 의견을 내놓는 쪽이었고, 당소명이 걸고넘어지는 쪽이었으며, 제한열 등은 지켜보는 쪽이었고, 장승주 등은 적극적으로 찬성을 하는 쪽이었다. 그렇게 네 패로 나뉘어져 회의는 점점 격렬한 양상을 띠어갔다. 그러다 잠시 과열되었던 공기가 식자 이하원이 담담한 음성으로 현 정파와 마도, 사파의 상황을 설명했다.

그런데 그때였다.

그조차 듣기가 싫은 건지 당소명이 귀찮다는 기색을 넘어 짜증까지 드러내며 툭, 말을 잘랐다.

“그래서 각주는 도대체 어떻게 하자는 것이오?”

제한열까지 대협이라 불렀지만 그렇게 부르기 싫어 당소명은 일부러 이하원을 각주라고 불렀다.

그렇지 않아도 이제는 비룡각도 없는데 각주라고 부르는 것이 거슬리던 장승주 등은 짜증 섞인 당소명의 말에 참지 못하고 휙, 고개를 돌려 쏘아보았지만 그는 그것을 느끼지 못하는 듯했다.

이하원이 짧게 숨을 내쉬고 말했다.

"제 생각은 이렇습니다. 비록 후계 문제가 어느 정도 해결이 되어 내부 문제가 잦아들었다고는 하나, 전대 장문인이 암살당한 일과 두 황주의 실종으로 인해 아직도 천검파와 팔황성 사이가 일촉즉발의 상황이라고 들었습니다. 분명 저는 얼마 지나지 않아 천검파와 팔황성 사이에 전쟁이 있을 터, 그때를 노려 우리는 백교를 일거에 섬멸하는 것이 어떤가 합니다."

"아니, 지금 마도 놈들과 연합을 하자는 말이오?!"

당소명이 믿을 수 없다는 표정으로 화를 냈다.

방금 이하원의 발언은 듣기에 따라 그렇게 들릴 수도 있는 것이었다. 사실 겉으로는 그냥 '때를 맞추자'라고 했지만 속을 들여다보자면 팔황성과 연합을 한다는 것이 맞기도 했다. 모든 상황을 조장한 것이 이하원이기도 했지만 사전에 팔황성에서 천검파를 공격하면 그에 호응하여 백교를 치겠다고 한무결에게 서신을 보내놓기까지 했다.

하지만 이하원은 사실과는 달리 어떻게 그런 말을 할 수 있냐는 표정으로 펄쩍 뛰었다.

"말도 되지 않습니다. 예로부터 정과 마는 양립할 수 있는 사이가 아니거늘, 어찌 우리 정파가 마도 무리와 연합을 할 수 있단 말입니까? 제 말은 그저 때에 맞추어 백교와 천검파, 사파의 전부라고 할 수 있는 두 무리를 한꺼번에 도모하자는 뜻이었습니다. 그리되면 적은 팔황성만 남게 되니 일을 함에 좀 더 수월해지지 않겠습니까?"

"아무리 그렇다고 해도 우리는 엄연히……."

당소명이 고개를 저으며 말을 하는데 장승주가 툭 끼어들었다.

"전 이 대협의 말씀에 찬성합니다."

대뜸 그렇게 말하고 주변을 훑어봤다. 그리고는 말을 이었다.

"물론 우리가 정파인 만큼 정을 이루는 것도 중요하고, 의를 수호하는 것도 중요하다고 생각합니다. 하지만 지금은 무엇보다 적의 세력을 줄이고 본래의 세를 확보하는 것이 더 중요하다고 생각합니다. 벼랑 끝까지 몰린 상황에서 정이네, 의네 하면서 체면이나 차리고 있을 때가 아니질 않습니까? 우리 장가장은 최선을 다해 돕도록 하겠습니다."

"나쁘지 않군요. 우리 무당 역시 이 대협의 뜻에 따를 것입니다."

서현이 나서서 말을 거들었다. 그러자 양신얼이 이에 뒤질 새라 동조하고 나섰다.

"절체절명의 위기를 겪고 요녕까지 밀려났던 우리입니다. 장 가주의 말마따나 겨우 정세를 되돌릴 수 있는 기회가 생겼는데 이것저것 따지느라 놓치는 것은 어리석기 그지없는 짓이라 봅니다. 분명 아버님께서도 저와 같은 생각이실 터, 우리 화산파 역시 이 대협의 말씀에 따르겠습니다."

"본인 역시 이 대협의 말씀에 찬성이오."

"엄연히 협력을 하는 게 아닌데 무슨 상관입니까? 저는 당연히 이 대협의 의견에 따를 것입니다."

육가장주 육평에 이어 남궁선기를 대신하여 나온 남궁윤까지 찬성하고 나서자 그 뒤를 이어 모용은성에게 언질을 받은 모용각과 소선, 목시인이 앞 다퉈 찬성했다.

당소명이 반대 의견을 제대로 설파하기도 전에 무려 여덟 세력이 이하원의 의견에 동조하고 나오자 회의실 분위기가 요상하게 흘러가기 시작했다. 요녕까지 몰리면서 그간 명분이나 명예 같은 것이 얼마나 쓸데없는지에 대해 잘 알고 있는 그들이었다. 그런데다 하북까지 수복을 하는 데 혁혁한 공을 세운 이하원의 의견이다 보니 대다수가 찬성 쪽으로 기울었다.

그러면서도 평소보다 이하원이 자신의 의견을 탄탄히 뒷받침할 수 있는 그럴듯한 말을 늘어놓은 게 아닌데 무작정 찬성을 하는 장승주, 서현, 양신얼 등을 보며 연신 이상하다는 표정을 지었다.

그간 생존을 알 수 없다가 삼 년 만에 귀환해 어디서 뭘 했는지 갑자기 일취월장하여 어마어마한 무위를 선보인 이들.

그런 그들보다 몇 달 뒤늦게 나타난 이하원.

지난 삼 년간 서로 만난 적이 없다고 했다. 맨 처음 이하원을 발견한 것이 장승주였다 해도, 그 이전에 결의형제를 맺었다고 해도 지금의 상황은 이상했다. 아니, 부상을 입은 이하원을 구해준 것이 장승주라면 오히려 상황은 반대가 되어야 했다.

어디를 봐도 장승주나 서현, 양신얼이 이하원의 말에 무턱대고 꼬박꼬박 찬성해 줄 이유가 없었다.

그런데 어떻게 된 게 이하원이 나타난 후로 그가 무슨 말만 하면 장승주, 서현, 양신얼 할 것 없이 틈만 났다 하면 그에 동조를 하고 나섰다. 이하원이 회의 중에 의견이라도 구하면 감격이라도 하는 건지 기쁘다는 빛이 역력했고, 어쩌다 이하원이 말없이 사라지면 옆에서 보고 있기가 불안할 정도로 안절부절못했다. 그리고 그것은 그들 셋만이 아니라 삼 년 만에 귀환한 이들 모두가 그랬다. 자신들이 이하원의 친위 세력이라도 되는 줄 아는 건지, 엄연히 각자 자파가 있음에도 기존 정파인들과는 왜인지 쉽게 어울리지 않고 자신들만의 세계에서 지내던 이들이 틈만 나면 이하원의 곁에 붙어 있기 일쑤였다.

마치 어미 새를 따르는 새끼 새처럼 졸졸 따라다녔고, 새끼 새를 보호하는 어미 새처럼 이하원이 털끝만큼이라도 다칠까 전투 중에는 그를 빙 둘러싸고 적들의 공격을 원천봉쇄하기까지 했다.

처음 한두 번은 그냥 넘어가던 정파인들도 그 같은 일이 계속해서 반복되자 이상하게 쳐다보기 시작했다.

그에 이하원은 매우 난처해했다.

그럼에도 그들의 행동은 조금도 변하지 않았다. 이하원이 견디다 못해 노기를 드러내면 무슨 큰 죄라도 지은 양 후다닥 물러서지만 얼마 가지 않아 다시 슬그머니 다가와 똑같이 행동했다.

그러다 보니 나중에는 이하원도 포기한 듯 보였다.

장승주, 서현, 양신얼을 포함한 삼 년 만에 귀환한 이들의 상태가 이상해서 그런 것이라 생각하고 넘어가려 했지만 그 역시 되지 않았다.

엄연히 장승주는 장가장의 장주였고, 서현과 양신얼은 각각 무당과 화산의 임시 대표였다. 그 외에도 대부분이 차기 장문, 가주의 자리를 노리는 쟁쟁한 이들이다. 그런 이들을 상대로 아무리 이하원이 풍림장의 적자라지만 소장주도 아니고, 장주는 더 더욱 아닌데 대놓고 노기를 드러낸다는 것부터가 이상했다. 그것을 당연한 듯 받아들이는 장승주 등은 상태가 이상하다 생각하고 넘어간다 치더라도 말이다.

어쨌거나 이번에도 역시 이하원의 의견은 매우 수월하게 통과되었다.

세 세력이 강력하게 밀고 다섯 세력이 찬성을 한 데다 대부분이 호의를 가지고 있었으며, 또한 의견에 타당성이 있고 반대하는 이라고는 당소명뿐이었으니 생각해 보면 당연한 결과였다.

무결은 보아라. 요즘 팔황성과 천검파의 사이가 좋지 않다 들었다. 내가 예상하기로는 네가 이 서신을 받을 때쯤 팔황성에서는 천검파를 치기로 결정을 내렸으리라 본다. 또 현 천검파의 상황을 봤을 때 단순히 복수만이 아닌 이익을 계산했을 때도 지금이 적기라고 생각한다. 혹여 백교에서 천검파를 지원해 주지 않을까 싶어 망설여진다면, 그런 걱정은 하지 않아도 된다. 팔황성에서 천검파를 칠 때 정파 연합은 백교를 칠 생각이니. 물론 지난번 거사 때 석운적이 백교로 감으로 인해 종적이 묘연해진 전 성주에 대해서도 내 이번에 백교를 치면서 살펴보고 알려주도록 하겠다. 그러니 너는 그에 대해서는 그 어떤 걱정도 하지 말고 천검파를 치도록 해라. 하지만 그렇다고 무턱대고 공격을 해서는 아니 된다. 팔황성에 미치지 못한다 하더라도 사파를 지탱하는 두 세력 중 하나가 천검파다. 거기다 지금 팔황성은 정권이 안정된 지 얼마 되지 않았다. 아무리 후계 싸움으로 혼란스러운 천검파라지만 쉽사리 승리를 장담해서는 안 된다는 말이다. 내 누누이 말했듯이 어떤 싸움에서건 희생은 적을수록 좋다. 그로 인해 조금 치사해지고, 또 조금 비겁해져 남들의 비난을 사게 된다 하더라도. 해서 나는 네게 한 가지 제안을 하고 싶다. 팔황성에서 나고 자란 너는 이해를 못하겠지만 천검파와의 싸움에서 항복을 하는 이에 한해서는 팔황성의 무인으로 받아주겠다는 약조를 내세우는 것이 어떻겠느냐? 물론 너는 말뿐이 아닌, 진심으로 항복하는 이들을 받아주어야 한다. 아마 너는 그렇게 한다고 무슨 효과가 있을 것이며, 항복을 하는 이가 있기는 하겠냐고 생각하겠지만, 분명 그렇게 한다면 항복하는 이가 있을 것이다. 그리고 그로 인해 아군은 늘고 적군은 줄어드니 희생이 적을 수밖에 없을 것이라 나는 생각한다. 물론 성주는 너이니 결정 또한 네가 하는 것이다. 다만 나는 그간의 정리를 생각해 희생을 줄이기 위한 방도를 알려준 것뿐이니 너는 잘 생각해 보고 결정

짓도록 해라.

　장문의 서신은 거기에서 끝이 나 있었다.

　한 번 더 처음부터 끝까지 읽은 한무결은 서신을 불에 갖다 대 태웠다. 그리고는 자리에서 일어나 방 안을 거닐기 시작했다.

　현재 팔황성과 천검파는 폭풍전야와 같은 상태였다.

　서로를 비난하고, 해명하고, 의심하기를 반복하다 어느 순간 그것이 아무런 소용도 없음을 깨닫고 양쪽 다 반복적으로 하던 짓을 그만두었다. 서로에게 믿음이 없는 이상, 어떻게 해도 오해를 풀 수 없음을 확실히 깨달았던 것이다. 물론 오해라고 생각하지도 않지만.

　천검파의 상황은 어떤지 모르겠지만 팔황성 내에서는 천검파를 공격해 응징하는 것으로 결론이 난 상태였다. 실종된 두 황주의 측근들을 중심으로 하여 형성된 주전파의 주장에 주화파라고는 찾아볼 수 없는 호전적인 네 황주와 그 측근들이 찬성을 하고 나선 것이다.

　솔직히 가장 꺼리던 두 황주가 사라져 은근이 마음이 놓이던 한무결이다. 하지만 그건 그거고, 이건 이거다.

　감히 천검파 주제에 대팔황성을 건드리다니 참을 수가 없다.

　그 생각에 한무결도 천검파를 치는 것에 반대를 하지 않았다. 그런데 지금 보니 이 모든 것을 이하원이 의도한 것은 아닐까 하는 의심이 들었다. 우연히 벌어졌다고 하기에는 상황이 너무도 시기적절했던 것이다. 트집을 잡기 위해 거짓 연극을 하나 싶었지만 알아보니 천검파 장문은 정말 암살당한 것으로 드러났다. 그 후 얼마 지나지 않아 발생한 두 황주의 실종. 대대적으로 공격을 준비하고 있을 때 도착한 서신까지.

　모든 게 맞아떨어졌다. 하지만 한무결은 곧 고개를 저었다.

'설마⋯⋯.'

아무리 이하원이 대단하다 해도 이 모든 상황을 의도할 수 있을 리가 없다. 한무결은 과한 상상이라 생각하며 피식 웃었다.

"말도 안 되지."

홀로 중얼거리며 다시 한 번 어이가 없다는 듯이 웃는데 문밖에서 인기척이 들렸다. 한무결의 고개가 옆으로 돌아갔다.

"누구냐?"

"성주, 낙진입니다."

한무결은 창 아래 의자로 가 앉으며 말했다.

"들어오너라."

스륵, 허락이 떨어지자 문이 열리고 낙진이 안으로 들어왔다. 부복을 하며 고개를 숙이는 낙진을 보며 한무결이 물었다.

"무슨 일이냐?"

"모든 준비가 끝났습니다."

"그래?"

한무결은 손으로 책상을 톡톡 치며 생각에 잠겼다.

무작정 공격을 하겠다고만 생각하고 있었는데 이하원의 서신을 받고 나니 고민이 되었다. 팔황성 내에 변고가 일어나지 않았고, 이하원을 만나지 않은 예전의 한무결이라면 생각해 볼 것도 없이 서신의 내용을 무시해 버렸을 것이다. 하지만 지금은 그럴 수가 없었다.

인재의 귀함을 알고, 믿고 따라주는 수하를 아껴야 함을 아는데 어찌 남들의 비난을 들을까 두려워 어려운 길을 가겠는가.

팔황성의 한 사람으로, 눈 아래로 보던 사파인들을 받아들이는 것은 분명 못마땅한 일이다. 그리고 사실 항복을 하란다고 할 것 같지도 않았다. 하지만 시도해서 나쁠 것은 없다는 생각이 들었다.

결국 이하원의 제안을 받아들이기로 결심을 한 한무결이 고개를 드니 바로 나가자고 할 줄 알았던 성주가 생각에 잠기자 어리둥절해하여 보고 있던 낙진의 모습이 눈에 들어왔다. 눈이 마주치자 한무결은 짧게 한숨을 내쉬고 입을 열었다.

"우선 천검파를 공격하기 전에 해둘 말이 있다."

"네?"

"힘만을 추구하는 마도로 똘똘 뭉친 이들의 반발이 심할 것임은 나도 알고 있다. 하나 조금이라도 희생을 줄이기 위해서는 잠시간 마도를 접어두는 것도 나쁘지 않다고 생각한다. 존중해 주어야 할 상대에게나 마도를 지키는 것. 그러니 나는 비겁하다고 생각하지 않을 것이다. 낙진, 너는 몽고로 가기 전 모두에게 이것을 확실히 하라고 일러두어야 할 것이다."

"성주? 도대체 무슨……."

제대로 설명은 해주지 않고 이래저래 길게 변명 비슷한 말이나 하는 한무결을 낙진이 이상하다는 듯이 바라봤다. 그 모습에 한무결은 빙긋, 미소 짓고는 입을 열었다. 누구 못지않게 마도로 똘똘 뭉친 낙진의 강한 반발을 기대하면서.

늦봄에서 초여름으로 가는 길목인 데도 풀은 무성하게 자라나 허리께까지 올라와 있었다.

사사삭─

뒤에 산을 끼고 성처럼 자리 잡은 백교의 본거지 주위로 여덟 무리로 나눈 정파인들이 팔괘를 점하고 접근했다.

이미 사방이 어둠에 물들어 있어 손짓으로는 신호를 하기가 불가능했기에 그들은 달이 머리 위로 올라오면 일시에 총공격을 가하기로 약조해 두었다.

그렇게 백교의 주변을 둘러싸고 있는 그 여덟 무리 중에서 뒤쪽 산등성이를 끼고 은신하고 있는 이들이 바로 이하원을 위시로 한, 삼 년 전에 행방불명이 되었다가 이번에 귀환한 이들이었다. 다른 일곱 무리는 한 무리당 몇백의 수가 포진을 하고 있었는데, 이들은 독특하게도 이하원까지 포함해도 예순한 명밖에 되지 않았다. 하지만 한 명 한 명이 무섭도록 뛰어난 실력자들이었다.

이렇게 다른 무리들과는 달리 소수정예로 한 무리가 짜여진 것에는 그렇잖아도 이하원의 안전에 대해서는 유난을 떠는데, 이하원이 천검과 장문을 암살하다 부상을 입자 과보호가 더욱 심화되어 누구도 이하원과 떨어지려 하지 않았기 때문이다.

수가 적은 만큼 다른 일곱 무리에 비해 더욱 고요한 가운데, 무리의 중간쯤에 위치한 바위 위에 자리를 잡고 앉아 있던 이하원이 나직한 어조로 말을 잇고 있었다.

"지금이 기회다. 내가 알기로 전 성주도, 석운적도 현재 백교에 몸을 의탁하고 있으니 누구든 기회가 닿는다면 그들의 목숨을 끊어놓도록 해라. 이렇게까지 하고 싶지는 않으나 무결의 성격으로 봐서 전 성주가 살아남는다면 기껏 찾아놓은 성주의 위를 아버지에게 주려 할 것이다. 엄연히 나와 약조를 한 이는 무결이니 그렇게 되면 내 계획은 전 성주가 죽고 무결이 그 뒤를 이을 때까지 기약없이 밀리게 된다. 하니 절대 그리되지 않도록 확실히 해둘 필요가 있다. 모두들… 내 말이 무슨 뜻인지 알아들었겠지?"

"명심하겠습니다, 주군."

"맡겨만 주십시오. 제가 주군께 드리는 첫 선물이 될 테니."

"미친놈, 당하지나 마라."

"뭣? 이 빌어먹을 놈! 네놈은 어찌 그리 꼬치꼬치 내가 하는 말마다 토를 달고……."

"그러니 홀로 대적할 생각일랑은 하지 말라는 뜻이다."

그새를 못 참고 티격태격하는 하세인과 영선휘를 보며 빙그레 웃은 이하원은 고개를 들어 주변을 둘러보았다.

"잘 들었겠지? 전 성주든 석운적이든, 또는 백교의 교주든 홀로 대적을 하려 해서는 아니 된다. 모두들 확실히 편을 짜서 쓸데없는 희생이 없도록 만전에 만전을 기하도록 해라."

"넷! 주군!"

모두 크게 외치지는 못하고 속삭이듯 작게 소리치면서 이하원에게로 시선을 모았다. 하지만 이하원은 시선을 맞춰주지 않고 오히려 고개를 높이 치켜들었다. 그러더니 무심히 말했다.

"시간 다됐다. 가자!"

이하원이 시선을 맞춰주지 않자 왠지 모를 아쉬움에 불만스런 표정을 짓던 이들은 그 말에 순간 흠칫해서 고개를 들어 하늘을 봤다. 어느새 달이 머리 위에까지 와 있는 게 보였다.

차앙—

"와아!"

"적이다!!"

멀리에서 희미하게 여러 소리가 섞여 들려왔다. 벌써 다른 쪽에서는 공격이 시작된 모양이었다. 이하원은 검을 뽑아 들고 산 아래로 몸을 날렸다. 그러자 모두들 자리에서 일어나 그대로 경신술을 펼쳤다.

"무엇보다 주군의 안전이 우선이다. 명심하도록!"

"이미 알고 있다!"

서로 이 말 저 말 주고받으며 그들은 혼란 속으로 섞여들었다. 정확히는 이하원의 주변으로.

동이 터오는 새벽녘.
만을 넘어서는 팔황성의 무인들이 천검파의 벽을 넘었다.
양쪽으로 높게 솟아 있는 언덕을 넘고, 호화찬란한 전각을 넘어 공격해 들어가는 속도는 가히 비호와 같았다.
챙챙—
"으악!"
"크아악!"
곳곳에서 비명이 터져 나왔다.
그렇지 않아도 후계 싸움으로 시끄럽던 천검파다. 그런데 뜻하지 않게 팔황성의 대대적인 공격까지 받자 그만 혼란에 빠져들고 말았다.
팔황성과의 사이가 좋지 않다는 것도, 곧 전쟁이 벌어질지도 모른다는 것도 알고는 있었지만 아무런 낌새도 없었는데 느닷없이 쳐들어올 줄은 누구도 상상하지 못했다. 그랬기에 급히 무기를 챙겨 들고 저항했지만 이미 늦은 뒤였다. 그렇게 눈 깜짝할 사이에 천검파의 무사들은 대거 목숨을 잃었다.
그때, 갑자기 사방에서 믿을 수 없는 소리가 들려왔다.
"무기를 버리고 항복하라. 마와 사는 본래 한 갈래이니 순순히 항복하는 이들에 한해서는 팔황성에서 너그러이 용서를 하고 받아주겠다. 그러니 모두 무기를 버리고 항복하라!"
몇 명이 동시에 내지른 듯 천둥 같은 외침은 전각을 뒤흔들고 땅을 울리며 그 일대 전체로 퍼져 나갔다. 그 반대로 공격은 더욱 거세어졌다. 빨리 항복하지 않으면 죽음뿐이라고 말하는 듯했다.
그때였다.

쨍그랑!

비명 소리와 악을 쓰는 외침 소리, 쇠 부딪치는 소리가 난무하는 가운데에서도 누군가가 검을 떨어뜨리는 소리가 뚜렷이 들려왔다.

스스스—

"항복인가?"

마치 귀신처럼 나타난 남자가 검을 놓은 사내에게 물었다. 잠시 망설이던 사내는 이러나저러나 죽는 것은 매한가지라는 생각이 들었는지 고개를 끄덕였다.

"하, 항복입니다."

"좋다. 너는 이리로 와라."

잠시 사내를 보던 남자는 즉시 사내를 팔황성 측으로 이끌었다. 안전하게 보호해 주겠다는 뜻이다.

그렇게 되자 상황이 급변했다.

마와 사가 한 갈래라느니, 어쩌니 하면서 받아줄 테니 항복을 하라고 권하는 말을 누구도 믿지 않았다. 솔깃해서 갈등을 하는 사이 수월하게 끝을 보려는 속셈은 아닐까 의심했다.

같은 마도인끼리는 속이는 일이 드물었고, 또 그러지 않는 게 암묵적인 법칙처럼 자리하고 있었지만 그 외의 이들에게는 거짓말을 하고 속이는 게 다반사인 곳이 팔황성이었다. 그것을 모르지 않았기에 이번에도 속이는 거라 생각했다. 자만심이 하늘을 찌르고 폐쇄적이기로 이름이 높은 팔황성에서 자신들을 받아줄 리가 없음으로.

그런데 항복하는 자가 나오고, 그가 죽기는커녕 정말로 받아들여지자 믿기지 않던 선언이 사실일지도 모른다는 생각이 들었다. 물론 그렇게 받아주는 척하다가 목숨을 빼앗을 수도 있지만.

본래 마도인들에게도 그렇지만 사파인들에게도 우상시 되는 곳이 팔황성이었다. 워낙 폐쇄적이라 들어가고 싶어도 받아주지 않아서 천검파나 백교로 흘러들어 가기도 한다. 당연히 천검파 내에도 그런 이들이 부지기수였다. 목숨을 잃을지도 모르는 절체절명의 위기에서 염원하던 팔황성으로 들어갈 수 있을지도 모르는 기회가 찾아왔다.

쨍그랑― 쨍그랑―

"항복입니다!"

"항복! 항복하겠습니다."

목숨을 걸고 저항할 때는 언제고 이제는 우르르 항복을 하고 있었다. 높은 직위의 천검파 수뇌들이 호통을 치고 본보기로 몇몇의 목을 날렸지만 소용이 없었다.

마치 전염병처럼 번지며 항복하는 자들이 속출했고, 그들을 저지하던 수뇌들은 잠깐씩 모습을 드러내는 그림자에 의해 목숨을 잃었다.

"대단하군."

그 광경을 보고 있던 한무결의 한마디였다. 그리고 그 말에 뒤쪽에 있던 이들도 하나둘 고개를 끄덕였다.

적에게 항복이란 있을 수 없는 팔황성의 무인으로서는 상상도 할 수 없는 모습이었다. 이하원의 서신에 갈등하며 조금이라도 희생을 줄일 수만 있다면 된다는 생각으로 실행한 거라 별 기대도 하지 않았다. 솔직하게 말해 천검파를 멸하는 대신 전력의 반 정도는 잃지 않을까 예상했다. 아니, 현 천검파의 내부가 혼란스러운 것을 감안하면 삼분지 일 정도? 하여간에 지금 상황은 전혀 생각지 못한 방향이었다.

한무결은 이 새롭고도 신기한 광경에 놀라워하는 한편, 이하원의 선견지명의 혀를 내둘렀다. 새삼 이하원의 뛰어남이 느껴졌다.

한편, 백교에서의 상황은 팔황성과 천검파와의 싸움과는 달랐다.

천검파에 비해 압도적으로 우위를 점한 팔황성이 큰 피해 없이 재빨리 상황을 정리해 버린 것과는 달리 백교와 정파 연합은 그야말로 접전에 접전이었다.

전시라서인지 정파 연합이 공격해 올 것임을 예상하지 못했음에도 백교 측은 갑작스런 습격에 너무도 금세 안정을 찾아 대항했다.

그렇다 보니 처음에는 정파 연합이 우세를 점한 듯 보였으나 시간이 흐르면서 백교 측에서 교주와 부교주 등 수뇌들이 나오고 전열이 가다듬어지자 금세 전장은 우열을 가리기 힘든 혼전이 되었다. 그리고 양쪽이 팽팽한 상황으로 접어든 후에야 전장에 도착한 이하원 일행은 어려움에 처한 듯 보이는 정파 무인들을 도와주며 빠른 속도로 백교의 수뇌들이 포진해 있는 앞쪽으로 향했다.

툭.

"엇!"

경신법을 펼쳐 앞으로 향하던 중에 갑자기 뭔가가 발에 걸리자 어이없게도 순간 균형을 잡지 못하고 비틀댄 이하원이 고개를 내려 밑을 보았다. 그러자 세로로 뜯어지다시피 한 문짝이 바닥을 뒹굴고 있는 게 눈에 들어왔다. 순간 번뜩, 한 가지 좋은 방법이 생각났다.

그는 급히 문짝을 주워 들고 발길을 돌려 뒤쪽으로 물러났다.

"손!"

갑자기 이하원이 뒤로 물러나더니 휙, 몸을 돌리고 크게 소리치자 이하원의 뒤를 따르다가 그가 물러남으로써 얼떨결에 그보다 앞쪽에 서게 된 이들이 영문도 모르고 손을 내밀었다.

"간다!"

이하원이 낮게 소리치고 도움닫기를 하듯 한차례 발을 구르더니 후다닥 그들을 향해 뛰어와 몸을 띄워 내밀어진 손을 징검다리처럼 사용해서 앞으로 날아가기 시작했다. 그리고는 광장을 새까맣게 물들이며 혼전을 벌이고 있는 이들의 위를 지나치며 들고 있던 문짝으로 바닥을 찍어 그 반동을 이용해 순식간에 앞으로, 앞으로 전진했다.

"헉!"

"앗! 주군!!"

"이런…… 이 형!"

내밀어진 손을 이용해 눈 깜짝할 사이에 앞으로 가버릴 줄은 상상도 못하고 있던 이들이 경악해서 크게 이하원을 부르며 급히 그 뒤를 따랐다. 하지만 이미 거리가 꽤 멀리 떨어져 있었고, 또 이하원과는 달리 징검다리 역할을 할 것도 없는 데다 세로로 뜯어진 문짝 같은 바닥을 쳐 반동 역할을 해줄 것은 더 더욱 없어 중간중간 걸릴 때마다 멈추어 서야 했기에 쉽사리 이하원과의 거리를 좁힐 수가 없었다.

순간 그들은 하나같이 울컥하고 울화가 치밀어 오름을 느꼈다.

"비켜라!"

"아, 젠장! 좀 비켜라!"

그들은 버럭버럭 소리치며 거치적거리는 이들 중에서도 적들을 골라 장풍을 날려가며 서둘러 길을 뚫었다. 그렇게 앞쪽으로 가기 위해 마구 힘을 쓰다 보니 그들로 인해 일순 뒤쪽에 구멍이 뚫렸다. 그러자 앞쪽에서 정파 연합을 막고 있던 백교 무인들이 뚫린 뒤쪽을 막기 위해 우르르 몰려왔고, 순간 상대적으로 앞쪽이 한산해졌다.

그 덕에 이하원은 더욱 수월하게 전진할 수 있었다.

"고맙다!"

신이 나서 뒤쪽을 향해 크게 소리친 이하원이 맨 앞쪽에 도착하고 보니 어떻게 된 일인지 백교의 수뇌부로 보이는 이들과 전 성주와 석운적이 함께 있었다. 한 번도 만난 적이 없으니 사실상 그들을 알아보지 못해야 했지만, 이미 사전에 하세인에게 대충 설명으로 들었던 터라 이하원은 단번에 그들을 알아볼 수 있었다.

전 성주든 석운적이든 누구 한 명은 지금쯤이면 밀려났을 거라 생각했는데 예상외였다.

전체적으로 봤을 때는 늦었지만 수뇌들의 싸움에서는 이하원이 그리 늦은 게 아니었던 듯 백교와 정파 연합 수뇌들의 싸움은 이제 막 시작되고 있었다. 혼란스런 와중에도 악연은 악연이라 서로를 향해 적의를 드러내던 전 성주와 석운적이 한 번 눈빛을 교환하더니 몸을 돌려 정파인들을 향해 공격 자세를 취하는 게 보였다.

아무리 서로가 미워도 같은 마도인보다는 정파인이 더한 적이라고 여기고 있었기에 자신들의 싸움은 나중을 기약하기로 하고 정파인을 먼저 요절내기로 결정한 듯했다.

그들이 수뇌들과의 싸움에는 아랑곳하지 않고 전장으로 뛰어들자 단둘뿐인 데도 그 실력이 워낙 고강한 터라 금세 정파 연합의 한쪽이 무너졌다. 이하원은 더 지체하지 않고 아직 누구와도 공수를 교환하지 않고 엄청난 위압감을 드러낸 채 상황을 지켜보고 있는 교주에게로 날아가며 뒤쪽에서 허겁지겁 뒤따라오고 있는 이들을 향해 소리쳤다.

"미안한데 승주는 형님과 함께 팔황성의 전 성주를 맡고, 세인과 선휘는 석운적을 맡아라!"

"히히, 내 상대다, 내 상대!"

이하원의 말이 떨어지기 무섭게 육단원이 시시덕거리며 장승주와 함께 전 성주를 향해 날아갔다.

"넷!"

그리고 조금 뒤에 도착한 하세인과 영선휘가 이구동성으로 대답하며 석운적을 향해 몸을 날렸다. 동시에 석운적의 주위를 감싸듯 방어하고 있다 하세인과 영선휘가 다가오자 공격할 준비를 하고 있던 수호대를 향해 풍림장의 무사들이 아무 말도 하지 않고 느닷없이 공격을 퍼부었다. 그 모습을 힐끗 쳐다본 이하원은 극성으로 경신법을 펼쳤다. 그러자 금세 교주에게까지 다다랐다.

그때였다.

스스슥—

바람 소리가 이는가 싶더니 교주의 주위로 지금껏 보이지 않던 검은 그림자들이 모습을 나타냈다. 어째 검을 뽑아 든 이하원이 눈 깜짝할 사이에 지척에 이르렀는 데도 동요 하나 하지 않고 느긋하게 보고만 있는다 했더니 믿는 한 수가 있었던 모양이다.

"이들은 저희가 맡겠습니다."

급히 은상과 냉무진이 나서서 그림자들을 막아섰다.

"이자는 윤이와 제가 맡지요, 그럼."

뒤늦게 도착한 모용은성은 이하원이 지시하지도 않았는 데도 남궁윤과 함께 교주만큼의 위압감을 드러내고 있지는 않지만 만만찮아 보이는 부교주의 앞을 막았다. 그리고 장로 급으로 보이는 수뇌들을 서현, 양신얼, 성정립 등 남은 이들이 맡았다.

그렇게 백교 측의 수뇌라 할 수 있는 자들이 일시에 이하원과 삼 년 만에 귀환한 이들에게 모조리 막히자 처음 그들을 상대할 생각으로 앞으로 나와 있던 제한열 등 은거기인들과 해명 대사 등 각 문파의 장문들이 상대할 이를 잃고 홀로 남게 되었다. 잠시 서로의 얼굴을 쳐다본 그들은 무슨 생각이 들었는지 즉시 몸을 돌려 일반 백교 무인들을 공격하기 시작했다. 전체적으로 따졌을 때, 각 지역을 수복할 때마다 일정 수의 무인들을 두고 백교의 본거지까지 치고 내려온 정파 연합의 전력이 백교에 비해 약한 편이었다. 그런데 이하원 일행이 수뇌를 맡게 되고, 최고급 고수라 할 수 있는 은거기인을 비롯하여 각 문파의 장문들이 일반 무인들에게로 등을 돌리게 되자 상황이 바뀌었다.

챙챙—

"으악!"

"컥!"

순식간에 한쪽이 무너지며 우르르 백교 무인들이 쓰러져 갔다.

유감스럽게도 최고급 고수들의 한 수를 막아낼 수 있는 자가 그들 중에는 한 명도 없었다.

그렇게 따지면 당연히 그에 맞추어 백교 측에서도 최고급 고수에 해당하는 수뇌들이 나서야 했다. 하지만 지금은 그들 모두가 이하원 일행에게 잡혀 있었다. 그렇다 보니 백교 무인들이 우르르 쓰러지고 있는 데도 막아줄 수 있는 자가 없었다.

챙챙—

"좀 죽어라, 이놈!"

"그 말, 그대로 돌려드리겠소."

속수무책으로 백교의 일반 무인들이 당하자 화가 치밀어 오른 백교 교주가 악을 쓰듯 검을 휘두르며 외치자 이하원이 빙긋 웃으며 응수했다. 단독으로 백교 교주와 공수를 주고받고 있는 와중에도 이하원은 꽤나 여유로워 보이는 모습이었다.

지난 천검과 장문을 암살하며 입었던 부상이 이제는 다 나은 데다 한 수 한 수 최선을 다하고 있었기에 그들의 싸움은 그야말로 접전이었다. 그리고 은상 등도 의외로 쉽게 상대하고 있었다. 이제는 거의 각 문파의 장문 급에 달하는 실력을 가지고 있었는데 거기다 협공까지 하고 있으니 생각해 보면 당연한 결과였다.

이대로만 간다면 제한열 등에 의해 먼저 백교의 일반 무인들이 무너질 것이고, 상대할 이를 잃은 그들이 도와줄 테니 수뇌들 싸움에서도 우위를 차지해 수월하게 이길 수 있을 듯했다.

하지만 언제나 그렇듯 이번에도 변수가 존재했다.

푸욱―

"컥!"

다 이겼다는 생각에 순간 방심이라도 했는지 가지고 놀 듯 백교의 일반 무인들을 상대하고 있던 모용각이 갑자기 눈 먼 검에 가슴을 찔려 쓰러졌다. 옆구리나 팔이라면 그냥 넘기겠는데 심장이 있는 가슴을 찔렸다. 그리고 그 모습을 우연히 모용은성이 봐버리고 말았다.

"아, 아버지?"

삼 년씩이나 떨어져 있다가 이번에 겨우 재회했다.

물론 그전에도 모용은성이 집밖으로만 돌아다녔는지라 제대로 대화다운 대화를 나누어 본 적이 없었다.

많이 서먹서먹하던 부자 관계.

그러다 모용은성이 삼 년간 행방불명이 되고, 그 일을 계기로 조금씩 대화를 나누기 시작해 이제야 겨우 썩 그럴듯한 부자 관계를 만들어가고 있었다. 그런데 그런 상황에서 아버지가 가슴에 검을 맞고 쓰러지자 모용은성은 순간 당황했다. 그는 반사적으로 허둥지둥 뒤로 물러나 모용각에게로 가려 했다.

그리고 그것을 시작으로 상황이 이상하게 변해갔다.

촤악―

적에게 빈틈이 생겼는데 놓칠 부교주가 아니었다.

그는 즉시 남궁윤에게 강공을 퍼부어 한쪽으로 밀어버리고 모용은성을 향해 채찍을 날렸다. 이미 딴 데에 정신이 팔려 있던 모용은성은 세찬 바람 소리가 귓가에까지 이르렀는 데도 이를 피할 생각조차 하지 못하고 있었다. 그대로 있다가는 얼굴이 반으로 날아갈지도 모르는 위기의 상황. 그런데 그때였다.

차앙—!

왜인지 평소에는 서로 못 잡아먹어서 안달이더니 멀찍이 떨어져 있던 영선휘가 급히 달려와 부교주의 채찍을 대신 막았다. 그는 검으로 그것을 휘휘 감아가며 앞으로 전진하면서 부교주를 압박했다. 그 순간 영선휘가 끼어듦으로써 위기에서 빠져나온 모용은성과는 반대로 홀로 석운적을 막게 된 하세인이 위급해졌다.

"어엇! 이 미친놈이……."

당황한 하세인이 말도 없이 빠져 버린 영선휘를 향해 채 욕설을 다 퍼붓지도 못하고 허겁지겁 석운적의 공격을 막았다. 슬슬 협공이 익숙해지던 참이고, 또 너무도 갑작스런 상황 변화라서 허둥대다 그만 그답지 않게 발을 잘못 디뎌 비틀거렸다. 그때를 기다렸다는 듯이 석운적의 검이 안면을 노리고 날아왔다.

싹—

'이런 젠장!'

속으로 자신이 위급한 상황에 빠졌는 데도 부교주와의 싸움에 정신이 팔려 돌아오지 않는 영선휘를 향해 온갖 욕설을 퍼부은 하세인은 어깨를 앞으로 내밀며 반동을 이용해 고개를 뒤로 뺐다.

어깨를 내주고 얼굴을 보호하겠다는 생각이었다. 그런데 뜻밖에도 석운적의 검은 어깨에 닿기도 전에 사라졌다.

'어라?'

어리둥절하여 고개를 돌리자 육단원이 석운적을 향해 공격을 퍼붓는 게 보였다. 장승주와 함께 전 성주를 상대하고 있던 육단원이 하세인 쪽이 위험해 보이자 더 재미있겠다는 생각에 뒷일은 생각지도 않고 끼어들어 석운적을 공격했던 것이다. 그렇게 되자 육단원을 막느라 석운적은 더 이상 하세인을 공격할 수가 없었다.

당연히 육단원이 빠짐으로써 이번에는 장승주가 홀로 전 성주를 대적하게 되었다. 그런데 석운적이나 부교주와는 달리 전 성주는 장승주 혼자만으로도 만만치 않다고 느끼고 있었기에 홀로 남은 그를 향해 맹공을 퍼부어 요절을 내버리겠다는 생각은 버리고, 오히려 몸을 돌려 근처에 있던 남궁윤을 공격했다.

"앗!"

"이런……."

자신의 상대였던 전 성주가 느닷없이 남궁윤을 공격하자 남궁윤과 장승주는 순간 당황했다. 뒤늦게 장승주가 급히 몸을 날려 남궁윤에게로 향한 공격을 막으려 했다. 아무래도 상대적으로 약한 남궁윤 홀로 전 성주를 막아낼 수는 없다고 생각했기 때문이다. 하지만 그때는 이미 한발 늦은 후였다.

퍼엉—!

"크윽!"

북 뜯어지는 듯한 소리가 나더니 뒤이어 낮은 신음 소리가 터지며 남궁윤이 피를 뿜으며 뒤로 날아갔다. 회심의 한 수였던 터라 십이성의 공력을 모조리 실었기에 뿌연 먼지와 함께 구석에 날아간 남궁윤은 그대로 혼절해 버렸다.

황당하게도 그것 하나로 월등했던 힘의 균형이 무너졌다.

아무리 뛰어난 실력을 가지고 있다고 해도 나이가 나이인 만큼 장승주는 전 성주의 적수가 되지 못했다.

일대를 풍미했고, 한때 십만의 마도를 다스린 이를 어찌 홀로 상대할 수 있겠는가. 당연히 장승주는 얼마 가지 못해 여기저기에 크고 작은 부상을 입기 시작했다. 의동생이 위급에 처하자 하세인을 도와 신나게 석운적을 공격하던 육단원이 도로 원래 자리로 와서 장승주를 공격하는 전 성주를 상대했다.

그렇게 육단원이 가버리자 여전히 돌아오지 않는 영선휘로 인해 홀로 남게 된 하세인은 석운적을 막아내지 못했다.

퍼엉—!

"헉!"

순식간에 어깨를 맞은 하세인이 급히 숨을 들이키며 뒤로 물러났다. 팔이 끊어질 듯 아팠다. 그는 어깨를 감싸 쥐고 심호흡을 했다. 그리고 그 모습을 본 영선휘가 급히 석운적과 하세인 사이를 끼어들었다.

"이런, 그렇게 가버리면… 큭!"

이번에는 혼절해 버린 남궁윤으로 인해 홀로 부교주를 상대하게 된 모용은성이 당해내지 못하고 부상을 입었다.

그렇게 순식간에 상황이 변하고 곳곳에서 익숙한 신음과 비명이 들리자 교주를 상대로 일진일퇴를 반복하던 이하원은 싸움에 정신을 집중할 수가 없었다. 객관적으로 비교해 봤을 때 결코 교주보다 우위라고 할 수는 없었지만, 그래도 '힘'이 있었기에 교주를 상대하기가 그다지 힘들지 않던 이하원이다. 그런데 뜻밖에도 교주와의 싸움이 아니라 주변 환경이 그를 힘들게 하고 있었다.

그는 이를 악물고 교주를 향해 짓쳐 들어가며 미친 듯이 공격을 퍼부었다. 좀 먹혀들면 기회를 봐서 교주를 끝장내고 자신의 사람들을 구해주고 싶었다. 하지만 어디 교주가 괜히 교주인가?

그는 이하원의 공격을 하나하나 다 막아내고 간간이 반격하기까지 하는 엄청난 능력을 선보였다.

차라리 잠시 교주를 그대로 두고 가버릴까?

그런 생각에 반격할 틈도 주지 않고 공격을 퍼붓고 몸을 빼려 했지만 그런 이하원의 생각을 눈치 챈 듯 교주는 순순히 그가 달아날 수 있도록 해주지 않았다.

"윽……."

어떻게 해도 도저히 발을 빼낼 수가 없자 이하원은 초조해졌다. 몸을 빼려고 공격 시기를 놓쳐 버렸더니 이제는 교주의 공격 일변도라 제대로 고개도 돌릴 수도 없어 주변 상황이 어떻게 진행되고 있는지 알 수가 없었다. 그렇다 보니 더욱 불안해졌다.

시시때때로 낮은 신음성이 터져 나왔고, 그때마다 이하원은 마치 자신이 공격을 당하는 것처럼 움찔움찔했다.

"큭큭."

초조해하는 마음이 겉으로 드러났는지 교주가 꽤나 즐거운 표정으로 비웃음을 던졌다. 당연히 그게 매우 거슬리는 이하원이었다.

'어떻게 하지?'

고민을 했지만 이미 결론은 나와 있었다.

또 삼 개월간 혼수상태에 빠진다 해도 상관없다. 아니, 자칫 잘못해서 이번에는 반년, 또는 일 년 동안 혼수상태에 빠진다 해도 괜찮다는 생각까지 들었다. 결국 깨어나기만 한다면, 어떻게 되든 상관없다. 그보다는 이제 겨우 갖게 된 자신의 사람들을 잃는 게 더 싫었다.

뒤늦게 제한열 등이 이하원 일행의 위급을 알아차리고 그들을 향해 달려왔지만 유감스럽게도 이하원은 그것을 알지 못했다.

'할 수 없다.'

이하원은 결심하기 무섭게 이를 악물었다.

그는 즉시 교주에게로 몸을 날리며 그간 한계치를 넘으면 위험해질지도 모른다는 생각에 최대한 자제해 왔던 힘을 개방했다. 그 순간 온몸이 찢어질 듯한 고통을 호소했지만 무시했다. 부서져라 이를 악다물며 두 손을 양옆으로 벌려 활짝 펼쳤다.

파앗—

바로 그 순간! 주변이 한 치 앞도 볼 수 없는 암흑으로 변했다.

"헉!"

"뭐, 뭐지?"

그렇지 않아도 어두웠지만 지금의 어둠은 그 정도가 아니었다. 누가 적인지도 분간이 가지 않았다.

그에 모두가 당황할 때였다.

번쩍!

갑자기 이하원의 몸 전체에서 금빛이 뿜어져 나오며 눈이 멀어버릴 정도로 환한 빛이 주변을 메웠다. 그렇게 뿜어진 빛은 사방으로 쏘아져 나가 바로 앞에서 급변한 상황에 어리둥절한 표정을 짓고 있는 백교 교주와 사방에서 은상, 장승주 등을 압박하고 있던 교주의 그림자, 백교 부교주, 팔황성의 전 성주, 석운적, 석운적의 수호대, 그리고 그 외 백교의 수뇌들을 향해 쏘아져 갔다.

꽈아아앙—!

저 멀리에 자리한 전각이 빛에 닿자마자 무너져 내렸고, 엄청난 굉음과 함께 사방이 뿌연 먼지로 뒤덮였다. 그리고 상대적으로 그보다 늦게 적의 수뇌들에게로 향한 빛은 그 압도적인 힘을 드러내며 어떻게 더 해볼 것도 없이 적을 모조리 굴복시켰다.

털썩. 털썩.

비명조차 지르지 못하고 치명상을 입은 적의 수뇌들이 쓰러졌고, 그 갑작스런 상황 변화에 그들을 향해 달려오고 있던 제한열 등이 그대로 멈추어 섰다. 그리고 여기저기 부상을 입은 채 어렵사리 적을 상대하고 있던 은상 등이 휙, 소리가 나게 고개를 돌렸다. 한껏 부릅떠진 눈이 풍랑 앞의 돛단배처럼 일렁거리고 있었다. 지금 벌어진 현상이 무엇으로 인한 것인지 너무도 잘 알았기에.

그렇게 그들 모두의 시선은 한곳으로 향했다. 바로 이하원에게로. 그 순간, 한꺼번에 폭발적인 힘을 쏟아낸 이하원이 가만히 서 있는가 싶더니 천천히 뒤로 넘어갔다.

"주군!"

경악한 은상이 목청이 터져라 소리를 지르며 뛰어갔다.

"주군!"

"형님!!"

"이 형! 이 형!!"

뒤늦게 장승주, 서현 등이 몸을 날렸고, 다행히도 그들은 뒤로 넘어간 이하원이 바닥과 충돌하기 전에 받아냈다.

마치 삼 년 전, 그때처럼.

모든 힘을 쏟아내고 죽은 듯 눈을 감고 있는 이하원을 보며 그들은 정신없이 악을 써가며 비명처럼 그를 불렀다.

겁이 났다. 너무도 겁이 났다.

이대로 이하원이 정신을 차리지 못하는 것은 아닐까 두려웠다. 삼 년 전에 한 번 이런 일이 있었고 삼 개월 후 깨어났지만, 이번에도 그러라는 법은 없지 않은가? 이하원의 힘이 어떤 것인지 정확히 모르기에 더욱 무서웠다. 그들은 삼 년 전, 어디로도 탈출할 수 없다는 것을 알았을 때 느꼈던 절망의 감정을 새삼 되새기며 이하원을 부르고 또 불렀다.

"아차! 이러고 있을 때가 아니야. 지금 형님의 속은 말이 아닐 터, 얼른 들끓고 있을 형님의 내부 진기를 다스려야 한다."

"아, 그렇지!"

장승주의 말에 하나둘 정신을 차리더니 그들은 삼 년 전의 상황을 떠올리며 급히 조치를 취하기 시작했다. 하는 행동이 어찌나 재빠른지 절로 혀가 내둘러졌다.

어떤 확신이 없고서는 감히 하기 힘든 행동.

맥을 짚어보는 것 같지도 않던데 현재 이하원의 내기가 들끓고 있는지, 어떤지 어떻게 알고? 게다가 지금 상황에서 내부 진기부터 다스려야 한다는 것은 또 어떻게 알고? 지난 삼 년간 못 만났다고 하더니 정말 못 만난 게 맞나? 정체를 알 수 없는 이하원의 힘에서부터 모든 것이 의문 투성이였다. 하지만 제한열 등은 의문을 겉으로 드러내기보다 그저 그 광경을 멍하니 보고만 있을 뿐이었다.

고요.

미친 듯이 공격을 퍼부어대던 정파 연합은 물론이고, 열심히 저항을 하던 백교의 무인들조차도 입을 떼지 못하는 상황.

그 속에서 오로지 은상, 장승주, 서현 등만이 정신없이 이하원에게 무슨 조치를 취하고 있었다. 어느덧 동이 터오고, 단 한 번의 빛으로 인해 승패는 이미 결정났지만 기쁨에 환호성을 지르는 이도, 절망에 빠져 비명을 지르는 이도 찾아볼 수 없었다.

모두가 그저 은상, 장승주 등에게 완전히 파묻혀 머리카락 하나 보이지 않는 이에게로 시선을 맞추고 있을 뿐이었다.

단지, 그뿐이었다.

이하원(李河元)

삼 년 후.

강호는 평화로웠다.

삼 년 전 최후의 결전에서 정파 연합에 의해 백교가, 팔황성에 의해 천검파가 사라지면서 횟수로 칠 년 동안 이어져 오던 정사마 대전이 종결되고 강호는 정파 연합과 팔황성의 이대 세력 구조로 바뀌었다.

본래 마도와 정파가 양립할 수 없고, 정사마 대전의 시초가 팔황성이었던 만큼 두 세력은 여전히 사이가 좋지 않았다.

비록 모든 분란의 원인이라 할 수 있는 석운적이 최후의 결전에서 목숨을 잃어 전쟁의 명분을 내세울 길이 없었기에 그냥 두고 보고는 있었지만 정파인들에게 있어 팔황성은 치가 떨리도록 싫은 곳이었다. 하지만 앞서 말했듯이 명분이 없고, 그들이 가진 저력 또한 무시할 수가 없어 그저 속으로 이만 가는 상황이었다.

팔황성에서 석운적이 밀려나고 한무결이 성주의 위에 오르면서 많은 것이 바뀌었듯 정파 연합도 정사마 대전을 거치면서 많은 변화가 있었다. 정파 연합이라는 말에서 알 수 있듯, 그간 정파는 같은 정파인이라고는 하나 평상시에는 서로 간에 조금도 신경 쓰지 않은 채 각기 따로 생활하다 위급한 상황이 닥치면 그제야 허겁지겁 힘을 모아왔다.

십오대 세력이 뭉침으로써 각 세력의 대표가 정파 연합의 수뇌가 되었고, 정의맹이라 칭했지만 맹주는 없었다.

맹주 급에 달하는 동등한 지위의 인물이 열다섯이나 되다 보니 의견을 조정하기 위해 매번 회의를 열어야 했고, 그럴 때면 모두가 같은 생각을 가지고 있을 수는 없는 노릇이었기에 언쟁을 벌여야 했으며, 사소한 일에도 의견이 갈려 신속하게 결정을 내릴 수가 없었다. 거기다 모두가 위급에 처한 강호의 사정을 알면서도 그보다 자파를 먼저 챙기고 타파에 책임을 미루기까지 하자 정의맹은 그저 이름만 그럴듯할 뿐 빛 좋은 개살구나 다름없었다.

그런데 정사마 대전을 거치며 지금껏 이어져 오던 구조가 바뀌었다.

가장 큰 변화는 그저 이름뿐이었던 정의맹이 휘하에 자체적인 세력을 만듦으로써 정파 연합을 아우르는 최고의 세력으로 자리를 잡았다는 것이다. 그렇게 정의맹이라는 확실한 중심이 서자 정파 연합은 정보 교환이나 친목 교류 등 정파인들 간의 모든 활동이 활발하게 이루어졌고, 예전과는 비교도 되지 않을 만큼 모든 사항이 빠르게 결정 났으며 손발이 따로 놀던 때가 언제였나 싶게 서로 협력하는 것에 익숙해져 갔다. 특별히 수가 늘어난 게 아닌 데도 정의맹이 확고부동의 자리를 거머쥐자 정파 연합은 눈에 띌 정도로 급성장했다. 그렇다 보니 천검파의 세력을 흡수하면서 일시에 세가 커진 데다 호전적이기 짝이 없는 팔황성이지만 쉽사리 도발하지 못하는 상황이 펼쳐졌다.

정파 연합과 팔황성.

서로가 상대만 보면 이를 갈 만큼 사이가 좋지 않았지만, 양 측의 세가 엇비슷해지자 누구도 쉽사리 상대를 도발하지는 못했다. 그렇게 전 강호를 떠들썩하게 하고 관조차 긴장케 했던 삼 년 전과 비교하면 요즘은 너무도 평화로운 일상이 계속되고 있었다.

가끔 소소한 싸움이 벌어지기도 했지만 그뿐이었다.

강호 거대 세력의 대립에 언제 불똥이 튈지 알 수 없어 안절부절못하던 때를 생각하면 그야말로 무릉도원(武陵桃源)이 따로 없는 요즘이다. 모두가 근 칠 년 만에 찾아온 평화를 누리며 즐거워했다. 하지만 그런 이들과는 달리 전혀 즐거움을 만끽할 수 없는 이가 있었으니……

"…뭐야, 이거?"

조금 전, 한꺼번에 다 들 수도 없을 만큼의 일거리를 겨우 끝냈는데 그로부터 채 반 시진도 되지 않아 다시 산더미처럼 책상 위를 점령한 일거리를 처음에는 어이가 없다는 듯이, 후에는 끔찍하다는 듯이 보던 한 남자는 끝내 참지 못하고 소리를 지르고 말았다.

"이건 약조와 다르잖아!!"

사천 성도.

길게 시전이 널려 있는 저잣거리를 헤치고 가는 두 청년이 있다.

번화한 시전답게 곳곳에 장사꾼들이 들어차 복잡하기 그지없는 풍경 속에서도 유독 눈에 띄는 두 청년은 척 보기에도 강호인으로 보였다.

백의를 걸친 앞선 청년은 빼어난 외모와는 맞지 않게 잔뜩 미간을 찌푸리고 있었고, 흑의를 걸친 뒤선 청년은 그보다 대여섯 살 많아 보이는 나이에 무엇 때문인지 근심 어린 표정을 짓고 있었다.

강호인은 칠 년 전에는 경외의 대상이었다가 정사마 대전이 벌어지면서 삼 년 전까지는 두려움의 대상이 되어왔다. 그러다 정의맹의 힘이 강해지고 정파의 새로운 기둥으로 우뚝 서면서 자체적으로 규율을 앞세우고 치안을 철저히 하자 다시 경외의 대상으로 돌아왔다.

그래서인지 다들 몰래몰래 쳐다보기는 하지만 피하거나 두려워하는 기색은 보이지 않았다. 그리고 많은 이들의 시선을 받는 두 청년은 자신들에게로 이목이 주목되고 있다는 것을 모르지 않을 텐데 그다지 신경 쓰는 것 같지 않았다. 그저 빠른 걸음으로 사람들을 헤치며 앞으로 나갈 뿐이었다.

앞서서 한참 사람들을 헤치던 백의청년이 걸음을 멈추지 않은 채 약간은 짜증스런 어조로 뒤쪽을 향해 말했다.

"그만 따라올 수 없겠나?"

"여기서 돌아가시지요. 그 나이에 가출을 하는 것은 어떻게 봐도 좋게 생각되어지지 않습니다."

연신 걱정스런 얼굴로 주변을 둘러보던 흑의청년이 고개를 끄덕이는 대신 굳은 표정으로 권고했다. 그러자 펴졌던 백의청년의 미간이 다시 팍 찌푸려졌다.

그는 딱 멈추어 서더니 빙글, 몸을 돌려 흑의청년을 봤다.

"난 가출을 한 것이 아니야!"

"주군께서는 그렇게 생각하실지도 모르겠습니다만, 보통 말 한마디 없이 이렇게 몰래 나오는 것을 보고 가출이라고 합니다."

흑의청년이 담담한 어조로 반박을 했다.

당연히 백의청년은 그 말이 마음에 들지 않았다. 그는 굉장히 못마땅한 표정을 짓더니 몸을 돌려 다시 걸음을 옮기며 투덜댔다.

"어떻게 봐도 나는 정당하다. 약조를 어긴 것은 내가 아니라 그들이야. 최대한의 자유를 보장해 주겠다고 해놓고, 지난 이 년간 마소처럼 나를 부려먹지 않았느냔 말이다. 지금껏 참아온 것만으로도 충분히 나

는 내 할 일을 했으니, 이대로 떠난다 해도 그 누구도 내게 뭐라 할 수
는 없을 것이다!"

"……."

백의청년은 단정적인 어조로 소리쳤다. 한마디 한마디 옳은 소리를
했다고 생각하는데, 어떻게 된 일인지 흑의청년에게서는 긍정 어린 대
답이 들려오지 않았다.

그것을 무언의 항의로 받아들인 것일까?

백의청년이 힐끗 뒤쪽을 보더니 다시 사람들을 헤치고 전진하면서
말을 덧붙였다.

"처음부터 내게 불공평했어. 어디를 봐도 내게는 이득이라고는 없는
약조였단 말이다. 내가 깨어나기도 전에 당가주까지 처리해 버려 유일
하게 원했던 작은 복수조차 하지 못했는데, 이 년간 일은 죽어라 했으
니 이 어찌 공평하다 할 수 있으랴. 아니 그런가, 은상?"

"당가주의 처리는 장가주와 서 대협께서 결정하신 것으로 알고 있습
니다만."

"그러니 더 배신감을 느낀 거라고! 그리도 믿었던 이들이 어찌 나를
이리도 궁지에 몰 수 있단 말이냐? 내 그들을 위해 일 년을 희생했는데
은혜를 원수로 갚아도 유분수지, 나를 사지로 몰다니!"

말을 하면 할수록 화가 나는지 백의청년은 갑자기 멈추어 서더니 발
을 들어 탕! 한차례 바닥을 구르고는 버럭 소리쳤다.

그랬다. 그들은 다름이 아닌 이하원과 은상이었다.

가출한 이하원을 따라 사천까지 온 은상은 더 이상은 안 되겠다 싶
었던지 달래듯 말했다.

"그러지 말고 풍림장으로 가시는 것은 어떻습니까? 이리 떠도는 것
보다는 차라리 그리로 가는 편이……."

이하원이 그의 말을 뚝, 잘랐다.

"은상, 너는 이 년 전의 일을 벌써 잊었느냐? 반대는커녕 승주와 서형의 음모에 적극 동참하여 나를 궁지로 몰아넣던 형님을! 분명 풍림장으로 가면 형님께서는 즉시 내 손발을 꽁꽁 묶어 정의맹에 연락할터. 그런데 내 어찌 풍림장으로 갈 수 있겠느냐?"

문뜩 이하진이 자신의 손발을 꽁꽁 묶어 장승주 등에게 넘기는 모습이 눈앞에 그려지자 이하원은 절레절레 고개를 저었다.

그 모습을 보며 은상은 속으로 작게 한숨을 내쉬었다.

엄밀하게 따지면 장승주 등은 이하원의 소원을 들어주려 한 것일 뿐이다. 그에 더해 조금 더 이하원이 안전하게 있기를, 강호에 우뚝 서기를 바라고 한 일이었는데 그 일이 반대로 이하원의 원망을 사고 있었으니, 그들의 입장에서 보면 측은하다 하지 않을 수 없는 일이었다.

"후우……."

다시 한 번 길게 한숨을 내쉴 때였다.

"와아아—"

"잡아라! 잡아!!"

한 걸음을 디디는 것조차 쉽지 않을 만큼 붐비던 길이 갑자기 양쪽으로 갈라지더니 일단의 무리가 튀어나왔다.

피칠을 하고 도주하는 것으로 보이는 이들이 스물 가까이 되어 보였고, 기세등등하게 그들을 쫓고 있는 이들이 서른쯤 되어 보였다. 그들은 미친 듯이 쫓고 쫓기다 이하원과 은상의 앞에까지 다다르자 순간 주춤했다. 그도 그럴 것이, 지레 겁을 먹고 물러서던 지금까지와는 달리 이하원과 은상이 앞을 떡하니 막고 비켜설 생각을 하지 않고 있던 것이다. 쫓기던 이들은 뒤쪽을 보고 서로의 얼굴을 한 번씩 쳐다보더니, 즉시 이하원과 은상을 향해 검을 치켜들었다.

"비켜라!!"

외침과 동시에 검을 휘두르는 꼴을 보아하니 정말 이하원이나 은상이 비키길 바라고 소리치는 게 아닌 듯했다. 그저 주변 상황을 고려해 예의상 소리치는 것이랄까.

"뭐야?"

너무도 간단히 살인을 하려 드는 이들을 보고 이하원이 눈살을 찌푸리며 중얼거렸다. 그리고 그때 뒤쪽에 있던 은상이 몸을 날려 이하원의 앞을 막았다.

사삭—

잠깐 신형이 흔들린 것 같았는데 어느새 이하원의 앞을 점하고 있는 은상의 모습에 막 그들을 향해 검을 휘두르던 이들이 순간 멈칫했다. 검을 차고 있는 모습에 강호인인 것은 알고 있었지만 딱 보기에 고수인 것 같지 않아 만만하게 보고 있던 터였다. 그런데 은상의 몸놀림은 그런 예상을 빗나가도 한참 빗나가 있었다.

'경공의 고수인가?'

아무리 봐도 강해 보이지 않아 그들은 은상을 경공의 고수라고 생각하기로 했다. 그런 은상이 보호하려 할 정도니 아마도 이하원은 그보다 더 못한 실력자가 아닐까 예상했다. 잠시간 멈칫한 것이 언제였냐는 듯이 그들은 이하원과 은상을 향해 검을 휘둘렀다. 일시에 묵사발을 만들고 지나갈 요량으로 세 방향으로 갈라져 단숨에 짓쳐 들어갔다.

쉐액—

매서운 바람 소리가 일며 기세등등한 몇 개의 검이 휘둘러졌다. 하지만 거기까지가 다였다. 쨍쨍— 소리와 함께 어떻게 된 노릇인지 휘둘러진 검의 반이 허공을 갈랐고 반이 뚝! 하고 두 동강 났다.

채쟁—!

잘린 검날이 바닥으로 떨어지는 소리가 났다.

"어?"

"왜……."

잠깐 바람이 인 것 같은데 제대로 겨눈 검이 엉뚱한 곳을 휘두르고 있지를 않나, 순식간에 두 동강이 나 검날이 바닥에 떨어지기까지 하자 그들은 순간 당황했다.

얼른 고개를 들어보니 검 손잡이를 잡고는 있지만 검을 뽑은 것 같지 않은 은상과 그의 뒤에서 느긋하게 팔짱을 끼고 서 있는 이하원의 모습이 보였다. 둘 다 움직인 흔적이라고는 찾아볼 수가 없었다. 보아하니 어디선가에 숨어 있는 고수가 몰래 손을 쓴 듯했다.

"누, 누구냐? 도대체 누가……."

"훗."

무리의 앞에 선 이가 더듬거리며 소리치는데 어디선가 코웃음 치는 소리가 들려왔다. 즉시 소리가 나는 쪽을 보니 다름 아닌 이하원이었다. 그는 은상의 옆으로 걸어오며 느긋하게 입을 뗐다.

"예로부터 강호밥을 빌어먹으려면 실력이 모자랄 때는 고수를 볼 줄 아는 안목이라도 기르라 했다. 그런데 누가 자신들의 공격을 막았는지 조차 파악을 못하다니……. 너희들은 그 어느 쪽도 되지 못하면서 어찌 스스로를 강호인이라 칭하며 검을 차고 있단 말인가?"

"뭐라?"

"내 너희들에게 진정한 강호인이란 무엇이고, 천외천이 무엇인지 몸소 가르쳐 주도록 하겠다!"

부러 엄한 표정을 지으며 소리친 이하원은 즉시 몸을 날렸다. 다른 이들은 보지 못했겠지만, 순간 이하원의 얼굴 위를 스쳐 지나간 재미있겠다는 표정을 정확히 꼬집어낸 은상은 길게 한숨을 내쉬며 역시 몸을 날렸다. 그리고 곧 그곳에 북 터지는 소리가 들려오기 시작했다.

쉐액─

열에 달하는 오합지졸들을 신나게 두들기고 막 다른 놈을 잡아 북 치기 연습을 하려 할 때였다.

물 만난 고기마냥 쫓기던 스물의 무인을 두들기고 있는 이하원과 은상의 기세가 어찌나 강맹한지, 쫓고 있던 무인들은 나설 생각도 하지 못하고 있는데 어디선가 검이 하나 날아왔다. 이하원과 동맹해서 남은 이들을 잘근잘근 밟고 있던 은상이 바닥에 떨어져 있는 검을 발로 차서 날아오는 검을 향해 던졌다.

차앙─!

검과 검이 맞부딪치며 쇠를 긁는 소리가 났다.

"누구냐!"

은상이 버럭, 소리를 치자 앞서 두 무리가 나타났던 곳에서 또 한 무리가 나타났다. 앞선 두 무리를 합치고도 모자랄 만큼 많은 수를 자랑하며 나타난 이들의 맨 앞에는 관옥과도 같은 외모의 청의청년이 서 있었다. 방금 검을 던진 것은 그였던 듯 그는 빈 검집을 탁탁, 치더니 주변을 둘러본 후 이하원에게 시선을 맞추더니 입을 열었다.

"언제부터 우리 팔황성의 행사에 정의맹 사람이 간섭할 수 있게 된 겁니까?"

느긋하게 나온 말이었지만 그 말이 떨어지기가 무섭게 주변에서 먼 산 불구경하듯 있던 이들이 비명을 질렀다.

"팔황성!"

"맙소사! 정의맹이라니……."

흔히 있는 소소한 다툼이라고 생각했다. 그 규모가 보통의 싸움보다 크기는 했지만 어디 삼류 문파 두 군데가 대대적으로 싸우나 보다 했다. 그런데 팔황성이란다. 거기다 그들과 맞서고 있는 두 청년은 정의맹 소속이란다.

우연히 마주쳐 벌어진 일인데 공교롭게도 두 세력이 강호 최대의 두 세력이라 하니 어찌 놀라지 않을 수 있겠는가.

모두들 저도 모르게 후다닥 뒤로 물러섰다. 그러자 앞서 나타났던 두 무리와 이하원과 은상, 그리고 뒤이어 나타난 한 무리를 중심으로 꽤나 넓은 공터가 생겨났다. 정확히 이하원을 지목한 청의청년의 말에 모두가 일제히 자신을 보자 이하원은 앞서 열 명과 마찬가지로 떡을 만들어놓을 생각에 움켜쥐고 있던 녀석의 멱살을 놓고 몸을 바로 하며 청의청년을 보았다.

"오랜만이다."

이하원의 말이 떨어지기가 무섭게 청의청년이 눈살을 찌푸렸다.

"오랜만이고 뭐고 간에 상호불가침의 약조를 잊었습니까? 다른 사람도 아니고 이 공자께서 팔황성의 행사에 끼어들다니, 팔황성 소속이 아니면 간섭해서는 안 됨을 모르시는 겁니까?"

"그래서?"

이하원이 한쪽 눈썹을 치켜 올리며 되묻자 청의청년이 전음으로 뒷말을 전해왔다.

"간섭을 하려거든 우선 팔황성에 입성을 하란 말입니다. 누누이 말했듯, 비록 한때 정의맹 소속이기는 했지만 그래도 이 공자는 특별히 봐주겠다고 하지 않았습니까?"

이번에는 이하원이 눈살을 찌푸렸다.

"헛소리는 그만 해라. 그리고 말은 바로 해야 하지 않겠는가? 팔황성의 행사에 내가 끼어든 게 아니라 저들이 무턱대고 길 잘 가는 나를 잡고 공격하기에 방어 차원에서 몇 수 주고받은 것뿐이다."

지금껏 열이 넘는 팔황성 소속의 무인들을 떡이 되도록 밟아놓았으면서 자신은 털끝만큼 다친 곳이 없는 데도 불구하고 결백하다는 듯이 두 손을 들고 싱긋, 미소를 짓는 이하원의 모습은 뻔뻔스럽기 짝이 없었다.

쫓고 쫓기는 상황을 연출하기는 했지만 엄밀히 따지면 세 무리가 모조리 팔황성 소속이다. 그런데 단 두 명이서 백에 달하는 적을 앞에 두고도 조금도 위축되는 기미가 보이지 않으니, 이하원의 정체를 모르는 이들은 어이가 없는 반면 감탄을 하기도 했다.

이하원의 말이 떨어지기 무섭게 청의청년이 이하원과 은상에게 묵사발이 된 이들에게로 시선을 주었다. 이하원의 말이 사실이냐는 듯이.

"저, 저들이 겁도 없이 앞을 가로막고 있었기에……."

"닥쳐라!"

얼마나 맞았는지 이목구비조차 제대로 알아보기 힘든 얼굴을 하고 변명처럼 하는 말에 청의청년의 뒤에 있던 중년인이 앞으로 나서며 버럭 소리쳤다. 그는 어이가 없다는 표정이었다. 다른 사람도 아니고 이하원이다. 그런데 그 이하원을 앞에 두고 '겁도 없이'라니, 정말 겁이 없는 게 누군지 모르는 모양이다.

"쯧, 상대가 누군 줄 알고? 그렇게 보는 눈이 없어서야……."

청의청년이 작게 중얼거리며 절레절레 고개를 저었다. 그러다 이하원을 보고 물었다.

"한데 여기까지 어인 일이십니까? 매일 일에 치여 산다고 들었는데, 가출이라도 한 겁니까?"

"……."

청의청년이 은상과 똑같은 말을 하자 이하원은 순간 할 말을 잃었다. 그러자 그것을 긍정으로 받아들인 건지 청의청년이 실소를 터뜨리고 말했다.

"그러게 뭐라고 했습니까? 이 공자께는 그런 고리타분한 곳은 맞지 않다고 하지 않았습니까. 그러니 그만 고집을 꺾고!"

"입성하라니까요."

"됐다."

여지없이 들려오는 입성을 하라는 소리에 이하원은 딱 잘라 거절했다. 지난 이 년간 수시로 전서구를 보내 괴롭히더니, 이제는 얼굴을 맞대고 고문을 하려는 건가 싶었다. 혹시 자신이 이리 나올 것을 미리 알고 여기에 와 있었던 것은 아닐까?

이하원은 이 년 전, 일 년간 혼수상태였다 깨어난 후로 생각을 읽을 수 없게 된 것을 아쉬워하며 입맛을 다셨다. 그리고 지금 이 자리에 있는 대다수는 지금의 상황을 이해하지 못하고 있었다.

첫 번째로, 멀찍이 서서 구경하고 있던 이들은 서로 잡아먹지 못해 안달을 하는 게 정의맹과 팔황성인데 어째서 팔황성 측의 무인이, 그것도 지위가 꽤 높아 보이는 이가 정의맹 측 무인에게 존대를 하는 건지 이해할 수가 없었다.

물론 겉보기에 정의맹 측 무인이 몇 살 더 많이 보이기는 했다. 하지만 정의맹과 팔황성은 연배를 초월한 적대적 관계가 아니던가?

그런데 어째서……

아무리 머리를 굴려봐도 그들은 그 이유를 알 수가 없었다.

두 번째로, 청의청년의 정체를 알지 못하는 팔황성 측 무인들은 그를 잡아먹을 듯 노려보았다.

어찌 마도인으로서 씹어 먹어도 성에 차지 않을 정파 놈에게 존대를 할 수 있단 말인가? 그야말로 기가 막혔다. 생각 같아서는 당장에 묵사

발을 만들어놓고 싶었지만 청의청년을 중심으로 주변을 겹겹이 에워싸고 있는 것을 보니, 그래도 보통 지위는 아닌 듯 보여 선뜻 나서지 않고 있을 뿐이었다.

세 번째로, 청의청년의 정체는 아는데 이하원의 정체는 알지 못하는 팔황성 측 무인들은 경악했다.

자랑스러운 대팔황성 소속의 무인으로 정의맹 사람에게 경어를 쓰는 것만으로도 기가 막힐 판에, 다른 사람도 아닌 팔황성의 전부라 할 수 있는 성주가 무공이 꽤 고강해 보이기는 하나 일개 정파인에게 존대를 하니 어찌 놀라지 않을 수 있겠는가!

그들은 정신이 아득해짐을 느끼며 간신히 정자세로 서 있었다.

마지막으로 청의청년의 정체와 이하원의 정체, 모두를 알고 있는 몇 안 되는 팔황성 측 무인들은 무표정했다.

당연하다는 듯도 했고, 예상하고 있었다는 듯도 했다.

성내에 반란이 있어 오 년간 성이 악적 석운적의 손에 들어갔을 당시 성주의 목숨을 구해준 이가 이하원이라는 것은 강호에 모르는 사람이 없었다. 그래서 팔황성의 성주가 이하원을 탐내 수시로 입성하라는 유혹을 하고 있다는 것 역시. 그렇기에 지난 이 년간 그렇게 끈질기게 적에게서 우호적인 서신이 수시로 도착했지만, 정의맹에서 이하원을 의심하는 일은 벌어지지 않았다.

"정말 싫은 겁니까?"

어쨌거나 청의청년 한무결은 끈질겼다. 이하원은 귀찮다는 표정으로 다시 한 번 거절의 말을 했다.

"그래, 싫다."

"부려먹으려고 권하는 것이 아닙니다. 여행이 하고 싶다 하시면 일 년이고, 이 년이고 여행을 보내드리고, 놀고 싶다고 하시면 실컷 놀게 해드리겠습니다. 일을 하는 게 싫다고 하시면 평생 서류 한 장 안 드릴 수도 있습니다. 그저 심적으로 이 공자를 가까이 하기를 원하는 것뿐이니 이제 그만 승낙을 하시지요?"

이하원이 뚱한 표정을 짓더니 한심하다는 듯이 한무결을 봤다.

"내가 그런 것에 홀랑 넘어갈 사람으로 보이던가? 그렇다면 날 잘못 본 거다."

"이 공자……."

"지난 이 년간 그렇게 귀찮게 했으면 됐지, 왜 여기까지 와서 계속 같은 말을 반복하게 만드는 것이냐? 싫다지 않냐. 그만 해."

뭐라 입을 떼는 한무결의 말을 중간에 뚝, 자른 이하원이 얼굴을 굳히고 말하자 덩달아 한무결의 얼굴도 굳었다.

그는 뭔가 결심한 표정을 짓더니 비장하게 말했다.

"이 공자께서 제 제안을 받아들인다면, 제가 살아 있는 동안 팔황성 측에 의한 제이의 정마대전이 벌어지는 일은 없을 겁니다! 문서를 작성하여 약조해 드릴 수도 있습니다."

거기까지 말하고 이하원의 눈을 정면으로 마주 봤다.

"어찌하시겠습니까?"

"으음……."

조금 전처럼 선뜻 싫다고 대답하지 못하고 이하원은 잠시 뜸을 들였다.

사실 고민할 이유는 어디에도 없었다.

한무결이 정마대전을 조건으로 걸든 말든 거절을 하면 그만이다. 걸어오는 싸움은 받아주면 되기에. 그리고 충분히 이길 자신도 있었다. 또 예전의 이하원이었다면 생각해 볼 것도 없이 거절했을 것이다. 소수를 위한 다수의 희생도 잘못되었지만, 다수를 위한 소수의 희생 역시 잘못된 것이기 때문이다.

그런데 뜻밖에도 지금 이하원은 망설이고 있었다. 지난 이 년간 정의맹에 붙들려 일을 해오면서 조금씩 생각이 바뀌어 우선은 자신을 가장 먼저 생각하던 마음이 이름도 성도 모르는 일반 평민들과 무인들에게로 옮겨가 있었던 것이다. 하지만 그래도 결론은 같았다. 지금 같은 상황에서 자신이 팔황성에 입성을 하면, 한무결의 의지와는 상관없이 제이의 정마대전이 벌어질 것임을 쉽게 예상할 수 있었던 것이다.

　"후우, 역시 거절하겠다. 나는 지금이 좋아."

　"……."

　다시 한 번 거절의 말이 나오자 한무결은 입을 꾹 닫아버렸다. 그는 두 눈썹을 모으고 이하원을 쏘아보며 고민했다.

　'차라리 힘으로 밀어붙여서 잡아갈까?'

　별별 조건을 다 내걸어 회유해도 되지 않자 순간 그런 생각까지 들었다. 얼굴도 모르는 이들을 위해 망설였을 정도니 옛 정이 있는 자신에게 그 엄청난 힘을 쓰지는 않을 듯했다. 그렇게 치면 순수 무공만으로 은상과 둘이서 자신들을 막아내야 할 터, 납치하는 게 그리 어려울 것 같지는 않았다.

　거기까지 생각한 한무결이 뒤쪽을 향해 명을 내리려 할 때였다.

　"어어……."

　"와—"

　"하늘을 날고 있어!"

　갑자기 이하원과 은상이 서 있는 뒤쪽 골목에서 비명과 감탄사가 섞여 희미하게 들려왔다. 북적이는 시전이나 이하원이나 한무결 등으로 인해 주변 공기가 고요하게 가라앉아 있어 비록 작은 소리였지만, 그곳에 있는 모두가 들을 수 있었다.

　이하원과 은상, 한무결이 고개를 돌리는 것을 시작으로 하나둘 이하원의 뒤쪽 골목을 주시했다.

그렇게 얼마나 보았을까.

쉭쉭—

머리끝에서부터 말끝까지 온통 백색 일색의 복장을 한 이들이 지붕을 넘나들며 이하원이 있는 곳을 향해 다가오는 게 눈에 들어왔다. 겨우 눈으로 좇을 수 있을 정도의 빠르기로 순식간에 지붕 위를 날아 공터에 내려선 이들을 본 사람들은 멍하니 있던 것도 잠시, 급히 숨을 들이켰다.

"헉! 온통 백색 일색이라니, 설마……."

"정의맹주 친위대?!"

정의맹 자체 세력 중 하나로, 뛰어난 이들만 고르고 골라서 창설했다는 정의맹의 명물을 떠올린 이들은 곧 사정없이 고개를 저었다. 생각해 보니 말도 안 된다 싶었던 것이다.

정의맹주 친위대가 뭔가?

말 그대로 정의맹주를 곁에서 보필하며 그를 지키는 것이 그들이다. 그런데 정의맹주도 없는 이곳에 그 정의맹주의 친위대가 나타날 리 없지 않은가? 특징은 비슷하나 아닐 것이다. 단 열 명뿐인데 그들에게서 뿜어져 나오는 위압감이 엄청난 것을 느끼면서도 사람들은 믿을 수가 없어 몇 번이나 고개를 저었다. 그러다 그 정의맹주 친위대와 비슷한 특징의 무인들이 일제히 한 사람을 향해 부복하며 외치는 소리에 그만 혼비백산하고 말았다.

"정의맹주 친위대 제삼조. 맹주님을 뵙습니다!"

우렁찬 외침이 그 일대를 울렸다.

"맹주!"

"저, 정의맹주라고? 저 사람이?"

"맙소사……!"

저잣거리의 사람들은 물론이고 팔황성 측 무인들에게서도 비명 같은 외침이 터져 나왔다. 지금쯤 하남 정의맹에서 잘 지내고 있어야 할 정의맹주가 이곳에 나타났는데 어찌 놀라지 않을 수 있겠는가. 반대로 한무결은 친위대가 나타남으로써 충동적으로 계획하고 실행에 옮기려 했던 납치를 할 수 없게 되자 크게 실망한 표정이 되었다.

어쨌거나 열 명의 친위대원를 본 이하원은 한숨을 내쉬었다.

"결국 나를 찾아냈구나."

"부맹주께서 고생하셨습니다. 게다가 각 조를 두 무리로 나누어 사방을 촘촘히 뒤지며 점차 영역을 넓혀 여기까지 오느라 저희들 또한 이만저만 힘든 게 아니었습니다. 그런데 왜 갑자기 가출을……."

이해할 수 없다는 듯이 연신 고개를 갸웃하며 늘어놓는 말에 이하원이 급히 그의 말을 잘랐다.

"세명! 그만 해라. 보는 눈이 많다."

"아……."

그제야 주변을 둘러보고 알겠다는 듯이 고개를 끄덕이는 정의맹주 친위대 삼조 부조장, 육세명이었다.

그렇게 달랑 옆에 한 사람을 끼고 나타나 팔황성의 무인들과 드잡이질을 벌인 이가 다름 아닌 정의맹주임이 확실시 되자 그곳에 있는 모두가 경악으로 입을 쩍 벌렸다.

역대 최대 규모였던 정사마 대전을 종식시킨 데다 근원을 알 수 없는 엄청난 힘과 두뇌를 가진, 도저히 인간 같지 않은 정의맹주.

단번에 백교를 멸하며 인간을 초월한 힘을 사용하여 일 년간 혼수상태였다 이 년 전에 깨어나 맹주의 자리에 오르고, 정의맹을 정파 연합의 구심점으로 만들어 중구난방으로 흩어진 정파 전체를 하나로 아우른 이.

지금 자신들은 그 살아 있는 전설과도 같은 이를 보고 있었다.

그들은 그 사실에 경악과 경외, 흥분의 표정을 감출 줄 몰랐다. 그리고 귀찮게 앞을 가로막는 이하원을 끝장내 버리려다 오히려 실컷 떡이 되도록 얻어맞은 팔황성의 무인들은 자신들이 누구를 상대로 그런 황당한 생각을 했는지 알게 되자 얼굴에서 핏기가 싹 가시며 창백하게 변했다. 이제 죽었다는 듯이.

'후우…….'

순식간에 모두의 시선이 자신에게로 향하자 이하원은 한숨을 푹 내쉬었다. 이렇게 잡혔으니 또다시 잡혀 들어가 일더미 속에서 살아야겠지?

순간 이 년 전, 아무리 충분한 자유 시간을 보장해 주겠다고 했다지만 왜 맹주의 직위를 수락했던가 하는 생각이 들었다. 그러면서도 이하원은 의외로 꽤나 유쾌해하는 자신을 발견했다.

일더미 속에 파묻히는 건 결코 환영할 만한 일이 아니었지만 많은 이들에게 호의 어린 관심을 받는 것은 예상 밖으로 즐거웠다. 스물아홉의 나이에 모두가 경악하는 대단한 능력을 가지고 있는 이하원이었지만, 그것과는 별개로 조금은 치기 어린 구석이 있었던 것이다.

팔황성과 백교, 천검파의 위협에서 일촉즉발의 위기에 처한 정파 강호를 구하고 정파 전체를 아우르는 최초 정의맹주가 탄생하였으니, 그를 가리켜 정의맹주 금검, 이하원(李河元)이라 했다.

『이하원』終